I0597285

VERGEBUNG FÜR VIOLET

RED TEAM – STAHLHARTE BESCHÜTZER
BUCH DREI

RILEY EDWARDS
OPERATION ALPHA

WILLKOMMEN

Liebe Leserinnen und Leser,

willkommen in der Fan-Fiction-Welt von *Special Forces: Operation Alpha*!

Falls Sie diese Welt zum ersten Mal betreten, sollten Sie wissen, dass die Autorin in ihrer Erzählung einen oder mehrere meiner Charaktere verwendet. Manchmal spielt die Figur dabei eine wichtige Rolle in der Geschichte, und zuweilen wird sie nur kurz erwähnt. Das ist völlig legal und erlaubt, da der Roman von Aces Press, LLC veröffentlicht wird.

Dieses Buch ist vollständig das Werk der Autorin. Zwar habe ich beim Brainstorming geholfen und Ideen eingebracht, wenn es darum ging, welche meiner Figuren in der Erzählung erwähnt werden würden, aber ich hatte weder Einfluss auf den Schreibprozess noch auf die Bearbeitung der Geschichte.

Ich bin stolz und begeistert, dass meine Figuren so viel Anklang finden und viele Autorinnen und Autoren ihnen in ihren eigenen Erzählungen Platz schaffen. Vielen Dank, dass Sie sie und mich unterstützen!

Viel Spaß beim Lesen!

Susan Stoker xoxo

ANMERKUNG DER AUTORIN

Bevor Sie dieses Buch lesen …

Danke, dass Sie sich für den Kauf von *Vergebung für Violet* entschieden haben. Ich bin überglücklich, erneut in Susan Stokers *Special Forces: Operation Alpha* Universum mitwirken zu dürfen. Seit vielen Jahren bin ich ein Fan von Susan und habe jedes ihrer Bücher (mehrfach) gelesen. Obwohl ich mein Bestes getan habe, um ihren Originalcharakteren treu zu bleiben (denn sie sind einfach fantastisch), bin ich nicht Susan. Daher habe ich die Figuren so wiedergegeben, wie ich sie als Leserin erlebt habe. Ich möchte, dass alle Fans der SOP-Reihe das Gefühl haben, alten Freunden zu begegnen, wenn sie die Geschichten von Susans Charakteren lesen. Ich hoffe, dass ich ihren geliebten SEALs gerecht geworden bin. Aber vergessen Sie bitte nicht, dass ich mir auch einige Freiheiten genommen habe.

Ich hoffe, Sie genießen die Welt, die ich für Sie erschaffen habe, so sehr, wie ich es geliebt habe, sie zu gestalten.

Für unsere Gefallenen.
Unsere Helden.
Mögest du ein edles Todeslied singen und wie ein Held sterben,
der nach Hause geht.
Wenn die drei Gewehrsalven ertönen und unsere Toten vom
Schlachtfeld getragen werden.
Sei bereit zu kämpfen. Mit reinem Herzen. Gefestigter Moral.
Furchtlos.
Ehre sie.
RE

Lebe dein Leben, sodass die Angst vor dem Tod niemals in dein Herz eindringen kann.

Bewerte niemanden wegen seiner Religion. Respektiere die Sichtweise der anderen und verlange, dass sie auch deine respektieren.

Liebe dein Leben, verbessere dein Leben, verschönere alle Dinge in deinem Leben.

Strebe danach, ein langes Leben zu leben mit dem Sinn und Zweck, deinem Volk zu dienen.

Bereite ein edles Todeslied vor für den Tag, an dem du die große Kluft überwindest.

Begrüße einen Freund immer mit einem Wort oder einer Geste, wenn du ihn triffst oder an ihm vorbeigehst, sowie einen Fremden, wenn er einsam ist.

Zolle allen Menschen Respekt, aber krieche vor niemandem.

Wenn du am Morgen aufstehst, bedanke dich für die Nahrung und freue dich über das Geschenk des Lebens.

Wenn du keinen Grund siehst, dankbar zu sein, so liegt der Fehler einzig bei dir selbst.

Missbrauche nichts und niemanden, denn Missbrauch macht Weise zu Dummköpfen und beraubt sie des Geistes ihrer Visionen.

Wenn deine Zeit zu sterben gekommen ist, sei nicht wie diejenigen, deren Herzen von Todesangst erfüllt sind. Du sollst nicht winseln und um mehr Zeit betteln, um dein Leben noch einmal auf eine andere Weise zu leben. Singe dein Todeslied und stirb wie ein Held, der nach Hause geht.

Häuptling Tecumseh

PROLOG

JAXON

Zane ging nun schon seit einer geschlagenen Stunde in seinem Penthouse auf und ab. Ich hatte bereits daran gedacht, ihn mit Klebeband an den Stuhl zu fesseln oder ihn über den Balkon ins Wasser zu werfen. Was würden die Nachbarn wohl tun, wenn sie sahen, wie ein Mann in die Tiefe stürzte?

»Das alles passt nicht zusammen«, bemerkte Zane und sagte mir damit nichts Neues. Aufgrund der Unstimmigkeiten hatten wir uns heute Abend überhaupt getroffen. »Wenn sich jemand in eine derart gesicherte Datenbank einhacken würde, um an streng geheime Informationen heranzukommen, würde er doch nicht so schlampig sein, sondern seine Spuren besser verwischen.«

»Derjenige hat seine Spuren durchaus verwischt. Es scheint, dass er uns zwar wissen lassen wollte, dass er in das System eingedrungen ist, seine Identität jedoch gut verborgen hat«, sinnierte ich.

9

Es war entschieden zu leicht gewesen, Olivia Cox aufzuspüren. Wir hatten ohne Probleme herausgefunden, dass sich jemand aus Langley in den Server des Weißen Hauses gehackt und dann versucht hatte, es Timothy Clark in die Schuhe zu schieben. Dieser Jemand hatte uns Brotkrumen hinterlassen. Wir waren ihnen zwar gefolgt, doch wir hatten nicht herausfinden können, wer dafür verantwortlich war.

Zanes Handy klingelte. Er zog es aus der Tasche und warf einen Blick auf das Display. »Diese gottverdammten Telefonverkäufer. Ich werde der verfluchten Telefongesellschaft morgen einen Brief schicken. Offenbar haben sie vergessen, dass ich auf der Robinsonliste stehe. Arschlöcher.« Zane wischte wütend über den Bildschirm, doch bevor er sein Handy zurück in die Tasche stecken konnte, klingelte es erneut. Diesmal nahm er den Anruf an und stellte das Gespräch auf Lautsprecher.

»Hallo«, bellte er. Ich hatte Schwierigkeiten, ein Lachen zu unterdrücken.

»Zane Lewis?«, fragte eine weibliche Stimme.

Zane wandte sich mir zu und verdrehte die Augen. »Ja. Wer ist da?«, wollte er wissen.

»Mein Name ist Violet Myers. Ich bin von der CIA. Soweit ich weiß suchen Sie nach mir.«

»Warum sollte ich nach Ihnen suchen?«, fragte er und gab mir ein Zeichen, den Anruf zurückzuverfolgen.

»Wir haben keine Zeit für Spielchen. Aufgrund eines Informationslecks läuft eine SEAL-Einheit gerade Gefahr, in einen Hinterhalt zu geraten. Die Männer sind vor zwei Stunden aus San Diego aufgebrochen. Momentan arbeite ich daran, ihren genauen Standort zu ermitteln. Da Sie über die notwendigen Ressourcen verfügen, würde es schneller gehen, wenn wir uns zusammentun«, erklärte Violet. »Machen Sie sich nicht die Mühe, diesen Anruf zurückzuverfolgen. Ich habe Ihnen meine Kontaktdaten per E-Mail geschickt und werde Ihnen meine Handynummer geben, bevor wir dieses Gespräch beenden. Tatsächlich befinde ich mich auf dem Weg zu Ihnen. Ich musste Virginia verlassen.«

»Sie sind auf dem Weg zu mir?«, fragte Zane, der sich bemühte, das Gespräch in die Länge zu ziehen, damit ich das Handy der Frau orten konnte.

»Ja, zu Ihrer Wohnung. Voraussichtliche Ankunft in fünf Minuten«, antwortete sie.

»Wie bitte?« Zane kochte mittlerweile vor Wut.

»Mr. Lewis, ich denke nicht, dass ich mich wiederholen muss. Wollen Sie sich mit mir streiten und Caroline erklären, warum ihr Mann Matthew und sein Team nicht nach Hause zurückgekehrt sind? Oder wollen Sie mit mir zusammenarbeiten und diese Männer warnen?«

»Ich schwöre bei Gott, falls Sie Informationen haben durchsickern lassen, die die Männer in Gefahr bringen, dann werde ich Ihnen persönlich die Kehle durchschneiden und dabei zusehen, wie Sie verbluten«, brüllte Zane.

»Und ich werde, ohne zu zögern, vor Sie treten, damit Sie Ihre Drohung wahr machen können. Ich bin bereit, mich zu stellen und Ihnen zu helfen, aber Sie müssen mir einen Gefallen tun.« Mittlerweile klang Violet gar nicht mehr so unerschrocken wie noch zu Beginn des Gesprächs.

»Sie haben Nerven. Was könnten Sie schon von mir

wollen?« Zane sah mich an, woraufhin ich meinen Laptop in seine Richtung drehte. Wie die Frau behauptet hatte, war sie auf dem Weg zu uns und bog gerade in die Straße zu seinem Wohnhaus ein.

»Ich bin jetzt hier und komme rauf.« Mit diesen Worten beendete sie den Anruf. Zane war so wütend, dass ich schon glaubte, er würde sein Handy mit bloßen Händen zerquetschen.

»Ruf Tex an«, brüllte er mir über die Schulter hinweg zu und ging in sein Schlafzimmer. Ohne Zweifel hatte er vor, sich bis an die Zähne zu bewaffnen. Wenn er derart in Rage war, war Zane wirklich furchterregend.

Tex nahm nach dem ersten Klingeln ab. »Tex, hier ist Jaxon. Diese Leitung ist nicht gesichert«, informierte ich ihn.

»Verstanden«, antwortete er mit einem Anflug von Besorgnis in der Stimme.

»Entschuldige die Störung, aber du musst mir bestätigen, ob ein SEAL-Team gerade in den Nahen Osten unterwegs ist.«

»Das ist korrekt«, antwortete er.

»Wir haben ein Problem. Du musst die Jungs ausfindig machen und ihnen mitteilen, dass sie nichts unternehmen sollen, bevor wir weitere Informationen eingeholt haben. Es ist wahrscheinlich, dass sie in einen Hinterhalt laufen, daher sollen sie sich für eine mögliche Extraktion bereithalten.«

»Scheiße. Verstanden.« Tex trennte die Verbindung. Der Mann war der Beste, wenn es darum ging, jemanden aufzuspüren. Ich war zuversichtlich, dass wir den

Standort des Teams innerhalb einer Stunde haben würden, hoffentlich bevor es landete.

Wie erwartet kam Zane mit einer SIG Sauer P226 im Oberschenkelholster und einer HK MP5 über der Schulter aus dem Schlafzimmer.

»Ernsthaft?«, fragte ich und schüttelte den Kopf. Dann setzte ich sofort wieder eine ausdrucklose Miene auf. »Tex hat bestätigt, dass das Team im Einsatz ist.«

»Du stellst meine Wahl der Waffen infrage, während eine verdammte Spionin mich auf meiner Privatnummer angerufen hat, meine Adresse kennt und …« Er wurde durch ein Klopfen an der Tür unterbrochen. »Scheinbar keine Probleme hat, sich am Sicherheitsdienst vorbeizuschmuggeln.«

Zane warf einen Blick durch den Spion und zog dann die Tür auf, wobei es ihm scheinbar egal war, dass er wie Rambo aussah.

Ich glaubte, eine Frau kichern zu hören, bevor Zane blaffte: »Was soll das? Wie sind Sie hier heraufgekommen? Vergessen Sie es, ich will es gar nicht wissen. Ich wusste, ich hätte mein eigenes System installieren sollen.«

»Darf ich reinkommen?«, fragte sie.

Entweder war sie lebensmüde oder einfach nur dumm. Zane Lewis war mit einer Größe von über einem Meter neunzig ein stattlicher Mann. Dank seiner überragenden Statur konnte ich die Frau nicht sehen, die sich Violet nannte. Falls das überhaupt ihr richtiger Name war. Er hatte die Hand an seine P226 an der Hüfte gelegt, doch sie ließ sich davon nicht beirren. Zu meiner Überraschung trat Zane beiseite, um sie hereinzulassen, und gewährte mir einen ersten Blick auf die zierliche Brünette. Sie war jünger, als ich erwartet hatte, und absolut umwerfend. Ich schüttelte den Kopf, um die Fantasien, die mir augenblicklich durch den Kopf schossen, zu verdrängen. Sie war eine Verräterin, die zur Rechenschaft gezogen werden musste.

Sie trat ein und kam gleich zur Sache. »Haben Sie die Informationen, die ich Ihnen übermittelt habe, bereits bestätigt?«, fragte sie.

Zane kniff die Augen zu dünnen Schlitzen zusammen. »Ich denke, wir können auf die Höflichkeitsfloskeln verzichten. Also, warum bist du hier?«

»Das habe ich doch gesagt. Ich habe glaubwürdige Informationen, die besagen, dass Wolf und sein Team in einen Hinterhalt laufen.«

»Das habe ich nicht gemeint. Warum bist du hier in meinem Wohnzimmer? Du hättest Hunderte anderer Leute in deinem Büro alarmieren können, einschließlich des Nationalen Sicherheitsberaters. Vielleicht sogar den Verteidigungsminister. Und doch stehst du hier in meiner Wohnung. Was soll das?«

Sie zuckte nicht einmal zusammen. Wenn überhaupt, schien sie um ein paar Zentimeter zu wachsen, als sie die Schultern straffte und die Arme vor der Brust verschränkte. »Ich weiß nicht, wem ich trauen kann.«

»Aber ich soll dir vertrauen?«, entgegnete Zane.

»Nein. Du sollst den Informationen trauen, die ich dir gegeben habe.«

»Sie könnten gefälscht sein. Also, was soll der Scheiß?«

Zum ersten Mal, seit Violet Zanes Wohnung betreten hatte, wandte sie sich mir zu. »Ist er immer so?«

»Nur gegenüber Leuten, die er nicht leiden kann«, erwiderte ich.

Sie ließ sich nicht beirren und zog einen Laptop aus ihrer Umhängetasche, kniete sich vor Zanes Couchtisch und schaltete das Gerät ein. Zane zog eine Augenbraue in die Höhe und warf mir einen verärgerten Blick zu. »Kann ich sie jetzt erschießen?«

»Davon würde ich dir abraten. Du willst doch der Gebäudeverwaltung nicht erklären müssen, warum der Teppichboden ausgetauscht werden muss.«

Violet schien es völlig egal zu sein, dass Zane über ihr Ableben sinnierte. Sie klickte auf ihrem Laptop herum, bis sie die gewünschte Datei aufgerufen hatte.

»Hier.« Sie drehte uns den Bildschirm zu.

Darauf waren sämtliche Informationen über Wolfs Mission zu sehen, einschließlich des Flugplans. »Mein Gott«, murmelte ich. Ich überflog das streng geheime Dokument, zu dem niemand außerhalb der Befehlskette dieser Einheit Zugang haben sollte.

»Woher hast du diese Informationen?«, fragte ich, als ich mein Handy zückte, um Tex anzurufen.

»Das spielt keine Rolle.«

Bevor ich Violet weiter befragen konnte, meldete Tex sich am anderen Ende der Leitung. »Schieß los.«

»Die Mission ist gefährdet. Ruf sie zurück.«

»Das wird nicht möglich sein. Sämtliche Verbindungen wurden unterbrochen. Ich kann sie nicht erreichen.«

»Was ist mit dem Piloten?«, wollte ich wissen.

»Negativ.«

»Satellitentelefon, persönliche Handys, ein Rauchzeichen?«

»Nein. Nein. Und nochmals nein. Sie haben sich in Luft aufgelöst«, erwiderte Tex.

»Leider nicht. Sobald sie landen, werden sie Gesellschaft haben«, informierte ich ihn.

»Sag ihm, er soll für uns alles vorbereiten«, befahl Zane. »Sie haben mindestens drei Stunden Vorsprung, aber Wolf ist schlau. Er wird den Braten innerhalb kürzester Zeit riechen. Wir rücken als Verstärkung aus. Und bitte ihn, Violet Myers gründlich zu überprüfen. Tex weiß genau, was ich will. Sie ist eine Verräterin, wenn nötig, soll er ihr in den Arsch kriechen und sie von innen heraus durchleuchten.«

»Ich habe ihn gehört«, sagte Tex mit einem leisen Lachen. »Ich habe die Informationen innerhalb der nächsten Stunde.«

Er trennte die Verbindung, und zum ersten Mal, seit Violet Zanes Wohnung betreten hatte, wirkte sie nervös. Offenbar gab es etwas in ihrem Leben, von dem wir nichts wissen sollten.

»Warum hast du es getan?«, wollte ich wissen.

»Was meinst du? Ich habe euch wichtige Informationen gegeben. Unschuldige Männer werden sterben, wenn wir nichts unternehmen.«

»Scheinbar hat dich das zuvor auch nicht gestört«, erinnerte ich sie.

»Die anderen waren wohl kaum unschuldig«, kreischte sie. »Timothy Clark hat Staatsgeheimnisse verkauft. Siles war ein bolivianischer Waffen- und Drogenhändler. Genau wie Gomez. Ich habe euch sämtliche Informationen zukommen lassen, die nötig waren, um Olivia Newton aufzuspüren. Genauer hätte ich es euch nur erklären können, wenn ich euch eine Karte gezeichnet hätte.«

»Das beantwortet aber noch nicht meine Frage. Warum hast du es getan?«

»Der Grund spielt keine Rolle. Ich habe es getan und bin bereit, mich zu stellen und die Konsequenzen zu tragen, gleich nachdem wir Wolf und sein Team gerettet haben.«

»Wir werden überhaupt nichts tun. Ich werde dich persönlich zum Direktor schleifen und dich ausliefern«, warf Zane ein.

»Nein, das wirst du nicht tun. Denn bisher habe ich dir nicht verraten, wer sonst noch an der Sache beteiligt ist.«

Violet und Zane starrten einander an. Es war ungewiss, wer von beiden zuerst nachgeben würde. Fast empfand ich einen Anflug von Respekt. Nicht viele Leute hatten den Mut, dem ehemaligen Navy SEAL die Stirn zu bieten – vor allem keine Frau.

KAPITEL EINS

VIOLET

Was zum Teufel hatte ich mir nur dabei gedacht? Ich war tatsächlich auf direktem Weg nach Annapolis gefahren, um Zane Lewis einen Besuch abzustatten. Der Mann war der Inhaber der gefragtesten privaten Sicherheitsfirma der USA, die der Regierung wohlbekannt war. Eines seiner Einsatztrupps war das Red Team, dessen Mitglieder er persönlich ausgewählt hatte. Es bestand aus ehemaligen Elitesoldaten und einer Frau namens Jasmin Parker. Sie war Zanes Schwägerin und genoss einen Ruf als knallharte Kämpferin. Zweifellos musste sie unerbittlich sein, um mit ihren männlichen Kollegen mithalten zu können.

Nun saß ich ihr und dem Rest des Red Teams in einer alten Scheune gegenüber, die Zane zu einer geheimen Zentrale umfunktioniert hatte. Als ich vorgeschlagen hatte, in sein Büro in der Innenstadt zu fahren, hatte er mich ausgelacht und mir vorgeworfen, ich wolle mir nur

Zugang zu seinem Allerheiligsten verschaffen. Offenbar glaubte er, ich könne das Gebäude in die Luft jagen oder seine Sicherheitscodes an eine der vielen ausländischen Agenturen verkaufen, die ihm gern den Garaus machen würden.

Seine Befürchtungen waren durchaus berechtigt, denn die Hälfte der ausländischen Regierungen wollte ihn tot und begraben sehen. Bevor ich ihn angerufen hatte, hatte ich Nachforschungen über ihn und sein Team angestellt. Zane schien Informationsvermittler auf der ganzen Welt zu kennen. Zudem verfügte er über den Instinkt eines Raubtiers und die beste Intuition in diesem Metier. Beides machte ihn gefährlich für seine Feinde. Darüber hinaus war er bekanntermaßen nachtragend.

Ich hatte erwartet, dass ich nach Timothy Clarks Tod frei sein würde. Doch das war ich nicht. Die Informationen, die Clark benutzt hatte, um mich zu erpressen, waren verkauft worden. Nun hielt jemand, der noch viel bedrohlicher war, meine Zukunft in Händen. Ich hatte nur eine Chance, mich ein für alle Mal aus diesem Schlamassel zu befreien, und Zane Lewis war der Schlüssel.

»Wir brauchen sie nicht, Z. Ich traue ihr nicht über den Weg und sie wird uns nur aufhalten«, gab Jasmin zu bedenken.

Zane hatte uns gerade offenbart, dass wir nach Afrika reisen würden. Wie erwartet war sein Team nicht erfreut, mich zu sehen. Die Männer waren diejenigen, die Olivia aus den Klauen ihrer Entführer gerettet hatten, und sie wussten genau, welche Informationen ich den Bolivianern übermittelt hatte. Alles, was Zane ihnen sonst noch über mich erzählt hatte, entsprach der Wahrheit: Ich hatte mich ins System des Weißen Hauses gehackt, um mir Informationen über Pamela Cox zu beschaffen. Außerdem hatte ich die Anrufprotokolle von dem Server des Gefängnisses in Island gelöscht, in dem Zeugen und Gefangene in Überstellungshaft festgehalten wurden. Zane schien allerdings nicht zu verstehen, dass ich keine dieser Daten verkauft hatte. Aber ich verzichtete darauf, ihn eines Besseren zu belehren. Ich hatte die Anrufprotokolle und Aufnahmen nicht vollständig gelöscht, sondern besaß immer noch Kopien sämtlicher Gespräche, die Siles mit seinen Männern geführt hatte. Der Kerl hatte einen Putsch geplant und vorgehabt, den Drogenboss Gomez auszuschalten, damit er dessen Imperium übernehmen konnte. Um das zu erreichen, hatte er die Entführung von Olivia Cox Newton in die Wege geleitet, um das Verbrechen Gomez anzuhängen. Da das Mädchen die Tochter des Justizministers war, hatte er darauf vertraut, dass die US-Regierung Gomez aufspüren und töten würde. Dann hätte Siles einfach die Macht an sich reißen können, ohne einen Krieg mit Gomez führen zu müssen. Im Grunde war es ein guter Plan, der vielleicht funktioniert hätte, wenn ich die Aufnahmen nicht an Gomez geschickt hätte. Letzterer hatte sich an Zane gewandt, um seinen Namen reinzuwaschen. Sobald das Team erfahren hatte, wer wirklich hinter der Entführung steckte, hatten die Männer Siles ausgeschaltet.

Jasmin Parker wollte Zane mit aller Macht dazu bringen, mich dem Direktor der CIA auszuliefern, um ohne mich in den Südsudan zu reisen. Das konnte ich jedoch nicht zulassen. Ich brauchte die Informationen, über die Wolf und sein Team verfügten. Es war die einzige

Möglichkeit, dem Schlamassel, in den ich geraten war, ein Ende zu bereiten.

»Ich werde mitkommen«, beharrte ich und hoffte, dass meine Nervosität mir nicht anzuhören war.

»Und warum?«, fragte Jasmin und starrte mich mit zusammengekniffenen Augen an.

»Weil ich Informationen habe, die Zane braucht.«

»Von wegen. Du kannst uns gar nichts bieten. Wir können auch ohne deine Hilfe an Informationen gelangen«, entgegnete sie.

»Ach wirklich? Immerhin bin ich diejenige, die euch über die Falle informiert hat, in die die Einheit gerade tappt. Niemand in der Regierung wusste davon. Und je länger wir hier sitzen und darüber diskutieren, desto gefährlicher wird die Situation für die Männer. Also lass den Scheiß, damit wir endlich gehen können.«

»Es wäre durchaus möglich, dass du das Ganze eingefädelt hast«, blaffte Jasmin und wandte sich dann Zane zu. »Warum zum Teufel vertrauen wir ihr überhaupt? Vielleicht will sie uns auch in einen Hinterhalt locken«, gab Jasmin zu bedenken.

»Tex hat die Informationen überprüft. Da das Leben der Jungs auf dem Spiel steht, habe ich keine andere Wahl. Sie kommt mit, denn ich werde sie als menschlichen Schutzschild benutzen. Falls jemand auf dich schießt, kannst du dich hinter ihr verstecken«, schnaubte Zane.

Arschloch.

Ich würde mir die fiesen Bemerkungen gefallen lassen, solange ich ihn noch brauchte. Er war ein Mittel zum Zweck. Genau wie die anderen.

»Wer ist für den Klotz verantwortlich?«, fragte Jasmin

und zeigte auf mich. Bisher hatte ich mein Temperament im Zaum gehalten, aber ihre Worte brachten mich in Rage. Sie wollte mich ärgern, indem sie mir zu verstehen gab, dass ich dem Team ein Klotz am Bein war. Für gewöhnlich bezeichnete der Ausdruck zusätzliches Personal wie zum Beispiel Sprachmittler, die bei Einsätzen mitwirkten. Sie waren eine Last, die es zu beschützen galt, da sie, wenn überhaupt, nur über eine minderwertige Kampfausbildung verfügten.

»Mein Name ist Violet. Ich würde vorschlagen, du merkst ihn dir und benutzt ihn von nun an. Soweit ich weiß bin ich von uns beiden die Ranghöhere, und meine Sicherheitsfreigabe ist ebenfalls höher als deine. Nur weil diese Männer auf Samtpfoten um dich herumschleichen und dich G.I. Jane spielen lassen, muss ich das nicht auch tun. Ich habe gehört, wie schießwütig du bist. Und mir ist bekannt, dass du den Einsatz in Russland vermasselt hast, weil du lieber Miss Rambo gespielt hast, statt auf die Bedrohung um dich herum zu achten. Du bist ein abschreckendes Beispiel dafür, wie man es nicht machen sollte. Du glaubst wohl, weil du Zanes Schwägerin und die Nichte des Präsidenten bist, stinkt deine Scheiße nicht. Weißt du was, Süße, ich werde euch bei diesem Einsatz begleiten, und wenn du mir Probleme machst, dann benutze ich *dich* als Schutzschild.«

»Kann ich sie jetzt erschießen?«, fragte sie Zane. »Penelopes letzter Einsatz liegt schon Wochen zurück.«

Auch davon hatte ich gehört. Sie hatte ihre Waffe Penelope genannt. Welcher Mensch, der noch bei Verstand war, gab seiner Pistole einen Namen?

»Du bewegst dich auf dünnem Eis«, knurrte Zane.

Wenn ich bei dieser Mission nicht unbedingt hätte dabei sein müssen, hätte ich wahrscheinlich Reißaus genommen. Der Mann jagte mir eine Heidenangst ein – genauso wie die anderen. »Du vergisst, dass ich bei der Operation in Russland ebenfalls dabei war. Bist du der Meinung, ich hätte auch nur Rambo gespielt?« Zane wandte sich Jaxon zu. »Blue, sie ist jetzt dein Problem. Halte sie unter Kontrolle, und zwar mit allen Mitteln.«

Nur ein Mittel zum Zweck, erinnerte ich mich im Geiste. Ich würde alles für *ihn* tun.

Wenn es sein müsste, würde ich auch meine Seele verkaufen, lebenslänglich ins Gefängnis gehen und mich mit Leuten abgeben, die mich eher umbringen würden, als mir zu glauben.

KAPITEL ZWEI

JAXON

Violet hatte eine Heidenangst. Nichtsdestotrotz setzte sie eine tapfere Miene auf und bot Jasmin die Stirn. Ich war sowohl beeindruckt als auch neugierig. Und ein wenig misstrauisch. Sie war betont schroff, was darauf schließen ließ, dass sie verzweifelt war. So ein Verhalten war immer gefährlich.

Violet verbarg etwas. Sie glaubte, niemand hätte die Scham bemerkt, die sich in ihren Augen widergespiegelt hatte, als Zane sie als die Verräterin identifiziert hatte, nach der wir gesucht hatten. Sie hatte zwar versucht, eine unbekümmerte Miene aufzusetzen, aber sie war keine sonderlich gute Schauspielerin.

Nachdem Zane den Präsidenten angerufen und ihn auf den neuesten Stand gebracht hatte, bestiegen wir einen von Tex gecharterten Learjet und machten uns auf den Weg in den Südsudan. Zur Abwechslung flogen wir nicht in einem Militärflugzeug. Der Mann hatte keine

Kosten und Mühen gescheut und bescherte uns eine luxuriöse Reise. Zwei Stunden nachdem wir abgehoben hatten, war Violet endlich eingeschlafen, und ich konnte sie ungehindert betrachten. Sie war ein zierliches und temperamentvolles Ding. Eigentlich war sie nicht der Typ Frau, der für gewöhnlich meine Aufmerksamkeit erregte, aber sie hatte etwas an sich, was mich faszinierte.

Ich machte mich auf den Weg zum vorderen Teil des Flugzeugs, in dem Zane gerade mit Eric und Jasmin eine Einsatzbesprechung abhielt. Unsere beiden anderen Teammitglieder Leo und Colin waren auf Wunsch des Präsidenten in den Staaten geblieben, da er sie als Leibwächter brauchte. Sehr zu seinem Verdruss war Linc bisher noch nicht für den Außendienst freigegeben worden und saß mit Garrett in der Zentrale fest. Die beiden waren bei dieser Operation für die Technik und Kommunikation zuständig.

»Fandet ihr diese gespielte Tapferkeit nicht auch ein wenig übertrieben?«, fragte ich.

»Es hat Spaß gemacht zu beobachten, wie sie Jasmin mit dieser Calamity Jane Nummer die Stirn geboten hat«, bemerkte Eric.

»Spaß? So nennst du das also? Ich bin mir nach wie vor unschlüssig, ob ich sie nicht aus dem Flugzeug werfen soll«, erwiderte Jasmin.

»Ich kaufe ihr das Gehabe nicht ab«, bemerkte ich.

»Wir werden mehr wissen, sobald wir die Informationen von Tex haben. Der ursprüngliche Bericht sagt nicht viel über ihren beruflichen Werdegang aus. Sie begann ihre Karriere beim FBI und war dann in der Verhaltensforschung als Beraterin tätig. Soviel ich weiß ist sie so etwas wie ein menschlicher Lügendetektor. Sie kam vor allem bei Verhören zum Einsatz. Die CIA hat sie aus demselben Grund rekrutiert. Allerdings war sie dort dafür zuständig, Agenten nach einem Einsatz zu befragen. Zudem hat sie die Agenten der Stufe I durchleuchtet, die für Langzeitinfiltrationen untertauchen.« Zane hielt inne und atmete tief durch, bevor er fortfuhr. »Ironischerweise sollte sie herausfinden, ob sie beinflussbar waren und die Gefahr bestand, dass sie überlaufen könnten.«

»Erinnert ihr euch noch an unsere Nachbesprechung mit dem Präsidenten, nachdem wir aus Island zurückgekehrt waren? Nachdem Siles behauptet hatte, seine Kontaktperson sei eine Frau gewesen, waren wir uns einig, dass Frauen oft leichter zu erpressen sind«, gab ich zu bedenken.

»Von wegen«, warf Jasmin ein.

Ich ignorierte sie und fuhr fort: »Ich rede von Erpressung, und nicht davon, dass sie die Seiten gewechselt hat.«

»Wenn sie wirklich erpresst wird, dann stellt sich die Frage, wen sie schützt und warum«, fügte Eric hinzu.

»Diesbezüglich müssen wir auf Tex warten. Ich glaube nicht, dass sie uns irgendwelche Antworten geben wird. Und falls sie es täte, würde ich ihr wahrscheinlich nicht glauben.« Zane wandte sich wieder seinen Unterlagen zu.

»Und doch vertrauen wir ihr Informationen an und planen vor ihrer Nase eine Operation. Findet ihr es nicht auch seltsam, dass sie darauf bestanden hat, uns zu begleiten?«, wollte Jasmin wissen.

»Ich traue ihr nicht über den Weg. Sie wurde dafür ausgebildet, andere zu täuschen. Aber warum sollte sie dabei sein wollen, falls sie uns in einen Hinterhalt lockt?«

Zane blickte auf und reichte Jasmin eine Karte. »Der Südsudan wird von Rebellenführern kontrolliert. Sie wäre dumm zu glauben, sie könnte uns in eine Falle locken und lebend aus der Sache herauskommen. Ganz zu schweigen davon, dass sie etwas von Wolf will. Bevor sie es hat, wird sie sich nicht gegen uns wenden.«

»Ich zweifle trotzdem an ihrer Intelligenz. Falls ich das hier überlebe, werde ich euch daran erinnern, dass ich euch gewarnt habe.«

»Wir sollten uns auf das Wesentliche konzentrieren, Jasmin. Im Moment ist es wichtiger, Wolf und seine Männer lebend nach Hause zu bringen.«

* * *

EINIGE STUNDEN SPÄTER GING ICH ZU MEINEM SITZ zurück, um vor der Landung noch etwas zu schlafen. Ich war überrascht zu sehen, dass Violet hellwach war.

»Habt ihr schon herausgefunden, ob ich die Wahrheit sage?«, fragte sie.

Ich machte mir nicht die Mühe zu antworten, sondern setzte mich wortlos neben die Frau, die mich möglicherweise in den Tod führen würde. Jasmins Bedenken waren berechtigt. Um ehrlich zu sein, hegte ich ähnliche Zweifel. Nachdem Violet von der Geheimoperation erfahren hatte, wäre es ein Leichtes gewesen, die missionsspezifischen Details zu fälschen. Vorausgesetzt niemand hätte gewusst, wohin Wolf mit seinem Team unterwegs war. Tex hatte jedoch zuvor mit Wolf gesprochen. Letzterer hatte Tex zwar keine Einzelheiten genannt, aber er hatte ihm einige wichtige Informationen verraten, damit er ihnen im

Notfall den Rücken stärken konnte. Bisher stimmte das, was Violet uns erzählt hatte, mit dem Bericht überein, den Tex von Wolf erhalten hatte. Mehr wussten wir im Moment nicht.

Ich starrte sie durchdringend an. Wie gehofft, begann sie, unruhig auf ihrem Sitz hin und her zu rutschen, und versuchte vergebens, sich ihre Nervosität nicht anmerken zu lassen. Diese Frau war ausgebildet worden, Lügner zu entlarven. Die Leute verrieten sich zumeist schon durch ihre Körpersprache, eine unbeabsichtigte Bewegung oder ein unbewusstes Zucken. Sie selbst war jedoch nicht in der Lage, ihre Reaktion zu kontrollieren. Entweder war es Absicht, um verletzlich zu wirken, oder sie befand sich in einer Situation, die sie emotional unter Druck setzte. Ich tippte auf Letzteres. Mein Instinkt verriet mir, dass jemand etwas gegen sie in der Hand hielt, das von großem Wert für sie war. Wahrscheinlich ein Familienmitglied. Für uns alle war die Familie unser größter Schwachpunkt.

»Bist du verheiratet?«, fragte ich.

»Wie bitte? Nein«, antwortete sie wie aus der Pistole geschossen.

Definitiv ledig.

»Brüder? Schwestern?«

»Warum fragst du mich nach meiner Familie?«, versuchte sie auszuweichen. Interessant.

»Aus keinem bestimmten Grund. Ich will mich nur mit dir unterhalten«, erwiderte ich.

»Sollten wir nicht besser darüber reden, was passiert, nachdem wir gelandet sind?«

»Du wirst mit Jasmin in einem Hotel in Juba in Sicherheit gebracht, während der Rest von uns auf die Jagd geht«, log ich und achtete auf ihre Reaktion. Jasmin würde sich den Einsatz auf keinen Fall entgehen lassen.

»Nein, ich komme mit«, protestierte sie wie erwartet.

»Warum? Dir ist doch sicher bewusst, dass im Südsudan ein Bürgerkrieg herrscht, nicht wahr?«

»Ich wurde im Umgang mit Waffen ausgebildet und weiß, wie man eine Pistole abschießt.«

»Du arbeitest hinter einem Schreibtisch, nicht im Außendienst. Glaubst du wirklich, wir werden dir eine Waffe in die Hand drücken?«, lachte ich, woraufhin sie zusammenzuckte. »Nur weil du einmal im Jahr auf einem Schießstand deine Lizenz erneuerst, heißt das noch lange nicht, dass du für den Kampfeinsatz ausgebildet bist.«

»Warum wollt ihr mir keine Waffe geben? Wie du gerade sagtest, herrschen Unruhen im Land.«

»Mal sehen, du hast einem Terroristen geholfen, eine unschuldige Frau zu entführen. Dann hast du es einem bekannten Geldwäscher ermöglicht, einen Putsch zu planen. Oh, und wir wollen doch nicht vergessen, dass das Haus, in dem das Mädchen festgehalten wurde, in die Luft geflogen ist. Mein Team wäre dabei fast ums Leben gekommen.«

»Ich wusste nichts von dem Sprengstoff.« Sie schloss die Augen.

Erneut konnte ich einen Anflug von Scham in ihrem Gesicht erkennen. Ich glaubte ihr, dass sie nichts von der explosiven Ladung gewusst hatte. Immerhin hatte sie kein Problem damit, die Verantwortung für die Verbrechen zu übernehmen, die sie begangen hatte.

»Warum hast du es getan?«, fragte ich erneut.

»Spielt das eine Rolle?«

»Ja, das tut es.«

»Du würdest es nicht verstehen.«

Im Gegensatz zu ihrem Verhalten in der Scheune wirkte Violet nun niedergeschlagen. Sie hatte ihren Willen durchgesetzt und war mit uns auf dem Weg nach Afrika, aber sie schien nicht sonderlich erfreut zu sein. Die Frau gab mir Rätsel auf, und das gefiel mir nicht. Sie glich einem Puzzle ohne Anleitung und verfügte nicht einmal über die Eckstücke, mit denen man den Rand hätte bilden können.

»Ich wollte es nicht tun«, flüsterte sie.

»Warum hast du es dann getan?«

»Weil es um das Wohl der Allgemeinheit ging.«

»Das glaube ich dir nicht«, entgegnete ich. Vielleicht hatte sie sich selbst von dieser Version überzeugt, aber ich hätte ein Vermögen darauf verwettet, dass es sich hier um eine persönliche Angelegenheit handelte.

»Es ist mir egal, ob du es glaubst oder nicht. Ich kenne meine Beweggründe. Etwas anderes zählt für mich nicht.« Als sie starrsinnig ihr Kinn in die Höhe reckte, erinnerte sie mich wieder an die Frau, die plötzlich vor Zanes Tür gestanden hatte.

»Leider sind deine Beweggründe auch für mich von Bedeutung. Wenn du nicht mit Jasmin in einem Hotelzimmer festsitzen willst, wirst du jetzt endlich mit der Sprache rausrücken.«

Mir war klar, dass Zane mir Violet überlassen hatte, weil ich ein Händchen dafür hatte, anderen Informationen zu entlocken. Die Frau war jedoch ein harter Brocken. Ihre Lippen waren fester verschlossen als Fort Knox. Hätte ich nicht gewusst, dass sie eine Verräterin war, hätte ich mir eine Vielzahl von Möglichkeiten vorstellen können, um sie dazu zu bewegen, ihren hübschen Mund zu öffnen.

»Also, wofür entscheidest du dich, Violet? Bleibst du bei Nightstalker oder gehst du mit den Männern auf die Jagd?«

KAPITEL DREI

VIOLET

Dieses Doppelleben war verdammt anstrengend. Ich war es leid, die Tapfere zu spielen. Ich taugte nicht zur Spionin und war eine schlechte Lügnerin. Es war ein Wunder, dass keiner meiner Kollegen bemerkt hatte, was ich getan hatte. Ich konnte unmöglich mit Jasmin im Hotel zurückbleiben, denn ich musste die Minidrohne in die Hände bekommen, die die SEALs bei sich hatten. Je schneller ich dem Ganzen ein Ende bereiten konnte, desto besser, denn ich stand am Rande eines Nervenzusammenbruchs.

»In Virginia war mir ein chinesischer Agent auf den Fersen. Er ist mir ein paar Tage lang gefolgt, während ich versuchte herauszufinden, was er dort zu suchen hatte«, begann ich.

»Moment mal. Das Ministerium für Staatssicherheit hatte einen Agenten auf dich angesetzt und du dachtest, es sei eine gute Idee, ihn direkt in Zanes Penthouse zu führen?«, unterbrach er mich.

Ich unterdrückte den Drang, die Augen zu verdrehen. »Nein. Der Agent wurde neutralisiert, bevor ich Virginia verließ.«

»Wo ist er jetzt?«, fragte Jaxon.

»Er liegt auf dem Boden meines Wohnzimmers. Eine weitere Anklage, der ich mich werde stellen müssen, sobald ich nach Hause komme. Wie dem auch sei, er ist in mein Apartment eingebrochen, also war es mein gutes Recht, ihn zu erschießen. Er hatte einen USB-Stick bei sich, auf dem die detaillierten Einsatzberichte von zwei verschiedenen SEAL-Teams gespeichert waren. Team Bravo war gerade von einer Mission aus Bogotá zurückgekehrt. Die Chinesen hatten sie dort geortet und jeden ihrer Schritte verfolgt. Auch die Sudan-Operation des Alpha-Teams ist bis ins kleinste Detail auf dem Stick verzeichnet. Offenbar wurde der Zielort des Teams an Wekesa, einen sudanesischen Rebellenführer, verkauft. Sobald das Team landet, werden die Männer von Wekesa empfangen werden.«

»Warum ist die chinesische Regierung an deinem Tod interessiert?«, wollte Jaxon wissen.

»Ich weiß es nicht.«

»Jetzt spielst du also wieder die Schweigsame? Violet, wenn wir dir helfen sollen, dann musst du uns die Wahrheit sagen.«

Ich hatte keine Ahnung, warum die Chinesen mich töten wollten. Bis der Mann mir gefolgt war, hatte ich nie etwas mit dem Ministerium zu tun gehabt. Am liebsten hätte ich ihnen alles erzählt und mir endlich die Last von der Seele geredet, die ich seit sechs Monaten mit mir herumschleppte. Jaxon hatte recht. Ich saß hauptsächlich hinter einem Schreibtisch und hatte keine Ahnung, was ich tun sollte.

»Ich werde reinen Tisch machen und Zane sämtliche Beweise übergeben, die ich gesammelt habe, sobald wir zurück in den Staaten sind.«

»Was zum Teufel ist so wichtig in Afrika, dass du es uns nicht verraten kannst?«

»Im Moment ist es das Wichtigste, Wolf, Abe, Dude, Benny und Cookie gesund und munter nach Hause zu bringen.«

Mit diesen Worten wandte ich mich ab und starrte geradeaus. Ich konnte den vorwurfsvollen Blick aus seinen blauen Augen nicht länger ertragen. Er konnte nichts sagen, was mich dazu veranlasst hätte, mich selbst noch mehr zu hassen, als ich es ohnehin schon tat. Dennoch hatte ich keine andere Wahl. Diese eine Sache musste ich noch erledigen, dann würde ich frei sein.

Falls sie mich tatsächlich im Hotel zurücklassen wollten, würde ich eine Möglichkeit finden, um zu entkommen und die Einheit selbst ausfindig zu machen. In dem Moment, in dem sie die Minidrohne aktivierten, würde ich ihren Standort kennen. Die Regierung hatte Millionen in die Entwicklung der Technologie gesteckt. Das Gerät war denen auf dem zivilen Markt sehr ähnlich, doch es war kleiner und leiser, lieferte bessere Videoaufnahmen und verfügte über eine längere Akkulaufzeit und eine entschieden größere Reichweite. Ein Drohnenpilot war somit in der Lage, aus einer sicheren Entfernung von fast zwei Kilometern ein Gebiet auszukundschaften, ohne

Menschenleben zu riskieren, während die Kommandanten im Verteidigungsministerium das Geschehen in Echtzeit verfolgen konnten.

Allerdings hatte die Konstruktion einen fatalen Fehler im Sicherheitssystem und war gehackt worden.

Zane kam in den hinteren Bereich des Flugzeugs und informierte uns, dass wir bald landen würden. Als Jaxon ihn hinsichtlich des chinesischen Agenten auf den neuesten Stand brachte, glaubte ich, der Mann würde jeden Moment explodieren. In seiner Wohnung war er bereits in Rage gewesen, doch nun kochte er vor Wut.

»Nur um sicherzugehen, dass ich das richtig verstanden habe. In deinem Apartment liegt ein toter Agent des chinesischen Ministeriums für Staatssicherheit?«, presste er zwischen zusammengebissenen Zähnen hervor.

»Ja.«

»Verdammter Mist! Und dir war nicht in den Sinn gekommen, jemanden mit der Beseitigung der Leiche zu beauftragen?«

»Wieso beantwortest du diese Frage nicht selbst, Zane? Gibt es im Telefonbuch denn einen Abholservice für Leichen?«

Jaxon lachte leise und Zane kniff die Augen zu dünnen Schlitzen zusammen. »Ja, den gibt es in der Tat. Nämlich mich! Nun liegt jedoch ein verwesender Kadaver in deiner Wohnung. Denkst du, deine Nachbarn werden den Gestank nicht bemerken? Oder glaubst du, sie gehen davon aus, dass du den Müll nicht rausgebracht hast? Für eine Spionin, die von der CIA ausgebildet wurde, bist du wirklich eine Niete.«

»Ich bin keine verdammte Spionin!«, platzte ich heraus. Ich versuchte mit aller Kraft, die Fassung zu wahren, aber ich stand kurz vor dem Zusammenbruch. Zuerst wurde ich erpresst und gezwungen, moralisch verwerfliche Dinge zu tun, dann wurde ich verfolgt und jetzt versuchte jemand, mich zu töten. »Ich bin eine Analystin. Die CIA hat mich vom FBI rekrutiert. Glaubst du wirklich, ich wollte, dass das alles passiert? Ich kann dir versichern, dass dem nicht so ist. Ich will mit all dem nichts zu tun haben, aber mir bleibt nichts anderes übrig. Zudem habe ich mich des Mordes schuldig gemacht, als ich diesen Agenten erschossen habe. Dafür werde ich mich verantworten, sobald ich wieder zu Hause bin. Ich habe dir bereits gesagt, dass ich alles gestehen werde.«

»Wen schützt du?«, fragte Jasmin.

»Niemanden.«

»Blödsinn. Ich glaube nicht eine Sekunde, dass du Timothy Clark helfen würdest, wenn er nicht etwas gegen dich in der Hand hätte.«

»Warum nicht?« Die Frage kam mir ungehindert über die Lippen. Eigentlich konnte es mir egal sein, was sie über mich dachte, doch tief im Inneren wusste ich, dass ihre Meinung mir wichtig war. Ich hätte nie mein Land verraten und den Eid gebrochen, den ich geleistet hatte, wenn Timothy Clark mir nicht gedroht hätte.

»Ich glaube einfach nicht, dass du ein hinterhältiger Mensch bist. Wir wissen, warum Clark es getan hat. Er war ein gieriges Stück Scheiße, das seinen Bruder Louis in seine Pläne mit eingebunden hat. Die beiden haben jeden Informationsfetzen, den sie in die Finger bekamen, an den Meistbietenden verkauft. Ihnen war völlig egal, welche Regierung die Informationen wollte oder wer dabei verletzt wurde. Sie wollten nur das Geld. Keiner der beiden war gewillt, zu seinen Taten zu stehen, aber du gibst anstandslos alles zu. Das bedeutet, dass jemand etwas gegen dich in der Hand hat. Etwas, für das du sogar dein Leben opfern würdest. Dieses Etwas ist eine Person.« Für den Bruchteil einer Sekunde erweichte Jasmins Miene sich, bevor sie ihre Maske der Gleichgültigkeit wieder aufsetzte. »Wohlgemerkt interessiert es mich nicht im Geringsten, wer diese Person ist. Unterm Strich bist du eine Verräterin.«

Dem hatte ich nichts entgegenzuhalten. Sie hatte recht. Meine Beweggründe spielten keine Rolle. Aber ich würde bereitwillig meine Freiheit aufgeben, wenn *er* dadurch in Sicherheit wäre.

»Voraussichtlich werden wir in weniger als dreißig Minuten landen. Ein Mann namens Faheem Wadood wird uns dort treffen. Tex hat bereits mit ihm zusammengearbeitet und behauptet, er sei der Beste. Er wird uns herumführen. Hoffentlich können wir die Männer mit seiner Hilfe finden.«

»Wir brauchen Faheem nicht.« Ich hoffte, dass ich keinen Fehler beging, doch es wäre reine Zeitverschwendung, mithilfe eines Führers Juba abzusuchen. Und dem Team lief die Zeit davon.

»Warum nicht?«, fragte Jaxon.

»Weil ich sie orten kann, sobald wir am Boden sind.«

»Wie bitte?« Wenn Zane weiter so mit den Zähnen knirschte, bräuchte er bald Zahnimplantate.

»Warum sind wir den ganzen verdammten Weg nach Afrika geflogen, wenn du ihren Standort ermitteln kannst?«, warf Eric ein. »Es gibt in der Gegend Truppen, die wir hätten schicken können.«

»Ich schwöre bei Gott, wenn du nicht bald mit der Sprache rausrückst, werde ich dich in ein Gefängnis sperren, gegen das Island wie ein Club Med wirkt. Wen auch immer du zu schützen glaubst, wird dich nie wieder zu Gesicht bekommen. Darüber hinaus wird es keine Rolle mehr spielen, wovor du ihn beschützt. Entweder du vertraust uns und rückst mit der Wahrheit heraus oder du wirst am Ende alles verlieren.« Mittlerweile war Zane nicht mehr wütend, sondern wirkte resigniert. Das machte mir wesentlich mehr Angst.

Scheiße.

»Ich werde erpresst.«

»Was du nicht sagst.« Zane legte den Kopf schief und sah mich an, als sei ich geistig nicht ganz auf der Höhe.

Doch das war mir egal. Es fühlte sich viel zu gut an, die Wahrheit endlich laut auszusprechen.

»Es begann alles mit Timothy Clark.«

»Ich bin nur ungern der Spielverderber, aber wir landen in weniger als dreißig Minuten. Warum beschränken wir uns fürs Erste nicht auf die wichtigsten Punkte?«, fragte Eric und bedeutete mir mit einer Geste fortzufahren.

»Timothy hatte eine Liste von Geheimagenten der CIA, die überall auf der Welt im Einsatz waren. Er drohte damit, die Liste zu veröffentlichen, wenn ich ihm nicht helfen würde, Informationen zu finden, die er gegen den Justizminister Peter Newton verwenden könnte.«

»Das ist unmöglich. Wir haben Louis Clark, alias Deepweb336, daran gehindert, den Hack zu vollenden«, warf Zane ein. »Timothy hat dich getäuscht. Sein Bruder hat die Namen nie bekommen.«

»Er hat die Liste«, entgegnete ich beharrlich.

»Woher willst du wissen, dass die Liste echt ist? Du hättest keine Möglichkeit, die Namen zu überprüfen. Sobald ein Agent untergetaucht ist, führt die CIA keine Aufzeichnungen mehr über ihn.«

»Glaubt mir, sie ist echt.«

»Es tut mir leid, aber du wurdest tatsächlich getäuscht. Ich habe Louis eigenhändig eine Kugel in den Kopf gejagt, bevor er den Hack abgeschlossen hat. Unser technischer Analyst Garrett hatte sich in die Datenbank der CIA eingeloggt. Der stellvertretende Direktor Banning wies uns an, das System nicht abzuschalten, sondern zu beobachten, ob Louis imstande wäre, ins System einzudringen. Er hat sich jedoch nie eingehackt, Violet. Er hat die Liste nie bekommen.«

»Doch, das hat er. Während ihr alle Cyber-Krieg gespielt habt, um zu sehen, wer wen hacken kann, ist euch offenbar nicht in den Sinn gekommen, Timothy im Auge zu behalten.«

»Woher weißt du das alles?«, fragte Jaxon und bedachte mich mit einem argwöhnischen Blick.

»Ich weiß, dass sie die Namen haben, weil es meine Aufgabe war, die Akten der Agenten verschwinden zu lassen, nachdem sie untergetaucht sind.«

»Timothy ist tot. Wer zum Teufel hat die Liste jetzt?«, fragte Jasmin.

»Timothy hat mit einem Mann namens Manuel Ortega zusammengearbeitet«, erklärte ich ihnen.

»Manuel Ortega? Der Name kommt mir bekannt vor«, murmelte Jasmin.

»Das sollte er auch. Manuel Ortega ist ein ehemaliger bolivianischer Elitesoldat, der abtrünnig geworden ist«, presste Eric zwischen zusammengebissenen Zähnen hervor. »Ich dachte, das Arschloch sei tot.«

»Warum sind die Chinesen hinter dir her?«, fragte Zane.

»Ich nehme an, sie wissen von der Liste«, antwortete ich. »Das Ministerium ist sich zweifellos der Tatsache bewusst, dass sie amerikanische Agenten in ihren Reihen haben. Ich glaube, Timothy hat versucht, Ortega zu hintergehen.«

»Ich hasse diesen Spionagemist«, schimpfte Jaxon.

Meine Güte, mir ging es genauso. Ich war für so etwas nicht geschaffen und steckte so tief im Schlamassel, dass ich Merkzettel brauchte, um die Namen aller Beteiligten nicht zu vergessen. Bolivianer. Chinesen. CIA-Doppelagenten. Leute, die sich in Datenbanken hackten. Ich wollte nur mein altes Leben zurück. Mein langweiliges, unscheinbares Leben. Ich ging morgens zur Arbeit, kehrte abends in meine Wohnung zurück, aß allein zu Abend, sah fern und ging ins Bett.

Einfach.

Langweilig.

Einsam.

KAPITEL VIER

JAXON

Ich bezweifelte, dass Violet bemerkte, wie sehr sie zitterte. Ob nun aus Angst, Erleichterung oder einer Mischung aus beidem, sie bebte am ganzen Körper. Es kostete mich all meine Willenskraft, um nicht eine Hand nach ihr auszustrecken und sie daran zu hindern, mit dem Knie auf und ab zu wippen. Nachdem sie ihre gefasste Fassade hatte fallen lassen, konnte ich sehen, wie verängstigt sie war. Ich war nicht dumm. Sie verheimlichte uns immer noch etwas, aber immerhin war es ein Anfang. Es würde Zeit brauchen, bevor sie uns auch den Rest erzählte.

Doch dann schockierte sie mich, indem sie damit herausplatzte. »Ich brauche den Steuerungs-Chip aus der Drohne, damit ich ihn an Ortega übergeben kann. Andernfalls verkauft er die Namen an die Russen.«

Eric fixierte die Tränen, die mittlerweile über Violets Wangen kullerten. Sobald jemand die Russen erwähnte, war er zu keinem rationalen Gedanken mehr fähig. Vor einiger Zeit hatte er verdeckt für die CIA in einem russischen Gefängnis namens Black Dolphin gearbeitet. Die Erinnerungen an den Einsatz trug er in Form von unzähligen Narben auf seinem Rücken mit sich herum. Die russischen Gefängniswärter hatten ihn außerdem mit dem Zeichen eines Delphins gebrandmarkt. Wenn jemand die Russen zur Sprache brachte, löste das nicht nur eine körperliche Reaktion bei ihm aus, es erinnerte ihn obendrein daran, dass Jasmin und Zane ebenfalls in dem Gefängnis gefoltert wurden. Dafür gab er sich heute noch die Schuld.

Der Druck in der Kabine veränderte sich, als der Pilot über Lautsprecher verkündete, dass wir uns im Landeanflug befanden. Eric und Jasmin machten sich auf den Weg zurück zu ihren Sitzen, während Zane blieb.

»Wir werden diese Unterhaltung weiterführen, sobald wir gelandet sind. Ich will Wolf so schnell wie möglich orten. Um die Liste kümmern wir uns, nachdem wir die Männer in Sicherheit gebracht haben. Was für ein gottverdammter Schlamassel. Willst du dir sonst noch etwas von der Seele reden?«, fragte er Violet.

Violet schüttelte den Kopf und blickte aus dem Fenster.

»Ich hoffe für dich, dass die Informationen der Wahrheit entsprechen.« Mit diesen Worten wandte er sich ab und ging ebenfalls zu seinem Sitz.

Und ich blieb neben der weinenden Violet sitzen. Ich hätte diese Frau hassen sollen. Sie wurde von der US-Regierung wegen einer ganz Reihe von Verbrechen gesucht. Auf einige davon stand immer noch die Todesstrafe. Sie gab zu, einen Mann getötet zu haben, doch dafür konnte ich sie nicht verurteilen, denn sie hatte aus Notwehr gehandelt. Im Grunde hatte sie nichts anderes getan als ich unzählige Male in meinem Leben. Der einzige Unterschied bestand darin, dass ich meinem Opfer eine Falle stellte und ihm auflauerte, denn ich tötete Menschen im Auftrag der Regierung. Falls ich je gefangen genommen wurde, würde Letztere zwar leugnen, meine Dienste in Anspruch genommen zu haben, doch das machte die Sache nicht besser.

Ich war ein bezahlter Killer, und sie war eine Mörderin.

Mein Bauchgefühl sagte mir, dass sie wirklich glaubte, das Richtige getan zu haben. Sie hatte selbst gesagt, dass sie Timothy geholfen hatte, um dem Wohl der Allgemeinheit zu dienen. Ich nahm an, dass Hunderte von Namen auf der Liste vermerkt waren. Und das Leben dieser Agenten lag in Violets Händen. Sie hatte ihre eigene Freiheit und Moral geopfert, um Menschen zu retten, die sie nicht einmal kannte. Und nun befand sie sich in einer vertrackten Lage, in der sie nicht gewinnen konnte.

Ihr Fehler war, dass sie sich niemandem anvertraut hatte, nachdem Timothy an sie herangetreten war. Hätte sie mit jemandem gesprochen, hätte sie das Ganze im Keim ersticken können und Olivia wäre nie entführt worden. Aus irgendeinem Grund empfand ich Mitleid mit ihr.

»Es wird schon alles gut gehen«, beruhigte ich sie. »Zane arbeitet bereits an seinem nächsten Schachzug.«

»Woher willst du das wissen?« Sie sah mich mit tränengefüllten Augen an. Zum ersten Mal bemerkte ich die Farbe ihrer Iriden. Sie waren braun und von einem rötlichen Schimmer durchzogen. Ich hatte noch nie eine so außergewöhnliche Farbe gesehen. »Jaxon?«

»Äh, tut mir leid. Ich kenne Z. Er wird sich mit seinem Kontaktmann in Verbindung setzen und deine Geschichte überprüfen. Sobald er die Bestätigung erhält, dass sie der Wahrheit entspricht, wird er Manuel Ortega ausfindig machen und wir werden uns die Liste zurückholen.«

»Dann glaubst du mir?«, fragte sie mit einem überraschten Ausdruck im Gesicht.

Ich fühlte mich schlecht, als ich erwiderte: »Ich glaube dir, aber ich traue dir nicht.«

»Ich verstehe.«

»Nein, Violet, ich denke, du verstehst es nicht. Zweifellos warst du davon überzeugt, das Richtige zu tun. Aber du hast dein Land verraten. Möglicherweise hast du dabei nicht finanziell profitiert, aber ich denke, dass du einen persönlichen Nutzen daraus geschlagen hast. Du bist zu emotional, als dass es dir nur um das Allgemeinwohl gehen könnte. Jeder von uns zieht in dem Wissen in den Kampf, dass wir vielleicht nie wieder nach Hause zurückkehren werden. Wir treffen diese Entscheidung bewusst und bringen damit ein Opfer, das uns heilig ist. Du hast die Ehre dieser Männer mit Füßen getreten, indem du mit einem Terroristen verhandelt hast.«

»Timothy hätte die Namen verkauft«, protestierte sie. »Sie wären alle gestorben. Ich habe ihnen das Leben gerettet.«

»Nein, das hast du nicht. Du hast dafür gesorgt, dass eine unschuldige Frau entführt und verprügelt wurde. Dann hast du einem Rebellenführer geholfen, Drogen,

Waffen und Frauen zu schmuggeln. Bestenfalls hast du das Unvermeidliche hinausgezögert. Diese Agenten sind so gut wie tot. Ihr Todesurteil wurde in dem Moment unterschrieben, in dem Timothy Clark die Liste in die Hände bekam. Wenn du glaubst, dass Manuel Ortega die Namen nicht bereits an den Höchstbietenden verkauft hat, bist du naiv. Und obendrein bist du ziemlich dumm, wenn du an der Hoffnung festhältst, dass er die Liste gegen das Steuerungssystem einer hochgeheimen Drohne eintauschen wird. Er will sie beide verkaufen. Er hat dich ausgetrickst.«

»Das kann er nicht tun.«

»Er kann, und er wird. Du kannst nicht mit jemandem verhandeln, der nichts zu verlieren hat. Menschen wie Clark und Ortega sind staatenlose Schurken ohne Moral. Für sie ist menschliches Leben wertlos. Ihnen ist völlig egal, wer bei ihren Machenschaften verletzt wird, stirbt oder sonst noch profitiert. Für sie zählen nur Geld und Macht. Du hast verloren, Violet.«

Meine Antwort schien ihr nicht zu gefallen, denn sie vergrub das Gesicht in den Händen und schluchzte: »Das ist alles meine Schuld.«

Damit hatte sie nicht ganz unrecht. Hätte sie früher reinen Tisch gemacht, hätte man etwas tun können, um die Liste zurückzuholen. Doch diese war nun schon viel zu lange in den falschen Händen.

* * *

NACH UNSERER LANDUNG WURDEN WIR VON FAHEEM empfangen, der uns zu unserem Hotel begleitete. Auch in diesem Fall hatte Tex keine Kosten und Mühen gescheut und uns eine Unterkunft besorgt, die über westliche Annehmlichkeiten verfügte. Unsere Zimmer lagen im obersten Stock in der Nähe eines Treppenhauses.

Eric und Faheem unternahmen gerade einen Kontrollgang durch das Gebäude, während Eric zugleich an einem Fluchtplan für den Fall der Fälle arbeitete. Jasmin bedrängte und piesackte Violet, wann immer sich ihr die Gelegenheit bot. Violet schien Informationen vor allem dann preiszugeben, wenn sie in eine Ecke gedrängt wurde oder aufgebracht war, und niemand konnte einen anderen Menschen besser aus der Fassung bringen als Jasmin. Trotz ihrer zierlichen Statur war sie ein wahres Teufelsweib, und wenn sie sich etwas in den Kopf gesetzt hatte, war sie nicht zu bremsen.

Als Zanes Handy klingelte, wischte er über das Display und nahm den Anruf entgegen, wobei er ihn auf Lautsprecher stellte.

»Zane.«

»Ich habe die restlichen Informationen, die du angefordert hast«, antwortete Tex.

Alle Augen richteten sich auf Violet.

»Schieß los.« Zane schaltete den Lautsprecher absichtlich nicht aus, denn er wusste, dass das, was Tex zu sagen hatte, Violet Unbehagen bereiten und ihre Behauptungen möglicherweise widerlegen würde.

»Violet Myers wurde als Violet Cranston geboren. Ihre Eltern wurden bei einem Einbruch getötet. Violet und ihr Zwillingsbruder Declan Cranston wurden voneinander getrennt. Violet wurde bei Pflegeeltern untergebracht und Monate später von Dave und Bonnie Myers adoptiert.

Declan hatte nicht so viel Glück. Er wanderte von Heim zu Heim, bis er schließlich im Alter von zehn Jahren von Bryan und Elizabeth Olson adoptiert wurde. Als er achtzehn war, trat er den Marines bei. Danach sind kaum Informationen über ihn vorhanden. Es hat mich einige Mühe gekostet, seine Dienstakte zusammenzusetzen. Wer auch immer versucht hat, die Daten zu schwärzen, hat gute Arbeit geleistet.« Zane schwieg, zog jedoch anerkennend die Augenbrauen in die Höhe. Wir alle wussten, wer Declans Dienstakte geändert hatte. »Wie dem auch sei, ich habe seine Spur wieder aufgenommen, als er in den Dienst der CIA trat. Er wurde dort als Führungsoffizier im Bereich Operationsleitung unter dem Namen Declan Crenshaw eingestellt. Er war mehrere Male in Afghanistan im Einsatz, bis seine Spur sich wieder verläuft. Offiziellen Akten zufolge starb er bei einem Gefecht in Kandahar. Allerdings habe ich keinerlei Aufzeichnungen über ein Gefecht mit Verlusten finden können, das am Tag seines Todes stattgefunden haben soll.«

»Das bedeutet, er ist noch am Leben«, vermutete Zane.

»Ganz richtig. Und noch eine Sache. Violet hat die Wahrheit gesagt. Dieser Scheißkerl Manuel Ortega ist gerade im Darknet unterwegs und nimmt Gebote entgegen. Offenbar will er dringend etwas verkaufen. Bisher war ich noch nicht imstande, ihn aufzuspüren. Wart ihr in der Lage, das Team ausfindig zu machen?«

»Noch nicht. Wir werden schon bald auf die Jagd gehen.«

»Scheiße. Schalte den Lautsprecher aus.«

Zane wischte über den Bildschirm und führte das Telefon an sein Ohr, während er sich in einen Nebenraum zurückzog.

»Jetzt wissen wir also, wen du schützt«, sagte ich. »Würdest du uns auch verraten, wo Declan sich befindet?«

Violet seufzte, setzte sich auf die Bettkante und starrte auf ihre Hände. Mit einem Mal schien ihr Kampfgeist sie verlassen zu haben. Zurück blieb eine schluchzende, gebrochene Frau. Jasmin sah zuerst Violet und dann mich an. Ich war überrascht, einen Anflug von Mitleid in ihrem Blick zu erkennen. Verdammt! Was sollten wir nur tun? Es gab keine Entschuldigung für das, was sie getan hatte, und doch wollte ich sie trösten und ihr helfen, ihren Bruder zu beschützen. Irgendwie wünschte ich mir, ich könnte ihr Handeln rechtfertigen. Doch das war unmöglich, nicht wahr? Gab es irgendwelche mildernden Umstände, die für sie sprachen?

Ich würde die Antworten auf diese Fragen kaum erhalten, indem ich in einem Hotelzimmer herumstand und die Frau anstarrte. Sie musste ihren eigenen Weg beschreiten, um Vergebung zu finden, damit hatte ich nichts zu tun. Nichtsdestotrotz keimte in mir der Wunsch auf, sie aus dieser Situation zu befreien. Hätte ich an ihrer Stelle genauso gehandelt? Auf keinen Fall! Aber ich begann zu verstehen, warum sie es getan hatte.

KAPITEL FÜNF

VIOLET

Ich konnte mich nicht entscheiden, ob es gut oder schlecht war, dass sie nun alle über Declan Bescheid wussten.

Meinen Zwillingsbruder.

Nach dem Tod unserer Eltern hatte ich ein gutes Leben geführt. Ich wurde von einem liebevollen Ehepaar adoptiert, das dafür sorgte, dass es mir an nichts fehlte. Declan hatte weniger Glück und hatte lange Zeit in Pflegefamilien und Heimen gelebt, bevor er schließlich adoptiert wurde. Wahrscheinlich hatte seine neue Familie ihr Bestes getan, um den Schaden zu beheben, den mein Bruder zu diesem Zeitpunkt bereits erlitten hatte, doch er war ein rebellisches Kind und geriet ständig in Schwierigkeiten.

Als er mir bei seinem Vorstellungsgespräch für den Posten in der Operationsleitung gegenübergesessen hatte, hatte er nicht gewusst, wer ich war. Wir waren zwar zweieiige Zwillinge, doch zwischen uns bestand keine Bindung, die man für gewöhnlich bei Zwillingen erwartete. Er erkannte mich weder, noch wurde er von den Gefühlen übermannt, die ich bei seinem Anblick empfunden hatte. Vielleicht hatte ich es mir auch nur eingebildet. Ich fragte mich, ob es mir ähnlich gegangen wäre, wenn ich mich vor dem Interview nicht über ihn informiert und seine Adoptionsunterlagen durchgesehen hätte. Hatte ich nur auf ihn reagiert, weil ich seine Vorgeschichte kannte? Zu gern hätte ich ihm gesagt, dass ich seine Schwester war, aber ich tat es nicht. Stattdessen führte ich das Gespräch, gab mein Einverständnis zu seiner Einstellung und entsandte ihn an einen unbekannten Ort. Und nun war der Bruder, den ich nie gekannt hatte, so gut wie tot. Und zwar meinetwegen. Ich war das schwache Glied in dieser Kette.

Ich wusste nicht, wie Timothy herausgefunden hatte, dass wir Geschwister waren, doch als er mir die Namen der Geheimagenten genannt hatte, hatte er den meines Bruders besonders betont. Er hatte sich unsere Verwandtschaft zunutze gemacht und es hatte funktioniert. Ich wollte keinen der Männer und Frauen auf der Liste kompromittieren, aber vor allem wollte ich verhindern, dass Declans Tarnung aufflog. Sollte es dazu kommen, würde das nicht nur seinen sicheren Tod bedeuten. Zuvor würde er gefoltert werden, denn die Gruppe, die er infiltriert hatte, würde an ihm ein Exempel statuieren. Ich konnte den Gedanken nicht ertragen, was ihm widerfahren wäre, wenn ich auf Timothy Clarks Forderungen nicht eingegangen wäre.

Aber wie ich die Sache auch drehte und wendete, ich war geliefert.

»Violet. Wo ist Declan?«, fragte Jaxon erneut.

»Ich weiß es nicht. Nachdem ich seinen Auftrag bearbeitet hatte, löschte ich seine Akte. Die einzelnen Abteilungen der Operationsleitung verfügen immer nur über einen Teil der Informationen zu einem Einsatz. Ich kenne seine neue Identität nicht und der Agent, der sie ihm zugewiesen hat, weiß nichts über seine Vergangenheit.«

»Und er hat sich nicht bei dir gemeldet, seit er untergetaucht ist? Oder vor seiner Abreise?« Jaxon schien mir nicht zu glauben, und das konnte ich ihm nicht verübeln.

»Ich hatte meinen Bruder nicht gesehen, seit wir als Kinder voneinander getrennt wurden«, erklärte ich. »Ich hatte keine Erinnerung an ihn.«

Sofort wurde ich von Scham gepackt. Was war ich nur für ein Mensch? Ich konnte mich weder an das Aussehen meiner Eltern noch an ihre Stimmen erinnern. Hatte meine leibliche Mutter mich abends liebevoll zu Bett gebracht? Hatte sie mich in ihren Armen gewiegt und mir etwas vorgesungen? Ich hatte einen Zwillingsbruder und nahm an, dass er mir in den ersten drei Jahren meines Lebens nahegestanden hatte. Wann hatte ich ihn vergessen? Mein Magen verkrampfte sich jedes Mal, wenn ich versuchte, mich daran zu erinnern, ob ich jemals um meine Familie geweint hatte.

»Was meinst du damit, du hattest keine Erinnerung an ihn?«, wollte Jasmin wissen.

»Ich war erst drei, als unsere leiblichen Eltern starben, daher erinnere ich mich weder an sie noch an Declan.

Meine Adoptiveltern David und Bonnie haben mir nie von ihm erzählt.«

»Und du hattest nie den Wunsch, deine eigene Vergangenheit zu beleuchten?«, fragte Jaxon mit einem skeptischen Unterton in der Stimme.

»Nein.«

Glücklicherweise kam Zane in diesem Moment ins Zimmer und ersparte mir weitere Fragen über meine Adoption.

»Es gibt eine Planänderung. Jasmin, du wirst mit Violet hierbleiben«, verkündete er.

»Auf keinen Fall. Ich muss euch begleiten«, protestierte ich. »Ihr braucht mich, um Wolfs Team ausfindig zu machen.«

»Ich brauche dich ganz und gar nicht. Tex hat mir die Software geschickt, die nötig ist, um das Steuerungssystem der Drohne zu orten. Sobald das Team es aktiviert, kann ich ihren Standort bestimmen. Du bleibst hier.«

»Ich muss mitkommen!«

»Du wirst nirgendwohin gehen, Violet. Ende der Geschichte.«

»Wenn ich den Chip aus der Drohne nicht bekomme, wird Ortega die Namen verkaufen. Hunderte von Menschen werden sterben. All meine Bemühungen, sie zu schützen, werden umsonst gewesen sein. Du verstehst das nicht. Ich habe keine andere Wahl. Bitte.« Ich war sogar bereit zu betteln. Um meinen Bruder und die anderen Agenten zu retten, hatte ich mein Leben aufgegeben, und nun war ich meinem Ziel so nahe. Ich hätte es besser wissen sollen und Zane nicht vertrauen dürfen. Während der letzten Monate hatte ich einige harte Lektionen lernen müssen. Auf dieser Welt gab es keine anständigen Menschen mehr. Niemand würde mir helfen.

»Hast du wirklich geglaubt, ich würde mich ebenfalls des Verrats schuldig machen, indem ich zulasse, dass du den Chip in die Hände bekommst?«, fragte Zane.

»Wie bitte? Warum hast du mich dann mitgenommen?«

»Ich würde es dir ja erzählen, aber meine Antwort würde dich nur verärgern«, erwiderte er mit einem Grinsen.

»Seit wann kümmert es dich, wen du verärgerst?« Ich kochte vor Wut und glaubte nicht, dass er mich noch weiter in Rage bringen konnte.

»Ich habe dich mitgenommen, um ein Auge auf dich zu haben. Dachtest du wirklich, ich vertraue dir genug, um dich in den Staaten zurückzulassen? Ich bin überzeugt davon, dass du uns noch mehr verschweigst, und bis ich dir die letzten Informationen entlockt habe, wird einer meiner Männer auf dich aufpassen.« Zane hielt inne und verzog die Lippen zu einem Lächeln. »Oder Jasmin. Aber nach dem heutigen Tag wirst du dir wahrscheinlich wünschen, ich hätte Jaxon oder Eric bei dir gelassen. Die beiden haben bei Weitem mehr Geduld als Jasmin.«

»Du bist unglaublich. Wenn ich dir die Informationen nicht gegeben hätte, wäre Wolfs Team in den sicheren Tod gelaufen. Ich bin hier nicht der Feind.«

»Nimm dich selbst nicht so wichtig. Wolf und sein Team sind schlau. Selbst wenn sie in einen Hinterhalt geraten sollten, könnten sie sich daraus befreien. Daran habe ich keinen Zweifel. Ich bin nur hier, um ihnen Rückendeckung zu geben. Und damit das klar ist: Du *bist* der Feind. Das solltest du nicht vergessen. Alle anderen Anwesenden sind sich dessen wohl bewusst.«

Es war mir zuwider, aber Zane hatte recht. Ich war der Feind. Indem ich Timothy Clarks Anweisungen befolgt hatte, hatte ich mich gegen das Land gewandt, das zu schützen ich geschworen hatte. Meine guten Absichten waren zweitrangig, denn ich hatte einem Terroristen in die Hände gespielt und zugelassen, dass eine unschuldige Frau entführt und als Schachfigur benutzt wurde, um ihren Vater zu erpressen. Der einzige Silberstreif am Horizont war, dass dabei ein Vater und seine Tochter zueinandergefunden hatten. Der Justizminister Peter Newton hatte nichts von dem Kind gewusst, das er mit seiner Ex-Freundin gezeugt hatte, bevor familiäre Verpflichtungen zu ihrer Trennung geführt hatten. Ich hatte zwar einem bolivianischen Drogenboss Informationen übermittelt, damit er einen anderen Drogenboss ausschalten konnte, aber ich hatte niemanden verletzt. Olivia war wohlauf, und sie hatte den Vater gefunden, den sie nie gekannt hatte. Das war doch etwas wert, nicht wahr? Oder versuchte ich nur, meinen Egoismus zu rechtfertigen, indem ich mir einredete, eine gute Tat vollbracht zu haben?

»Gut. Ihr seid wieder da.« Zanes dröhnende Stimme holte mich in die Gegenwart zurück. »Zeit, auf die Jagd zu gehen«, sagte er zu Eric und Faheem, die gerade durch die Tür traten. Dann wandte er sich an Jasmin und flüsterte ihr etwas zu, das ich nicht verstehen konnte, bevor er mit lauter Stimme hinzufügte: »Lass sie nicht aus den Augen. Falls sie versucht, Reißaus zu nehmen, erschieße sie. Sie ist entbehrlich.«

Zane, Eric, Faheem und Jaxon verließen den Raum. Letzterer drehte sich noch einmal um und starrte mich an. Er schien etwas sagen zu wollen, überlegte es sich aber anders. Stattdessen schüttelte er den Kopf und nickte Jasmin kurz zu, bevor er den anderen Männern folgte. Ich war dankbar, dass er geschwiegen hatte. Zanes verurteilende Worte waren quälend genug gewesen.

Ich hatte alles versucht, aber am Ende hatte ich weder meinen Bruder noch die anderen vor einem, wie ich hoffte, schnellen und schmerzlosen Tod bewahren können. Zane würde mir nicht helfen und die Regierung verhandelte nicht mit Terroristen. Es war nicht nötig, dass der sexy Soldat auch noch seine Meinung zum Besten gab.

»Ich habe eine Bitte«, murmelte ich, nachdem die Tür hinter den Männern ins Schloss gefallen war. Als Jasmin fragend eine Augenbraue in die Höhe zog, sagte ich: »Wenn Declan und die anderen noch am Leben sind, dann erzähle ihm bitte niemals, dass ich seine Schwester bin. Er hatte eine beschissene Kindheit und hat sich den Arsch für seine Karriere aufgerissen. Er ist ein guter Mann und hat es nicht verdient, mit mir in Verbindung gebracht zu werden. Bitte versprich mir, dass er nie herausfinden wird, in welcher Beziehung ich zu ihm stehe.«

KAPITEL SECHS

»Was zum Teufel hat Tex gesagt?«, wollte ich von Zane wissen, als wir den Korridor betraten.

»Diese Frau ist eine wandelnde Katastrophe«, begann er. »Du hast Tex gehört. Er hat bestätigt, dass Manuel Ortega tatsächlich versucht, die Liste auf dem Schwarzmarkt zu verkaufen. Offenbar hat er auch vor, den Steuerungs-Chip aus der Drohne anzubieten.«

»Und? Das wussten wir bereits. Was hat sich geändert? Was hat Tex sonst noch erzählt?«

»Wolf ist nicht das Ziel, sondern sie«, informierte Zane uns.

»Wie bitte? Er musste sie doch nicht nach Afrika locken, um einen Anschlag auf sie zu verüben«, bemerkte Eric.

»Er will sie nicht töten, sondern sie ebenfalls verkaufen. Für eine junge, hübsche und gesunde Amerikanerin kann er auf dem freien Markt eine stolze Summe erzielen und gleich zwei Fliegen mit einer Klappe schlagen. Er entledigt sich ihrer und erhält etwa fünf Millionen. Wenn er sie erst einmal verkauft hat, wird sie niemand mehr finden können. Menschenhandel ist Wekesas Spezialität. Der Kerl ist zwar ein unbedeutender Spieler, über den Wolf sich nicht den Kopf zerbrechen würde, aber ich vermute, Ortega hat nicht damit gerechnet, dass Violet zu uns kommen würde. Wahrscheinlich ist er davon ausgegangen, dass sie allein in den Sudan reisen würde. Er hatte es die ganze Zeit über auf sie abgesehen.«

»Scheiße!« Die Sache wurde immer schlimmer. »Kann Tex Ortegas Standort ermitteln?«, fragte ich.

»Er arbeitet daran. Wir werden Wolf und die Jungs finden und dann das Loch aufspüren, in dem der Kerl sich verkrochen hat. Tex denkt, dass er nicht mehr lange brauchen wird.«

Gott sei Dank hatten wir Tex. Mit seinen außergewöhnlichen Fähigkeiten übertraf er sogar unseren eigenen Informationsspezialisten Garrett. Ich hatte keine Ahnung, wo und wie er all seine Verbindungen geknüpft hatte, aber sie hatten sich schon häufig als nützlich erwiesen.

»Und Violet? Was machen wir nun mit ihr?« Ich kannte Zane. Unter normalen Umständen würde er eine Frau niemals in Gefahr bringen. Vor allem würde er nicht zulassen, dass sie in die dunkle Welt des Sexhandels verkauft wurde. Momentan befürchtete ich jedoch, dass mein Chef sie den Wölfen zum Fraß vorwerfen könnte.

»Sie bleibt bei uns, bis wir herausgefunden haben, was hier los ist. Ich weiß nicht, wem wir trauen können«, antwortete er. Ich stieß erleichtert den Atem aus, wobei mir nicht einmal bewusst gewesen war, dass ich ihn angehalten hatte.

Eigentlich hätte ich mich nicht für Violet verantwortlich fühlen dürfen und ich wusste, dass meine Gefühle falsch waren, doch ich konnte nichts dagegen tun. Ihre Loyalität gegenüber ihrem Bruder und die Tatsache, dass sie sogar ihr Leben für ihn gegeben hätte, berührten etwas tief in meinem Inneren. Nichtsdestotrotz war sie eine Verräterin. Oberflächlich betrachtet war der Fall glasklar. Doch in dieser Situation gab es nicht nur Schwarz und Weiß, sondern auch Grautöne. Das machte mich nervös, denn ich fühlte mich wohler, wenn die Dinge geradlinig verliefen und nicht von Gefühlen und widrigen Umständen durcheinandergebracht wurden. Ich wusste nur, dass ich noch nie einer Frau so viel bedeutet hatte, dass sie sogar ihr Leben für mich aufs Spiel gesetzt hätte. Und insgeheim wollte ich wissen, wie es sich anfühlte.

* * *

EINE STUNDE SPÄTER BEFANDEN WIR UNS DREIßIG Kilometer nördlich der Stadt in einem verlassenen Dorf, das während des Krieges zerstört worden war. Faheem war überzeugt davon, dass das Team zurückgefallen war und die schwer beschädigten Gebäude als Versteck nutzen würde, um sich neu zu formieren. Er gab uns eine detaillierte Karte der Gegend, bevor wir uns aufmachten und die letzten fünfhundert Meter zu Fuß zurücklegten.

»Achtet darauf, wohin ihr tretet«, warnte Zane, als die Gebäude in Sichtweite kamen. »Falls die Männer hier sind, haben sie die Umgebung sicher mit Sprengfallen versehen. Cookie ist ein Ass im Basteln von improvisierten Sprengsätzen. Wenn ihr eure Gliedmaßen behalten wollt, seid vorsichtig.«

Kaum hatte er die Worte ausgesprochen, wies Eric uns an, stehen zu bleiben. Zane und ich machten sofort halt und warteten, bis Eric den Boden inspiziert hatte. »Das ist eine Sprengschnur. Steigt langsam darüber.«

Das Team befand sich definitiv in einem der vier zerbombten Gebäude vor uns. Das bronzefarbene Kabel, auf das Eric zeigte, war an sich zwar inaktiv und harmlos, aber wenn wir ihm folgten, würden wir ohne Zweifel feststellen, dass es mit einer Sprengkapsel verbunden war, die drahtlos gezündet werden konnte. Diese würde dann einen Sprengsatz auslösen, der uns den Garaus machen würde.

Wir entschärften die Vorrichtung und nahmen unsere Umgebung in Augenschein. Obwohl wir die neuesten Satellitenbilder des Geländes begutachtet hatten, schockierte es mich jedes Mal aufs Neue, die verheerenden Auswirkungen des Krieges aus nächster Nähe zu sehen. Die Gebäude lagen in Schutt und Asche, wobei große Teile der Außenwände fehlten und vereinzelt Metallstreben herausragten, nachdem der Beton unter schwerem Artilleriebeschuss zerbröckelt war.

»Da drüben«, sagte Eric, als er um eine halb zerfallene Betonwand spähte. Es hätte mich nicht gewundert, wenn das Team auf diesem verlassenen Gelände Schutz gesucht hätte. In jedem der Gebäude hätten sie die Möglichkeit, sich in eines der oberen Stockwerke zurückzuziehen, von dem aus feindliche Truppen leicht auszumachen wären. »Gebäude auf zwei Uhr, oberste

Etage, drittes Fenster. Ich habe eine Spiegelung gesehen.«

Die Situation war ziemlich vertrackt. Wir hatten weder die Möglichkeit, mit dem Team zu kommunizieren, noch konnten wir feststellen, ob die Spiegelung von den SEALs stammte oder ob wir in einen Hinterhalt geraten waren und uns auf ein Feuergefecht gefasst machen mussten. Schließlich konnten wir nicht einfach rufen und sie fragen. Falls Wolf und seine Männer sich tatsächlich in dem Gebäude aufhielten und wir versuchten einzudringen, hätten wir unter Beschuss geraten können.

»Scheiße. Hast du eine Idee?«, fragte ich.

»Morsecode«, antwortete Zane.

»Wie bitte?«, lachte Eric.

»Wir wenden die althergebrachte Methode an.« Zane nahm seine Luminox-Uhr ab, spuckte auf das Uhrenglas aus gehärtetem Mineral und wischte den Schmutz ab.

»Hast du je daran gedacht, dir eine neue Uhr zuzulegen? Das Ding ist aus den Neunzigern«, bemerkte ich und war überrascht, dass das Relikt immer noch die Zeit anzeigte.

»Solange sie noch funktioniert …« Zane verstummte, überprüfte den Stand der Sonne und drehte sich ein Stück zur Seite, um das Licht einzufangen.

Eric ging in Deckung und zielte mit seinem HK416 in die Richtung, in der er die Spiegelung gesehen hatte. Zane bewegte das Zifferblatt der Uhr, um dem Team ein Signal zu senden.«

Lang. Kurz. Lang. Kurz. Kurz. Lang. Er wiederholte die Abfolge mehrere Male, bevor mir klar wurde, dass er

TEX buchstabierte. Schlauer Kerl. Dadurch würde das Team wissen, dass wir nicht der Feind waren.

Ich glaubte schon, der Morsecode hätte nichts bewirkt, als in einem der Fenster eine Reihe von Lichtimpulsen zu sehen war.

»Er fragt nach der Farbe des Tages«, erklärte Zane mit einem Lachen.

»Rot«, erwiderte Eric, der sich nicht von der Stelle rührte.

Das Team blinkte erneut und bestätigte uns, dass sie die Antwort erhalten hatten. Also würden wir uns auf den Weg zu ihnen machen. Es war jedes Mal unangenehm, aus der Deckung herauszutreten, denn man hoffte, dass man nicht gerade einen schweren Fehler begangen hatte.

»Ihr bleibt hier. Gebt mir Deckung«, befahl Zane und steuerte auf die nächstgelegene Mauer zu. Er duckte sich kurz und lief dann wieder los, wobei er sich dem Gebäude Stück für Stück näherte.

»Verrückter Mistkerl«, murmelte ich, während ich durch mein NightForce-Zielfernrohr beobachtete, wie Zane im Zickzack über den Hof lief. Eine Tür an der Seite des Gebäudes wurde einen Spaltbreit geöffnet. Sofort legte ich den Finger an den Abzug und wartete, ob ich jemanden erkennen würde. Glücklicherweise hatte Cookie keine Tarnfarbe im Gesicht, sodass ich ihn sofort identifizierte. Ich löste den Finger vom Abzug und platzierte ihn auf dem Bügel, bis Zane sicher im Gebäude war. Kurz darauf ließ Zane drei Lichtimpulse aufblitzen, um uns Entwarnung zu geben.

Ich nickte Eric zu, woraufhin wir aus der Deckung traten, Zane und Cookie den Rücken zuwandten und rückwärts mit schnellen Schritten auf sie zuliefen. Da wir nicht wissen konnten, ob sich sonst noch jemand in unmittelbarer Umgebung aufhielt, hielten wir unsere Waffen im Anschlag. Kurz bevor wir die Tür erreichten, drehten wir uns um und legten die letzten Meter im Laufschritt zurück.

»Meine Güte, ich bin froh, euch zu sehen. Kommt mit nach oben«, sagte Cookie.

Er eilte die baufällige Treppe hinauf, wobei er jeweils zwei Stufen auf einmal nahm. Wir folgten ihm schweigend in den dritten Stock.

Wolf, Abe und Mozart wandten sich uns zu, um uns zu begrüßen, während Benny auf seinem Posten blieb und Wache hielt.

»Dude befindet sich einen Stock über uns«, sagte Wolf, bevor wir Gelegenheit hatten, nach dessen Verbleib zu fragen. »Funktioniert eure Funkverbindung?«

»Positiv. Lasst uns zurück zum Hotel gehen und von hier verschwinden. Tex hat einen Jet in Bereitschaft.«

»Habt ihr eine Ahnung, wie wir überhaupt in diesen Schlamassel geraten konnten?«, wollte Abe wissen.

Die Antwort würde ihm nicht gefallen. Wenn es etwas gab, was Christopher »Abe« Powers mehr als alles andere hasste, dann war es ein Lügner. Violet Myers war zwar nicht verantwortlich dafür, dass das Team in einen Hinterhalt geraten war, aber sie war indirekt darin verwickelt. Wenn Abe erfuhr, dass sie hier war und es auf den Steuerungs-Chip abgesehen hatte, würde er vor Wut explodieren.

Er enttäuschte mich nicht. Nachdem Zane ihm den Lagebericht geliefert hatte, war Abe außer sich. »Dann hat sie also gedacht, wir würden ihr die Drohne einfach aushändigen, damit sie sie gegen eine Liste von Namen eintauschen kann, die wahrscheinlich schon Stück für Stück verkauft wurde? Hat sie den Verstand verloren?«

»Sie hätte ohnehin Pech gehabt. Etwa zehn Minuten nachdem wir die Mini-Drohne eingeschaltet hatten, haben wir bemerkt, dass unser Standort kompromittiert war. Wir haben damit ein Dorf ausgekundschaftet und dann die Kerle ausgeschaltet, die uns fast umzingelt hatten. Danach haben wir die gesamte Elektronik in dem verdammten Ding zerstört«, berichtete Wolf.

»Ich wusste, du würdest herausfinden, dass es an der Drohne liegt«, lachte Zane. »Natürlich hätten wir ihr die Hardware nie gegeben. Aber wir haben sie ihr als Zuckerbrot vor die Nase gehalten, um auch den Rest der Informationen aus ihr herauszuquetschen.«

»Sagtest du, ihr Bruder ist Declan Crenshaw?«, fragte Mozart.

»Ja, das ist einer seiner Namen«, antwortete ich.

»War er nicht einer der Marines, die uns vor ein paar Jahren in Pakistan geholfen haben, als der Ingenieur entführt wurde?«, fragte Mozart sein Team.

»Ich glaube, du hast recht. Seine Kameraden hatten einen lustigen Spitznamen für ihn«, erinnerte Cookie sich.

»Flower«, sagte Benny von seinem Platz am Fenster aus. »Wie die Blume. Er hatte ein Veilchen auf die Brust tätowiert.«

»Ein Veilchen?«, fragte ich. Übersetzt hieß das Violet. Plötzlich wurde ich von Eifersucht gepackt. Das Gefühl war in vielerlei Hinsicht unangenehm.

»Ja. Auf der linken Seite über seinem Herzen. Er wollte niemandem verraten, was es zu bedeuten hat.«

»Verdammt, er wusste von ihr«, murmelte Eric. »Glaubt ihr, sie hat uns belogen, als sie behauptet hat, ihn nicht gekannt zu haben?«

»Möglich wäre es. Immerhin arbeitet sie für die CIA. Diese Arschlöcher bilden ihre Leute in der Kunst der Täuschung aus. Aber was würde sie damit bezwecken? Wollte sie die Mitleidskarte ausspielen, damit wir ihr helfen, den Steuerungs-Chip zu bekommen? Wollte sie ihn zusammen mit Manuel Ortega verkaufen, damit sie mit einem Haufen Geld in den Sonnenuntergang segeln können?«, fragte ich. Plötzlich durchströmte mich ein Gefühl, das noch unangenehmer war als Eifersucht – Verrat. Bei dem Gedanken, sie könnte mich absichtlich verraten haben, krampfte sich mein Magen zusammen. Irgendwie schaffte ich es, den Terrorakt, an dem sie beteiligt war, mit der Tatsache zu erklären, dass sie ihren Bruder hatte schützen wollen. Doch die Vorstellung, sie könnte mir ins Gesicht gelogen haben, enttäuschte mich zutiefst.

»Ich wäre versucht, das zu glauben, aber Tex ist um ihre Sicherheit besorgt. Ortega nimmt gerade Gebote für sie entgegen«, erklärte Zane.

»Vielleicht treibt sie ein doppeltes Spiel mit uns?«, warf Wolf ein.

Diese Unterhaltung erinnerte mich daran, warum ich mich entschieden hatte, keine Aufträge von der CIA mehr anzunehmen. Bei diesem Verein war nichts, wie es schien, und niemand war derjenige, für den er sich ausgab. Man konnte ihnen keinen Glauben schenken. Das Lügennetz war derart dicht gesponnen, dass es ein Wunder war, dass das ganze System noch nicht zusammengebrochen war.

»Wir haben Gesellschaft«, sagte Benny. »Ein Pick-up mit zehn Männern.«

»Warte einen Moment«, befahl Wolf und wandte sich Zane zu. »Haben wir eine Transportmöglichkeit, um von hier zu verschwinden?«

»Ja«, antwortete Zane.

»Cookie, geh mit Dude nach oben. Benny bleibt hier. Abe, Mozart, ihr kommt mit uns.«

Ohne auf eine Antwort zu warten, ging Wolf in Richtung Treppenhaus. Zane, Eric und ich folgten ihm.

»Wollt ihr sie ausschalten und von hier verschwinden, bevor noch mehr kommen?«, fragte ich.

»Das war auch mein Gedanke. Aber wir müssen uns beeilen, denn schon bald wird alle Welt wissen, wo wir sind«, antwortete Zane und war bereits dabei, eine Splittergranate aus seinem Rucksack zu ziehen.

Der Pick-up kam mit quietschenden Reifen vor dem Gebäude zum Stehen. Bevor die Männer von der Ladefläche springen konnten, hatte Zane den Stift gezogen und die Granate zielsicher geworfen. Sie kam einen halben Meter vor dem Fahrzeug auf dem Boden auf und rollte unter die Karosserie. Drei Sekunden später explodierte der Pick-up.

Wolf pfiff zweimal durch die Zähne, woraufhin Cookie, Dude und Benny zu uns stießen und wir uns auf den Weg machten.

Ich liebte Granaten. Sie waren effektiv und boten jedes Mal einen vergnüglichen Anblick.

KAPITEL SIEBEN

»Ich weiß, was du von mir denkst«, brach ich das Schweigen.

Während der drei Stunden, die wir nun schon in dem Hotelzimmer saßen, hatte Jasmin nicht mehr als zehn Worte mit mir gewechselt. Einmal hatte sie mich gefragt, ob ich etwas trinken wolle, wobei sie im Grunde nur ein Grunzen ausgestoßen und eine Flasche Wasser in die Höhe gehalten hatte. Dann hatte sie mir befohlen, mich vom Fenster fernzuhalten.

Die restliche Zeit starrte sie entweder auf ihr Tablet oder aus dem Fenster. Die Stille raubte mir noch den letzten Nerv. Noch unangenehmer wurde die Situation nur dadurch, dass Jasmin mich gelegentlich mit einem durchdringenden Blick fixierte, wobei ich jedes Mal am liebsten im Erdboden versunken wäre.

Eigentlich hätte es mir egal sein können, was sie von mir dachten. Bis auf die wenigen Informationen, die ich über die Teammitglieder hatte, kannte ich keinen von ihnen. Und doch wünschte ich mir, sie würden einsehen, dass ich nicht in böser Absicht gehandelt hatte. Ich hatte getan, was ich glaubte, tun zu müssen, um Menschenleben zu retten. Unterschied ich mich in diesem Punkt denn so sehr von ihnen? Sie opferten doch ständig einige wenige, um viele zu retten. Zwar erwartete ich nicht, dass sie mir dafür auf die Schulter klopften, aber ich wünschte mir verzweifelt ihr Verständnis. Ich war es gewohnt, allein zu sein, doch die letzten Monate waren die einsamsten meines Lebens gewesen.

»Weißt du, wie hoch die Strafe für Verrat ist?«, fragte sie.

»Soweit mir bekannt ist, wurde bis in die Sechzigerjahre die Todesstrafe darauf verhängt. Ich habe allerdings Hochverrat begangen, und das wird immer noch mit einer lebenslänglichen Gefängnisstrafe oder dem Tod geahndet. Wahrscheinlich werde ich jedoch nie einen Gerichtssaal von innen sehen, sondern in ein Geheimgefängnis an einem entlegenen Ort gesteckt, an dem ich in der Versenkung verschwinden werde«, antwortete ich.

Der Gedanke machte mir Angst. Die Aussicht, in eine Zelle mit den schlimmsten Terroristen der Welt gesperrt zu werden, war nicht sonderlich erfreulich. Ich würde den Tod vorziehen, aber diese Gnade würde mir wahrscheinlich nicht zuteilwerden.

»Trotzdem hast du es getan.«

»Das ist richtig. Auch im Nachhinein glaube ich nicht, dass ich anders gehandelt hätte. Ich musste versuchen, diese Männer und Frauen zu retten.«

»Das ist interessant. Trotz allem, was du mittlerweile

weißt, hättest du uns also nicht sofort um Hilfe gebeten, als Timothy zum ersten Mal an dich herangetreten ist?« Jasmin schob den Vorhang zur Seite und spähte erneut aus dem Fenster.

»Nein.«

»Warum nicht?«

»In Anbetracht meiner derzeitigen Situation und der Tatsache, dass keiner von euch mir helfen wird, hätte ich mich überhaupt nicht an euch wenden dürfen. Es war ein Fehler, euch zu vertrauen.«

»Das musst du gerade sagen.« Jasmin, die immer noch aus dem Fenster starrte, kniff plötzlich die Augen zu dünnen Schlitzen zusammen. »Versteck dich im Badezimmer und komme unter keinen Umständen raus.«

»Was ist los?«, fragte ich.

»Geh schon, Violet«, blaffte sie.

Ich stand von meinem Stuhl auf und ging auf die Tür zu. Jasmin löste das Magazin aus ihrer Pistole, inspizierte es kurz und schob es zurück an seinen Platz, bevor sie den Schlitten zurückzog, um die erste Kugel zu laden. Dann steckte sie die Waffe zurück in ihr Holster, griff nach dem AR15, das auf einem kleinen Beistelltisch lag, und schulterte es.

»Los!«, befahl sie.

»Kann ich auch eine Waffe haben?«, fragte ich.

Ich hatte zwar keine Ahnung, was vor sich ging, aber wenn Jasmin es für nötig hielt, sich bis an die Zähne zu bewaffnen, dann wollte ich mich selbst schützen können.

»Auf keinen Fall. Glaubst du wirklich, ich würde dir eine Waffe in die Hand drücken, damit du mich erschießen kannst?«

Ich hatte keine Zeit, mich mit ihr zu streiten. Irgendetwas hatte Jasmin gerade in Alarmbereitschaft versetzt, und obwohl ich behauptet hatte, niemandem aus ihrem Team zu vertrauen, war ich davon überzeugt, dass sie genauso wenig sterben wollte wie ich. Also wäre es in meinem besten Interesse, ihrem Befehl Folge zu leisten. Ich schloss die Badezimmertür, verriegelte sie und legte mich in die Badewanne. Im Gegensatz zu den Wannen in den Vereinigten Staaten war diese aus schwerem Gusseisen mit einer blauen Emaillebeschichtung, die an den Rändern abblätterte. Die Wanne hatte schon bessere Tage gesehen und ich hoffte, dass sie noch in einem Stück sein würde, wenn das hier vorbei war.

Kurz darauf waren das Splittern von Holz und eine Reihe von Schüssen zu hören. Ich hielt mir die Ohren zu und rollte mich zu einer Kugel zusammen. Es war furchtbar, nicht zu wissen, was hinter der Tür vor sich ging, doch es dauerte nicht lange, da kehrte Stille ein. Ich wusste nicht, ob das ein gutes oder schlechtes Zeichen war, aber ich wollte nicht noch länger in diesem Badezimmer ausharren, aus dem ich keine Möglichkeit hatte zu fliehen.

Ich stieg aus der Wanne und presste ein Ohr an die Tür, um zu lauschen. Als ich nichts hörte, zog ich sie vorsichtig einen Spaltbreit auf und war erleichtert, als ich Jasmin erblickte. Wie zuvor stand sie am Fenster, hatte den Vorhang ein Stück zur Seite gezogen und starrte hinaus. Die Frau hatte Nerven aus Stahl und schien sich von der Tatsache, dass gerade ein Kugelhagel durch die Luft geflogen war, nicht beeindrucken zu lassen. Ich öffnete die Tür weit genug, um hindurchzutreten, als ich aus dem Augenwinkel eine Bewegung wahrnahm.

Ich wandte den Blick in Richtung Zimmertür, die aufgebrochen worden war und nur noch zur Hälfte in den Angeln hing. Ein dunkelhaariger Mann stand im Türrahmen und richtete seine Waffe auf Jasmins Rücken, doch sie schien ihn nicht bemerkt zu haben. Ohne nachzudenken, rief ich ihren Namen, lief zwei Schritte auf sie zu und riss sie mit mir zu Boden.

Wir rollten zur Seite, wobei ihr die Waffe aus der Hand fiel. Ich machte einen Satz nach vorn, um nach der Pistole zu greifen, als mir ein stechender Schmerz durch den Oberarm schoss. Hinter mir hörte ich vage, wie Jasmin mir befahl, liegen zu bleiben. Ich ignorierte sie jedoch und streckte meine Hand nach der Pistole aus, wobei ich sie kaum mit den Fingerspitzen berührte. Schließlich schaffte ich es, sie zu mir zu ziehen, als eine weitere Kugel an mir vorbeizischte. Für einen Augenblick war ich wie benommen, doch dann hob ich die Waffe an. Obwohl meine Sicht verschwommen war und mir die Ohren klingelten, zielte ich in die Richtung des Mannes und drückte ab.

Ich feuerte mehrere Schüsse ab, bis das Magazin leer war und der Schlitten einrastete. Das Klingeln in meinen Ohren schwoll zu einem schrillen Quietschen an, das schmerzhafter war als das Pochen in meinem Arm. Das Herz schlug mir bis zum Hals und ich bekam kaum Luft.

»Du musst gleichmäßig atmen, sonst wirst du hyperventilieren«, wies Jasmin mich an. Ihre Stimme klang gedämpft und weit entfernt.

Ich versuchte, tief Luft zu holen, doch meine Brust

war wie zugeschnürt und ich schien meine Lunge nicht mit genügend Sauerstoff füllen zu können. Eine Bewegung an der Tür erregte meine Aufmerksamkeit und ich hob die leere Waffe an. Fast wäre ich vor Erleichterung in Tränen ausgebrochen, als Jaxon in mein Blickfeld trat. Er hatte sein Gewehr erhoben und suchte den Raum ab, bevor er meinem Blick begegnete. Ich sah, wie er die Lippen bewegte, doch ich konnte ihn aufgrund des Klingelns in meinen Ohren nicht verstehen. Er trat über den leblosen Körper des Mannes hinweg und kam dicht gefolgt von Zane auf mich zu.

»Steh auf«, sagte er. Ich hörte seine Stimme nur gedämpft, doch ich tat wie geheißen und ließ den Blick durchs Zimmer schweifen. Drei Männer lagen tot am Boden. In den Wänden befanden sich Einschusslöcher, die Matratze war verschoben, eine Lampe war umgekippt und der Stuhl, auf dem ich zuvor noch gesessen hatte, war zersplittert. Kurzum, es sah aus, als hätte in dem Hotelzimmer ein Feuergefecht stattgefunden.

Dann geschah alles ganz schnell. Jaxon, Zane und Eric führten Jasmin und mich die Treppe hinunter. Wolf und sein Team hatten am Eingang Stellung bezogen, vor dem ein alter verbeulter Kastenwagen auf uns wartete.

Jaxon half mir beim Einsteigen und setzte sich mit mir in den hinteren Teil des Fahrzeugs. Er zerriss den Ärmel meiner Nylonbluse und untersuchte meinen Bizeps. Wortlos zog er eine Flasche Wasser aus seinem Rucksack und goss etwas davon über meinen Oberarm. Um nicht vor Schmerzen laut aufzuschreien, biss ich die Zähne zusammen, als die warme Flüssigkeit das Blut wegspülte und eine tiefe Wunde zum Vorschein kam.

»Es ist nur ein Streifschuss und sieht schlimmer aus, als es ist«, sagte er.

Nur ein Streifschuss?

Was zum Teufel meinte er mit *nur*? Es tat höllisch weh und ich kämpfte gegen die Tränen an, als er ein T-Shirt aus seinem Rucksack zog und in Streifen schnitt. Er machte sich daran, meinen Arm zu verbinden, doch jedes Mal, wenn wir über ein Schlagloch fuhren, verrutschte der Stoff und kratzte über die Wunde.

Schließlich schaffte er es jedoch, die Wunde zu bandagieren. Ich ließ den Blick durch den hinteren Teil des Wagens schweifen und sah, dass Cookie, Dude, Mozart, Benny, Abe und Wolf mich anstarrten. Gott sei Dank hatten die Jungs sie noch rechtzeitig gefunden. Ich fühlte mich ein wenig besser, weil ich wusste, dass sie dank der Informationen, die ich Zane und seinem Team geliefert hatte, nun in der Lage waren, heil nach Hause zurückzukehren. Ihren finsteren Mienen nach zu urteilen hatte Zane ihnen erzählt, wer ich war und was ich getan hatte. Allerdings wirkten sie weder dankbar noch erleichtert, sondern eher wütend. Der Ausdruck auf ihren Gesichtern erinnerte mich an den, mit dem Zane mich bedacht hatte, als ich vor seiner Wohnungstür aufgetaucht war.

Da sein Team mich bereits hasste, würden sechs weitere Männer keinen Unterschied mehr machen. Mittlerweile war mir alles egal, denn vor nicht einmal zehn Minuten hatte jemand in meinem Hotelzimmer auf mich geschossen und versucht, mich zu töten. Ich war am Ende meiner Kräfte und zerbrach mir nicht mehr den Kopf darüber, was andere über mich dachten. Ganz gleich, wie gut meine Absichten gewesen sein mochten, ich hatte etwas Furchtbares getan und musste mich damit abfinden, dass niemand mir verzeihen würde.

Als wir das Flugzeug bestiegen, hatten sowohl das Summen in meinen Ohren als auch das Hämmern in meinem Schädel nachgelassen. Zumindest hallte nicht jedes Mal ein Echo nach, wenn jemand etwas zu mir sagte. Mein Arm pochte heftig, doch ich bemühte mich, die Schmerzen zu ignorieren. Ich hatte größere Sorgen als *nur einen Streifschuss*. Jaxon hatte mich in den hinteren Teil der Maschine geführt, mir einen Sitz zugewiesen und war dann zurück nach vorn gegangen. Wolf und sein Team standen mit Jasmin, Zane, Eric und Jaxon vor der nun geschlossenen Tür und unterhielten sich miteinander. Ihre Stimmen waren jedoch zu gedämpft, als dass ich sie hätte verstehen können. Sie waren in Sicherheit, das war das Wichtigste. Dies wiederholte ich immer wieder im Geiste, als das Flugzeug auf die Startbahn rollte und abhob. Schließlich holte die Erschöpfung mich ein und ich wäre beinahe eingeschlafen, als Abe neben mir Platz nahm.

Er war ein imposanter Mann. Aber nicht nur seiner Größe wegen, denn er strahlte eine gebieterische Präsenz aus. Wie auch die anderen Männer jagte er mir eine Heidenangst ein, doch Christopher Powers sah obendrein aus, als wollte er mich mit bloßen Händen erwürgen. Ich bezweifelte nicht, dass er dazu in der Lage wäre. Wäre es nicht eine Ironie des Schicksals, wenn ich eine Schießerei im Südsudan überlebt hätte, nur um dann in der Luft erdrosselt zu werden?

»Dann bist du also die undichte Stelle?«, fragte er und

ließ mich zugleich wissen, dass Zane ihn über alles informiert hatte.

»Das ist eine nette Formulierung. Soweit ich weiß nennt Zane mich bevorzugt eine verräterische, verlogene Schlampe. Ich glaube, deine Bezeichnung gefällt mir besser.«

»Ist das alles ein Witz für dich?«, fragte er und betrachtete mich mit ausdrucksloser Miene.

»Nein, Abe. Es ist kein Witz. An meinem Leben war nichts in den vergangenen sechs Monaten zum Lachen. Es war die Hölle. Langsam habe ich es satt, dass alle mich ansehen, als sei ich die Wiedergeburt des Teufels. Ich habe getan, was ich tun musste, dazu stehe ich. Und ich würde es wieder tun, wenn auch nur die geringste Chance bestünde, dass ich diese Menschen dadurch retten könnte. Glaubst du, es war mir ein Vergnügen, diesen Arschlöchern Informationen über den Justizminister zu geben? Denkst du, ich wollte in seinem Privatleben und dem von Pamela Cox herumschnüffeln und Olivia in Gefahr bringen? Das wollte ich ganz sicher nicht. Aber weißt du, warum ich es getan habe? Jedes Mal wenn ich die Augen schloss, habe ich im Geiste gesehen, wie diese Undercover-Agenten zu Tode gefoltert wurden. Sie alle würden einen langsamen und schmerzhaften Tod sterben. Sie würden verprügelt, gefoltert, enthauptet und durch die Straßen geschleift werden, bevor ihre Körper geschändet werden würden. Das konnte ich nicht zulassen. Für mich sind diese Leute nicht einfach nur Namen auf einer Liste, sondern jemandes Brüder, Schwestern, Söhne, Töchter, Väter, Mütter und schlichtweg Menschen! Sie verdienen meine unerschütterliche Loyalität und meinen Schutz. Letztendlich konnte ich vielleicht ihr Leben nicht retten, aber ich kann mit der Gewissheit sterben, dass ich mein Bestes gegeben habe. Mir ist bewusst, dass mein Ende naht, Abe. Ich habe meinen Frieden gemacht und bin bereit, die Konsequenzen meines Handelns zu tragen. Du wirst mich nicht dazu bringen, meine Entscheidung zu bereuen. Ob sie nun richtig oder falsch war, sei dahingestellt.«

Als ich meine Schimpftirade beendet hatte, bemerkte ich, dass Jaxon sich zu uns in den hinteren Teil des Flugzeugs gesellt hatte. Zweifellos würde er mir ebenfalls gleich die Leviten lesen, aber ich war viel zu erschöpft, um mir erneut anzuhören, was für ein schrecklicher Mensch ich war. Mir blieben noch etwa sechs Stunden in Freiheit. Ich war überzeugt, Zane würde mich der nächstbesten Behörde ausliefern, sobald wir wieder in den Staaten landeten.

Ich hatte alles in meiner Macht Stehende getan. Mir war bewusst, dass sie mir den Steuerungs-Chip, den Ortega verlangte, nicht aushändigen würden, denn sie waren der festen Überzeugung, dass man mit Terroristen nicht verhandelte. Ich hatte versagt. Das Spiel war vorbei, und ich war auf dem Weg ins Gefängnis. Ich hoffte inständig, dass Zane in der Lage wäre, einige der Agenten zu retten.

»Wie lange weißt du schon, dass Declan Crenshaw dein Bruder ist?«, wollte Abe wissen.

»Seit etwa einem Jahr. Ich erhielt seine Dienstakte, um ihn etwa eine Woche bevor er untertauchen sollte ein letztes Mal zu interviewen«, erklärte ich.

»Warum hast du dir seine Adoptionsunterlagen angesehen?«, fragte er weiter.

»Warum hätte ich es nicht tun sollen? Ich sollte seinen Undercover-Einsatz bewilligen und musste vor dem Gespräch alles über ihn wissen.«

Abe schien meine Antwort abzuwägen, bevor er wieder das Wort ergriff. »Ich bin deinem Bruder begegnet.«

»Wirklich? Wo? Geht es ihm gut? Weißt du, wo er jetzt ist?«

In mir keimte Hoffnung auf. Wenn Abe und sein Team wussten, wo Declan sich befand, würden sie ihn warnen können.

»Ich habe ihn vor Jahren in Pakistan getroffen. Seine Aufklärungseinheit hat uns geholfen, nach Indien zu gelangen, nachdem wir einen entführten Chemieingenieur befreit hatten. Wusstest du, dass er eine Tätowierung auf der Brust hat?«

»Wie bitte? Eine Tätowierung? Nein, schließlich habe ich ihn nicht gebeten, sich auszuziehen, damit ich eine Leibesvisitation durchführen konnte.«

Warum fragte er mich nach irgendwelchen Tattoos? Meine Aufgabe war es, den geistigen Zustand der Kandidaten für einen Undercover-Auftrag zu beurteilen. Die Körperkunst der Agenten ging mich nichts an. Früher wurden derart auffällige Merkmale weder in einer militärischen Spezialeinheit noch bei der CIA geduldet, und Agenten und Soldaten waren angehalten worden, Tätowierungen entfernen zu lassen, bevor sie untertauchten. Doch diese Zeiten waren längst vorbei. Heutzutage hatte jeder Türsteher eine Tätowierung.

»Es ist eine ziemlich große lila Blume über seinem Herzen«, erklärte Abe.

»Eine Blume?«

Was hatte das zu bedeuten? Warum würde Declan sich eine Blume über sein Herz tätowieren lassen?

»Um genau zu sein, ist es ein Veilchen. Wie Violet.«

»Du denkst, er wusste, wer ich bin?«

Ich hatte Declans Dienstakten gelesen, die bezeugten, dass er ein guter Marine war. Die Empfehlungen und Charaktereinschätzungen seiner Vorgesetzten verrieten mir jedoch nur wenig über Declan als Mensch. Ich wollte unbedingt wissen, wer er war, und alles über den Bruder erfahren, den ich nie gekannt hatte.

»Ich habe mit ihm immer nur über die Mission gesprochen. Seine Mannschaftskameraden nannten ihn Flower, wie die Blume. Ich sah das Tattoo, als wir unsere Ausrüstung wechselten, aber ich habe ihn nie danach gefragt.«

Ich sah ihn fragend an. »Flower? Ich dachte, sein Deckname sei Hawk?«

»Gut möglich. Hin und wieder bekommt ein Soldat von seinen Kameraden einen Spitznamen, der sich von dem Namen unterscheidet, der über Funk verwendet wird«, erklärte Abe.

»Oh. Das wusste ich nicht.«

»Ich lasse dich jetzt allein, damit du dich etwas ausruhen kannst.« Abe stand auf und warf Jaxon einen flüchtigen Blick zu, bevor er wieder mich ansah. »Und danke, dass du die Informationen an Zane weitergeleitet hast. Es wäre kein Vergnügen für uns gewesen, die nächsten Tage ohne Kontakt zur Außenwelt in der Wüste zu sitzen und uns den Arsch abzuschwitzen.«

»Tut mir leid, dass ich erst auf die Informationen gestoßen bin, als ihr bereits unterwegs wart. Aber ich bin froh, dass ihr alle wohlauf seid.«

Als Abe ging, nickte Jaxon ihm kurz zu und konzentrierte sich dann auf mich. »Geht es dir gut?«

Seit ich ihm begegnet war, war dies das erste Mal, dass er aufrichtig besorgt um mich schien. Seine Miene hatte sich ein wenig erweicht, und in seinen blauen Augen lag ein sanfter Ausdruck. Mittlerweile hatte er seine Schutzweste und den Rest seiner Ausrüstung abgelegt, sodass seine stahlharten Muskeln unter seinem schwarzen T-Shirt deutlich zu sehen waren. Er war ein gut aussehender Mann, und ich war mir sicher, dass er unter der harten Schale ein Herz aus Gold verbarg. Schade, dass ich es nie erfahren würde. Ohne Zweifel waren die Frauen scharenweise hinter ihm her.

Er zog fragend die Augenbraue in die Höhe, und mir wurde bewusst, dass ich ihm eine Antwort schuldig war.

»Es geht mir gut. Es tut nicht allzu weh.« Ich hob den Arm an, damit er sehen konnte, dass der provisorische Verband nicht verrutscht war.

»Ich habe nicht von deinem Arm gesprochen.«

Ich wusste nicht, wie ich die Frage beantworten sollte, denn ich war mir nicht einmal sicher, ob ich sie richtig verstanden hatte. Ging es mir gut? Nein, es ging mir nicht gut. Es würde mir nie wieder gut gehen.

»Angenommen Abe hat recht mit der Tätowierung und Declan wusste, dass er mein Bruder ist, warum hat er nichts zu mir gesagt? Ich meine, das Veilchen könnte doch nur ein Zufall sein, nicht wahr?«

»Warum hast du ihm nicht verraten, dass du es weißt?«, konterte er.

»Er war kurz davor unterzutauchen. Die Erkenntnis, dass plötzlich seine lange verschollene Schwester vor ihm sitzt, hätte alles nur verkompliziert. Ich wollte, dass er für die Mission einen klaren Kopf behielt.«

»Vielleicht hat er es dir aus demselben Grund nicht erzählt. Aber das ist nur eine Vermutung.«

»Ich werde es wohl nie erfahren.«

Wie so vieles. All die Informationen, die ich über meinen Bruder hatte, waren nur oberflächlich. In gewisser Weise wünschte ich mir fast, ich hätte nie etwas über ihn herausgefunden. Es brach mir das Herz zu wissen, dass er sich an einem mir unbekannten Ort befand, an dem ich ihn nicht erreichen konnte.

»Ruhe dich etwas aus.«

Mit diesen Worten ging Jaxon davon. Während er sich auf den Weg in den vorderen Teil der Maschine machte, bewunderte ich seine Rückenansicht. Verdammt, der Mann hatte einen knackigen Hintern. Zu einer anderen Zeit und an einem anderen Ort hätte ich Jaxon Cain und seinen wohlgeformten Körper liebend gern besser kennengelernt. Leider war auch er für mich unerreichbar.

KAPITEL ACHT

JAXON

»Oh gut, da bist du ja, Romeo«, lachte Zane.

»Wie bitte?«

»Nicht das schon wieder. Ihr Kerle glaubt doch wirklich alle, ich bin von gestern. Jasmin hat gestrahlt wie ein Kind an Weihnachten, als Linc zum ersten Mal den Konferenzraum betrat. Kannst du dich erinnern? Sie hat es zwar geleugnet und mit aller Kraft dagegen angekämpft, indem sie ihn von sich gestoßen hat, aber am Ende hat er gewonnen. Und Panther drohte damit, zu kündigen und mit Olivia Reißaus zu nehmen, während er zugleich seine Gefühle für sie verleugnete. Abe hat es gesehen, er war dabei. Schließlich hat Leo die Schlacht ebenfalls verloren und sich auf die Beziehung eingelassen. Nachdem du es schon zweimal miterlebt hast, sollte man meinen, du würdest allen um dich herum den Kummer ersparen und es dir selbst einfach eingestehen.«

»Z, Mann, ich habe keine Ahnung, wovon du sprichst.

Ich empfinde nichts für sie. Sie ist eine Verräterin und wird ins Gefängnis wandern«, erwiderte ich.

»Ja, wie auch immer. Rede dir das ruhig weiter ein. Aber falls du mir auch mit deiner Kündigung drohst, wenn ich sie als Köder benutze, um Ortega aufzuschrecken, dann werde ich dich erschießen. Ist das klar?«

»Du wirst was tun?«, zischte ich.

Er durfte Violet unter keinen Umständen als Köder benutzen. Falls Ortega sie in die Finger bekäme, würde er sie verschleppen und in den Sexhandel verkaufen. Dann würden wir sie nie wiederfinden. Und falls wir sie wie durch ein Wunder doch aufspüren könnten, wäre sie für ihr Leben gezeichnet.

»Da ist es ja«, lachte Wolf.

»Arschloch!« Ich schüttelte den Kopf. Wir hatten keine Zeit für Zanes Humor.

»Ich denke nicht, dass sie vor ihrem Gespräch mit Declan etwas über ihn wusste«, warf Abe ein. »Außerdem glaube ich ihr, dass sie diese Agenten retten wollte, als sie auf die Forderungen eingegangen ist.« Bevor jemand etwas erwidern konnte, hob Abe die Hand. »Ihr wisst alle, wie sehr ich Lügner verachte. Aber bevor wir die Frau verurteilen, will ich euch etwas fragen. Habt ihr jemals jemanden so sehr geliebt, dass ihr sogar eure Seele verkauft hättet, um ihn vor dem Tod zu bewahren? Ich will ihr Verhalten nicht entschuldigen und hätte ganz sicher nicht genauso gehandelt, aber ich kann verstehen, warum sie es getan hat. Sie wurde in eine Ecke gedrängt. Und vergesst nicht, dass sie weder über unsere Erfahrung noch über unsere Ressourcen oder Fähigkeiten verfügt. Wir sollten uns vor Augen führen, dass sie dafür ausgebildet wurde, mit den kleinen Fischen zu schwimmen, aber in ein Haifischbecken geworfen wurde. Ich glaube ihr, wenn sie sagt, dass sie gute Absichten hatte. In diesem Fall ist das für mich von großer Bedeutung.«

Heilige Scheiße. Abe war der offenste und ehrlichste Mensch, den ich kannte, und es klang ganz danach, als stand er in gewisser Weise auf Violets Seite. Ich war nicht einmal auf die Idee gekommen, die Situation aus ihrer Sicht zu betrachten. Sie verfügte über keinerlei strategische Militärausbildung und war benutzt und erpresst worden. Ich wollte nicht so weit gehen, sie als Opfer zu bezeichnen, aber ich verstand, warum sie auf Clarks Forderungen eingegangen war.

»Sie hat mir das Leben gerettet«, meldete Jasmin sich zu Wort.

Bisher hatten wir noch nicht darüber gesprochen, was in dem Hotelzimmer passiert war, und wussten nur, dass Jasmin gesehen hatte, wie zwei Männer mit Sturmgewehren ins Gebäude eindrangen. Nachdem die Kerle die Tür eingetreten hatten, hatte sie sie mit Leichtigkeit ausgeschaltet. Aber sie hatte nicht erwähnt, woher der dritte Mann gekommen war oder wie Violet sich die Schusswunde zugezogen hatte.

Jasmin fühlte sich sichtlich unwohl, denn sie begann, von einem Fuß auf den anderen zu treten. Ganz sicher gestand sie sich nur ungern ein, dass sie fast erschossen worden wäre. Und dass ausgerechnet eine Frau, die sie nicht einmal leiden konnte, sie gerettet hatte, behagte ihr noch weniger.

»Nachdem ich die beiden Arschlöcher ausgeschaltet hatte, warf ich einen Blick aus dem Fenster, um zu sehen, ob draußen jemand auf den Lärm aufmerksam geworden war. Aus dem Augenwinkel sah ich, wie Violet aus dem Badezimmer kam. Bevor ich ihr befehlen konnte, wieder hineinzugehen, rief sie meinen Namen und stürzte sich auf mich wie ein verdammter Klammeraffe. Eine Kugel zischte an unseren Köpfen vorbei und ich hätte schwören können, dass ich spürte, wie die Luft sich bewegte. Als wir auf dem Boden aufkamen, schlug Violet mir Penelope aus der Hand. Ich riss mein Sturmgewehr herum, aber der Schuss löste sich nicht. In all den Jahren war mir so etwas noch nie passiert. Bevor ich den Zündversager aus der Kammer entfernen konnte, hatte das verrückte Miststück bereits ein ganzes Magazin von fünfzehn Schuss in Arschloch Nummer drei entladen. Eine oder zwei Kugeln hatten ihn definitiv getroffen, die restlichen schlugen kreuz und quer im Raum ein.«

Plötzlich empfand ich gewaltigen Respekt für Violet. Sie hatte Jasmin das Leben gerettet, und so etwas nahm das Team nicht auf die leichte Schulter. Wir alle waren ihr zu Dank verpflichtet. Es sprach Bände über ihren Charakter, dass sie ihr Leben für eine Frau riskiert hatte, die keinen Hehl aus ihrer Abneigung Violet gegenüber gemacht hatte. Vielleicht sagte sie tatsächlich die Wahrheit über die Beweggründe, die sie dazu verleitet hatten, Clark zu helfen.

»Wie wurde sie angeschossen?«, wollte ich wissen.

»Ich sagte doch, sie ist ein verrücktes Miststück. Als wir auf dem Boden aufschlugen, rollte sie sich vor mich. Sie wurde in den Oberarm getroffen und hat trotzdem nach Penelope gegriffen. Wenn sie nicht geschossen hätte, hätten wir beide das Zeitliche gesegnet, noch bevor ihr eingetroffen seid.«

»Verdammte Scheiße. Was zum Teufel soll ich jetzt tun?« Zane schien sichtlich verärgert, weil er nun in Violets Schuld stand.

»Ich habe keine Ahnung. Aber wenn jemand einem meiner Männer das Leben rettet, gehört er zur Familie«, warf Wolf ein und steigerte Zanes Frustration nur noch mehr. Dann fügte er hinzu: »Tex hat mich gerade wissen lassen, dass er neue Informationen hat. Er will uns über Videochat kontaktieren.«

Dude drückte einige Tasten auf seinem bereits geöffneten Laptop, und kurz darauf erschien Tex auf dem Bildschirm.

»Wir haben Probleme«, verkündete Tex.

»Das ist nichts Neues«, erwiderte Cookie.

»Probleme, die die nationale Sicherheit betreffen.«

»Ist Violet darin verwickelt?«, fragte Zane mit einem hoffnungsvollen Ausdruck im Gesicht.

»Nur wenn sie dafür verantwortlich war, die Konstruktion der Steuerungs-Chips an ausländische Unternehmen auszulagern«, antwortete Tex.

»Wie ist das möglich? Die gesamte militärische Hardware wird in den USA produziert«, bemerkte Dude.

»Eigentlich schon. Alle anderen Teile der Mini-Drohne werden in den USA hergestellt und zusammengebaut, aber irgendein Bürohengst war der Meinung, er könne Geld sparen und die Elektronik in Asien fertigen lassen. Er glaubte wohl, die Chinesen würden den Braten nicht riechen«, erklärte Tex.

»Haben die in letzter Zeit mal bei eBay nachgesehen?

Diese Arschlöcher kopieren alles, was US-Unternehmen dort produzieren. Meistens kommt der chinesische Klon schon vor dem echten Gerät auf den Markt. Willst du damit sagen, dass die Chinesen proprietäre Hardware für die US-Regierung hergestellt haben?«, fragte ich.

»Genau das will ich damit sagen. Ich habe zwar den Chip nicht vor mir, aber ich vermute, dass die Chinesen ihn verwanzt haben. Dasselbe würde ich auch tun. Jedes Mal wenn die Drohne eingeschaltet wird, kann das Gerät nicht nur von den USA, sondern auch von den Chinesen geortet werden. Zudem müssen sie einen Virus eingebettet haben. Andernfalls hätte Ortega nicht geheime Informationen über die Mission des Teams erhalten können«, erklärte Tex.

»Ich muss den Präsidenten anrufen.« Zane zog ein Satellitentelefon aus seinem Rucksack.

»Schon erledigt. Ich hielt es für das Beste, mich direkt an ihn zu wenden. In Anbetracht der Situation und Violets Beteiligung vertraue ich im Moment niemandem. Ich will nicht wie ein Verschwörungstheoretiker klingen, aber es sind zu viele Leute an der Sache beteiligt. Ich glaube, die CIA hat die Kontrolle über ihre Agenten verloren.«

»Oh gut, dann bekomme ich vielleicht doch noch Gelegenheit, die kleine Plaudertasche zu foltern«, erwiderte Zane. Mit gefiel das Grinsen nicht, das sich auf seinem Gesicht ausbreitete, aber dies war nicht der richtige Zeitpunkt, um meine Einwände zu äußern. »Jasmin hatte im Hotel ein kleines Problem. Du musst drei Leichen für mich überprüfen. Ich werde dir die Bilder schicken, gleich nachdem wir diese Unterhaltung beendet haben. Offenbar wurde Manuel Ortega von Ungeduld gepackt, denn er hat versucht, sich Violet zu schnappen, bevor sie Kontakt zu ihm aufnehmen konnte.«

»Das ergibt keinen Sinn. Warum sollte er sie entführen, bevor sie ihm bewiesen hat, dass der Chip in ihrem Besitz ist? Wir müssen irgendetwas übersehen haben.« Tex wandte den Blick von der Kamera ab und ließ seine Finger über die Tastatur vor ihm fliegen. »Wir müssen alles vergessen, was wir wissen, und die Sache noch einmal ganz neu betrachten. Violet weiß etwas. Vielleicht ist sie sich dessen gar nicht bewusst, aber Manuel will den Chip nicht. Er will sie.«

»Dazu wird es nicht kommen«, platzte ich heraus. Bevor ich mich eines Besseren besinnen konnte, fuhr ich fort: »Nur über meine Leiche.«

»Und wieder beißt einer ins Gras«, lachte Zane. »Meine Güte, du machst es dir wirklich nicht leicht, nicht wahr?«

»Was zum Teufel soll das heißen? Du weißt so gut wie ich, was geschieht, wenn eine Frau in die Fänge von Menschenhändlern gerät. Diese Arschlöcher werden sie innerhalb weniger Stunden unter Drogen setzen und vergewaltigen, um sie so schnell wie möglich zu brechen. Doch das werde ich nicht zulassen. Es ist mir scheißegal, was sie verbrochen hat, aber das hat sie nicht verdient.«

Zane seufzte, Jasmin schüttelte den Kopf und Wolf zog die Augenbrauen fast bist zum Haaransatz in die Höhe, als sein Blick auf etwas hinter mir fiel.

Verdammt, ich betete, dass Violet nicht hinter mir stand. Ich drehte mich um und blickte in ihr blasses

Gesicht. Sie hatte die Hände vor den Mund geschlagen und die Augen geschlossen.

»Wir werden nicht zulassen, dass dir etwas zustößt«, versuchte ich, sie zu beruhigen.

»Schickt mir die Bilder, damit ich mit der Analyse beginnen kann.« Ich hörte Tex' Stimme zwar, drehte mich aber nicht um. Stattdessen musterte ich die Frau, die zitternd vor mir stand.

»Von welchen Menschenhändlern redet ihr?«, stammelte sie.

Der Moment der Wahrheit war gekommen. Ich hörte zu, als Zane Violet erklärte, dass Ortega vorhatte, sie zu versteigern. Mittlerweile bebte sie am ganzen Körper und hielt sich an der Rückenlehne einer der Sitze fest, um nicht zusammenzusacken. Am liebsten wäre ich zu ihr gegangen, um sie zu trösten, doch ich hielt mich zurück. Wir mussten ihre Reaktion abwarten.

»Warum?«, fragte sie. Sie hatte versucht, die Tränen zurückzuhalten, doch nun kullerten sie ihr ungehindert über die Wangen. »Glaubt ihr, er weiß, was ich getan habe?«

»Was hast du denn getan?«, hörte ich Zane zähneknirschend hinter mir sagen.

»Ich habe absichtlich eine Spur hinterlassen, als ich mich in die Datenbank gehackt habe, damit ihr Olivia finden konntet. Ich habe die Gespräche und Anrufprotokolle aus dem Gefängnis gespeichert, die ich eigentlich hätte löschen sollen. Und ich habe mich mit den Informationen an euch gewandt.« Violet zeigte mit einem Nicken auf Wolf. »Wie hätte ich sonst den verdammten Chip bekommen sollen? Ich habe alles getan, was er verlangt hat. Ich dachte, er würde mir die Liste zurückgeben, wenn ich ihm helfe. Ich war so verdammt dumm.«

»Da stimme ich dir zu. Aber das ist nicht der Grund, warum er es auf dich abgesehen hat«, erwiderte Zane. »Ortega sind die Anrufprotokolle oder die Tatsache, dass wir Olivia gefunden haben, völlig egal. Mittlerweile glaube ich nicht einmal mehr, dass er den Chip wollte. Wäre ich nicht so sehr damit beschäftigt gewesen, Wolf zu finden, hätte ich erkannt, dass es keinen Sinn ergibt. Er braucht die Drohne nicht, um das Steuerungssystem in die Hände zu bekommen. Die Chinesen verfügen über die Technik und werden sie verkaufen. Der Chip war also nur ein Vorwand, denn er könnte damit kein Geld verdienen. Die eigentliche Frage ist, warum er dich will«, sagte Zane.

Violet strahlte eine Angst und Verwirrung aus, die unmöglich vorgetäuscht sein konnten. Sie war zu Tode erschrocken, was ich ihr nicht verübeln konnte. Ich stimmte ihr nur ungern zu, aber es war dumm zu glauben, dass Manuel Ortega sein Wort halten würde. Ein Mann, der vor Erpressung nicht zurückschreckte, war nicht vertrauenswürdig. Leider musste sie das auf die harte Tour lernen.

Sie dachte, sie hätte einige wenige Menschen geopfert, um viele zu retten, aber sie hatte sich geirrt. Die wenigen waren die Undercover-Agenten, und die vielen das amerikanische Volk.

Sie war erledigt.

Ihre einzige Hoffnung war, dass wir Ortega rechtzeitig aufspüren und außer Gefecht setzen konnten.

KAPITEL NEUN

Jaxon begleitete mich zurück zu meinem Platz und setzte sich neben mich. Zane hatte mich weggeschickt wie ein kleines Kind und mir gesagt, ich solle mir überlegen, warum Ortega es auf mich abgesehen hatte.

»Hattet ihr vor, mir zu erzählen, dass Ortega mich entführen will?«, fragte ich mit zitternder Stimme. Ich verabscheute mich selbst, weil ich so verängstigt klang, aber ich war am Ende meiner Kräfte.

»Nein. Zumindest noch nicht«, antwortete Jaxon.

Ich wurde augenblicklich wütend und blaffte: »Warum nicht? Ich denke, ich habe ein Recht darauf zu erfahren, wenn jemand vorhat, mich zu entführen und zu verkaufen. Zu verkaufen, Jaxon! Findest du nicht auch, dass ich so etwas wissen sollte?«

»Nein. Du bist unberechenbar und hast bewiesen, dass du die Märtyrerin spielen würdest. Als Menschenleben in

Gefahr waren, hast du den Forderungen dieser Leute sofort nachgegeben. Dabei hast du dich kein einziges Mal gefragt, ob die Kerle ihren Teil der Abmachung überhaupt einhalten würden. Du bist ihnen blind gefolgt, obwohl du wusstest, dass du den Rest deines Lebens im Gefängnis verbringen würdest, wenn du erwischt wirst. Du warst weder vorsichtig, noch hast du deine Spuren verwischt, weil du nach wie vor versucht hast, den Guten zu helfen, während du für die Bösen gearbeitet hast. Ich sage es nur ungern, aber du bist eine Niete als Doppelagentin und scheinst keinen Selbsterhaltungstrieb zu haben. Deshalb haben wir es dir nicht erzählt, denn wir mussten befürchten, dass du Reißaus nimmst. Sicher hättest du geglaubt, damit das Richtige zu tun und uns zu beschützen, oder eine ähnlich dumme Idee gehabt.«

Dem hatte ich nichts entgegenzuhalten. Er hatte recht, ich hätte versucht wegzulaufen. Es war nicht fair, dass andere Menschen durch mich in Gefahr gebracht wurden.

»Warum sagst du mir nicht, wie du wirklich über mich denkst?«, fauchte ich.

»Ich denke, was du getan hast, war unglaublich dumm. Aber ich verstehe deine Beweggründe und glaube, dass du selbstlos gehandelt hast. Aber – auch auf die Gefahr hin, dass ich mich wiederhole – es war rücksichtslos und falsch. Wenn jemand versucht, dich zu erpressen, darfst du ihm niemals nachgeben, und vor allem darfst du nie dein Land verraten.«

Eigentlich hatte ich meine Frage rhetorisch gemeint, weil ich schlichtweg nicht gewusst hatte, was ich erwidern sollte. Doch nun klammerte ich mich an seine

Worte. Er verstand mich. Mehr hatte ich nicht gewollt. Mir war bewusst, dass ich etwas Schreckliches getan hatte, und ich brauchte niemanden, der mir dafür auf die Schulter klopfte, doch ich hatte mir verzweifelt gewünscht, dass mir jemand Verständnis entgegenbrachte.

»Danke«, flüsterte ich.

»Glaub mir, Violet, du musst mir nicht danken.«

Ich zuckte mit den Schultern und blickte aus dem Fenster, denn ich hatte nicht vor, diese Unterhaltung noch weiter zu führen. Draußen zogen die Wolken vorbei, während wir den Ozean überflogen und Kilometer um Kilometer zurücklegten. Mit jeder Minute kam ich den USA und meiner Inhaftierung ein Stück näher.

»Wenn wir wieder zu Hause sind, bist du mich los. Sobald ich mich in Bundeshaft befinde, kann Ortega mich nicht mehr in die Finger bekommen.«

»Du willst es einfach nicht verstehen, nicht wahr?« Als ich den verärgerten Unterton in Jaxons Stimme hörte, wandte ich mich ihm zu.

»Was meinst du?«, fragte ich.

»Wach auf, Violet. Wenn du am Leben bleiben willst, solltest du aufhören, das verängstigte Rehlein zu spielen, und die Augen aufmachen. Die Menschen in diesem Flugzeug sind momentan die einzigen, denen du vertrauen kannst. Wir werden dich nicht an die Behörden ausliefern, denn wir können nicht wissen, wer alles auf Ortegas Gehaltsliste steht. Es wäre schlichtweg dumm, anzunehmen, dass außer dir niemand für den Kerl arbeitet.«

»Das reicht! Ich habe genug davon, dass du mich

ständig als dumm beschimpfst. Ich mag naiv sein, wenn es um Erpressung, Verrat und Menschenhandel geht, aber ich kann dir versichern, dass ich nicht dumm bin. Andernfalls hätte ich wohl kaum bei der CIA Karriere gemacht. Ich hatte nicht angenommen, dass ihr mich zurück in die Zentrale bringt und an die Behörden ausliefert, sondern bin davon ausgegangen, dass ihr mich einfach außer Landes schaffen würdet. Ganz sicher verfügt ihr über die nötigen Verbindungen, um mich sang und klanglos in einem dunklen Loch verrotten zu lassen.«

»Das ist zwar ein verlockender Gedanke, aber fürs Erste musst du in unserer Nähe bleiben«, sagte Zane, als er den Gang entlangkam und vor der Sitzreihe stehen blieb, in der Jaxon und ich saßen. »Was weißt du über Manuel Ortega?«

»Nichts«, antwortete ich.

»Hast du nie einen Blick in seine Akte geworfen?«, fragte er.

»Nein. Ich weiß nur, dass er bestätigt hat, im Besitz der Liste zu sein. Mehr weiß ich nicht«, antwortete ich.

»Vergiss alles, was du über den Chip, die Liste oder die Chinesen zu wissen glaubst. Ich möchte, dass du dich nur auf Timothy Clark und Manuel Ortega konzentrierst. Erzähle mir genau, wie Timothy Kontakt zu dir aufgenommen hat«, forderte Zane.

»Also gut. Ich war gerade in einem Café, als Timothy mir gegenüber Platz nahm ...«

»Wo?«, unterbrach Zane sie.

»Wo?«

»Ja, wo? War es ein Starbucks? Ein Laden in der Pentagon City Mall?«, drängte er.

»Es war ein Dunkin Donuts in der Nähe der Universität, unweit der 5th Avenue.«

»Bist du oft dort?«, fragte Jaxon.

»Fast jeden Morgen.«

»Also folgst du einer Routine und warst daher leicht aufzuspüren. Du warst also im Dunkin Donuts, und was ist dann passiert?«

»Ich saß in der Ecke und las eine Zeitung, die jemand dort liegen gelassen hatte, während ich auf meine Bestellung wartete. Plötzlich setzte er sich mir gegenüber auf einen Stuhl. Er sagte kein Wort, sondern legte eine handgeschriebene Liste mit Namen vor mir auf den Tisch. Ich war verwirrt und wollte den Zettel schon von mir schieben, als mein Blick auf Declans Namen fiel. Ich sah mir die Liste genauer an und erkannte noch weitere Namen. Timothy sagte mir, er habe einen Job für mich. Ich lehnte ab und faltete das Papier zusammen, um es mit zur Arbeit zu nehmen und dem Direktor zu übergeben. Timothy riss mir den Zettel aus der Hand und erklärte mir, ich hätte vierundzwanzig Stunden Zeit, um einzuwilligen, oder die Liste würde im Internet veröffentlicht werden.«

»Was hat er von dir verlangt?« Zane blickte von seinem Notizblock auf.

»Das ist es ja gerade. Er hat mir nicht verraten, was genau ich tun sollte. Er sagte nur, ich müsse einen Job für ihn erledigen.«

»Aber du hast abgelehnt, ohne zu wissen, was er von dir wollte?« Jaxon kniff die Augen zu dünnen Schlitzen zusammen. Offenbar glaubte er mir schon wieder nicht.

»Ich weiß, dass ihr mich alle für eine Idiotin haltet. Immerhin habt ihr mich oft genug als solche bezeichnet.

Aber ich habe nicht sofort nachgegeben, als Timothy mich kontaktiert hat.«

»Also schön, wie ging es dann weiter?«, fragte Zane und forderte mich mit einer Geste auf fortzufahren.

»Ich ging zur Arbeit und habe mir die Verkehrskameras vor dem Café angesehen. Als ich sein Gesicht erfasst hatte, ließ ich es durch die Erkennungssoftware laufen. Im Nachhinein betrachtet war es zu einfach. Er wusste, dass ich versuchen würde, ihn zu identifizieren, denn er blickte direkt in die Kamera. In seiner Akte war er als abtrünniger Agent gekennzeichnet. Doch bevor ich meinen Vorgesetzten alarmieren konnte, waren sowohl die Überwachungsaufnahmen als auch Timothys Akte verschwunden. Und damit meine ich, dass sie aus dem System gelöscht wurden. Ein paar Minuten später erhielt ich eine Nachricht von einer unterdrückten Nummer, in der er mir mitteilte, dass er mich beobachtet. Als ich am nächsten Morgen ins Café ging, wartete Timothy dort bereits auf mich. Er gab mir zu verstehen, dass er Leute auf mich angesetzt hatte, die mich auf Schritt und Tritt beobachteten. Zudem sagte er, er hätte auch Declan im Visier. Wenn ich nicht wollte, dass ihm etwas zustieße, solle ich den Justizminister unter die Lupe nehmen und ein schmutziges Geheimnis über ihn ausgraben. Wenn ich Clarks Forderungen nachkäme, würde er mir die Liste aushändigen und die Agenten wären in Sicherheit.«

»Anfangs hattest du dich strikt geweigert, sein Spiel mitzuspielen. Warum hast du deine Meinung geändert?«, wollte Zane wissen.

»Timothy zeigte mir ein Video von Declan.«

»Und?« Jaxon musterte mich erneut, als sei ich eine Idiotin.

»Das Video war erst kürzlich aufgenommen worden und bewies, dass er beobachtet wurde. Als Timothy mir erklärte, dass ich ihm nur Informationen über Peter Newton besorgen sollte, stimmte ich zu.«

»Woher weißt du, dass das Video nicht älter war?«, fragte Zane.

»Es wurde in einer Kneipe aufgenommen. Im Hintergrund liefen die Nachrichten. Zu dem Zeitpunkt, an dem er es mir vorführte, war es erst wenige Tage alt.«

»Eine Kneipe?« Jaxon sah mich durchdringend an. »Weißt du wo?«

»Nein. Einige der Gäste sprachen Spanisch, aber die Nachrichtensendung war auf Englisch.«

»Wann ist Manuel Ortega ins Spiel gekommen?«, löcherte Zane mich weiter.

»An dem Tag, an dem Timothy starb.« Ich hielt inne und bemühte mich, die Fassung nicht zu verlieren. »Ich hatte gerade mit ihm telefoniert, als er getötet wurde. Nachdem der Schuss gefallen war, erklärte Ortega mir, dass ich von nun an direkt mit ihm zusammenarbeiten würde. Als ich ihn nach Timothy fragte, sagte er nur, er sei tot. Das war alles.«

»Und der Chip? Wann wurde der zum ersten Mal erwähnt?« Zane tippte mit seinem Stift auf den Block, sah jedoch nicht von seinen Notizen auf, während er auf meine Antwort wartete.

»Etwa zur gleichen Zeit, als der Chinese begann, mir zu folgen. Das war vor etwas mehr als einer Woche. Manuel rief mich an und sagte mir, er wolle sich mit mir treffen. Ich dachte, er würde mir die Liste geben und ich wäre frei. Aber er behauptete, ich hätte in Bezug auf Peter Newton so gute Arbeit geleistet, dass er noch eine weitere Aufgabe für mich hätte. Er sagte, er wolle den Chip aus einer Mini-Drohne in die Finger bekommen. Anfangs weigerte ich mich, da wir schließlich eine Abmachung hatten. Er lachte mich jedoch nur aus und drohte damit, jeden Tag einen Namen auf der Liste zu veröffentlichen, bis ich mich einverstanden erklärte. Ich willigte ein und er ging. Danach hörte ich nichts mehr von ihm.«

»Dieser Agent vom Ministerium für Staatssicherheit. Hatte er einen Ausweis bei sich? Irgendetwas, womit du ihn hättest identifizieren können?«, fragte Jaxon.

»Nein.«

»Dann hat du also angenommen, dass er vom MSS war, weil …«, begann er gedehnt.

»Er Chinese war«, beendete ich den Satz.

»Und deshalb hast du ihn für einen Agenten gehalten. Ich denke, wir können davon ausgehen, dass das Ministerium für Staatssicherheit mit der Sache nichts zu tun hat und auch keinen Agenten auf dich angesetzt hatte. Wir werden das bestätigen, wenn Garrett seine Ermittlungen abgeschlossen hat«, sagte Zane.

»Was meinst du damit?«, fragte ich.

»Der Chinese war nichts weiter als ein chinesischer Landsmann, der für Ortega gearbeitet hat. Du hast etwas gesehen, was nicht wirklich da war. Ich habe dir doch gesagt, du musst alles vergessen, was du zu wissen *glaubst*.« Zane blickte von seinem Notizblock auf und nickte Jaxon zu.

»Chaostheorie«, bemerkte Jaxon.

»Genau das denke ich auch. Er versetzt Violet in Panik und lässt sie wie ein kopfloses Huhn umherlaufen, damit sie nicht herausfindet, was er wirklich vorhat. Solange er ihre Aufmerksamkeit auf die Liste lenken kann, wird sie seinen Anweisungen blindlings folgen«, sagte Zane, während er weiterhin Jaxon fixierte.

»Timothy wurde benutzt, um an die Liste heranzukommen, Violet wurde benutzt, um Peter Newton zu erpressen, und Siles und Gomez waren ebenfalls Schachfiguren. Aber was ist sein Ziel? Wenn der Chip nur eine Finte war, wovon ich ausgehe, dann war Wolfs Team nie wirklich in Gefahr. Ortega hat lediglich eine Sicherheitslücke aufgedeckt. Damit wäre jede Hardware, die er verkaufen will, nutzlos. Timothy und Siles sind tot. Gomez handelt weiter mit Drogen.« Jaxon und Zane unterhielten sich miteinander, als sei ich gar nicht da. »Bleibt nur noch Violet.«

In einigen Punkten hatten sie recht. Ich war in Panik geraten und wie ein kopfloses Huhn umhergelaufen. Und nun war ich verwirrter denn je.

»Aber ich weiß nichts über Ortega. Mir fällt beim besten Willen kein Grund ein, warum er mich würde entführen wollen. Ich bin ein Niemand«, sagte ich.

»Irgendjemandem musst du etwas bedeuten«, erwiderte Jaxon.

»Nein. Da gibt es niemanden, glaubt mir. Meine leiblichen Eltern starben, als ich drei war. Meine Adoptiveltern sind mittlerweile ebenfalls beide verstorben. Ich habe keine Geschwister.«

»Doch, du hast einen Bruder. Ortega muss es letztendlich auf ihn abgesehen haben«, schlussfolgerte Zane.

»Das ergibt keinen Sinn. Sowohl Clark als auch Ortega wussten, wo er sich befand. Sie brauchen mich nicht, um ihn ausfindig zu machen.«

Jaxon und Zane tauschten einen Blick aus, der mich zu Tode erschreckte. Ich schluckte einen Kloß im Hals hinunter und nahm all meinen Mut zusammen, als ich fragte: »Was will Ortega von mir?«

KAPITEL ZEHN

JAXON

Es gab eine Vielzahl von Gründen, warum ich Violets Frage nicht beantworten wollte. Allen voran war da die Tatsache, dass ich mich ihr gegenüber bereits wie ein Arschloch verhalten hatte, als ich sie als dumm bezeichnet hatte. Es war nicht meine Absicht, sie zu beschimpfen, und ich hatte keine Freude daran, sie über die dunklen Machenschaften der Geheimdienstarbeit aufzuklären. Es gefiel mir, dass sie zwar für die CIA arbeitete, sich jedoch eine gewisse Unschuld bewahrt hatte. Allerdings würde ihre Naivität sie irgendwann das Leben kosten, wenn sie nicht bald die Augen öffnete.

Selbst jetzt konnte sie nicht verstehen, welchen Wert sie für Ortega hatte. Es gab Dinge, die waren viel schlimmer als der Tod. Wenn Declan erfuhr, dass seine Schwester einem Menschenhändlerring zum Opfer gefallen war und immer wieder vergewaltigt wurde, während er nichts dagegen tun konnte, dann würde ihn das in den Wahnsinn treiben. Andererseits würde Ortega auch ein Risiko eingehen, denn er konnte nicht vorhersehen, wie Declan reagieren würde. Ich bezweifelte jedoch, dass er auf Ortegas Forderungen eingehen würde. Ein Mann wie Declan würde höchstwahrscheinlich rotsehen und die Wände mit dem Blut seines Feindes färben.

Ich sah Violet an. »Du solltest dich etwas ausruhen.«

»Warum sollte er mich entführen wollen?«, fragte sie erneut.

»Um dich gegen Declan als Druckmittel einzusetzen«, antwortete Zane.

Sie gab wirklich ihr Bestes, um die Fassung zu bewahren, aber langsam forderten die Strapazen des Tages ihren Tribut. Sie lehnte sich in ihrem Sitz zurück und ließ niedergeschlagen den Kopf hängen.

»Ihr werdet mich doch verstecken, nicht wahr?«

»Er wird dir kein Haar krümmen«, schwor ich.

In einem Moment der Schwäche zog ich sie an mich. Mir war bewusst, dass ich zu einer Schutzperson immer eine gewisse Distanz wahren sollte, doch das war mir im Augenblick völlig egal. In dem Moment, in dem ich meine Arme um ihre zierliche Gestalt schlang, wurde mir die Tragweite meiner Entscheidung bewusst. Doch da war es schon zu spät. Violet entspannte sich und schmiegte ihr Gesicht an meine Brust.

»Versprich mir, dass Manuel mich nicht benutzen wird, um an Declan heranzukommen.«

»Ich verspreche es.«

Ich wagte es kaum, aufzublicken, denn mir graute jetzt schon vor dem Grinsen, das ich zweifellos in Zanes Gesicht sehen würde. Als ich mich jedoch endlich dazu durchrang, den Kopf zu heben, erkannte ich, dass er Violet mit nachdenklicher Miene anstarrte. Zane Lewis war tatsächlich ein Mann, der nicht leicht zu durchschauen war, und tat nur selten das, was man erwartete. Über Jahre hinweg hatte er immer wieder schwere Entscheidungen treffen müssen, die in den meisten Fällen den Verlust von Menschenleben zur Folge hatten. Auch wenn diese Menschen der Feind waren, hatten die Einsätze Narben bei ihm hinterlassen. Diese überspielte er mit einer Menge Sarkasmus und aufgesetzter Unbekümmertheit. Wir alle wussten, dass unter der harten Schale ein weicher Kern schlummerte, doch keiner von uns hätte ihn je darauf angesprochen. Er hatte ein Recht auf seine Privatsphäre und seinen Schmerz.

Schließlich nickte er und hob das Kinn an, bevor er zu den anderen zurückging und mich mit Violet allein ließ.

»Es tut mir leid, dass ich euch alle in diesen Schlamassel hineingezogen habe.«

»Mir nicht. Ich wünschte nur, du wärst früher zu uns gekommen, aber daran können wir jetzt nichts mehr ändern. Wir müssen uns darauf konzentrieren, sowohl einen Ausweg aus dem Schlamassel zu finden als auch Declan aufzuspüren.«

Es fiel mir schwer, wütend auf sie zu sein, denn sie war ohne eigenes Verschulden zu einer weiteren Figur in Ortegas verkorkstem Spiel geworden.

Als sie eingeschlafen war und ihre Atmung sich beruhigt hatte, schloss ich die Augen. Ich war hundemüde und würde einen klaren Kopf brauchen, wenn wir die Vereinigten Staaten erreichten.

* * *

Einige Stunden später landete der Jet in D. C. Bevor Wolf und sein Team sich von uns verabschiedeten, zog er mich zur Seite und gab mir zu verstehen, dass ich ihn jederzeit anrufen könne, falls ich Hilfe bräuchte. Er bedankte sich auch bei Violet. Obwohl seine Einheit ihre Hilfe nicht wirklich gebraucht hätte, wusste sie das nicht. Sie hatte zwar ein bestimmtes Ziel verfolgt, als sie uns alarmiert hatte, doch wir alle waren überzeugt davon, dass sie den Männern auch ungeachtet des Chips geholfen hätte.

Nachdem das SEAL-Team sich auf den Weg zurück nach San Diego gemacht hatte, stellte sich für uns die Frage, wie wir mit Violet verfahren sollten. Sie wirkte erschöpft und schmächtig. Obwohl sie im Flugzeug geschlafen hatte, sah sie aus, als könnte sie eine Woche Ruhe gebrauchen.

»Du kannst sie in meiner Hütte unterbringen«, bot Jasmin an.

Sie hatte eine Blockhaus in Claiborne, Maryland geerbt, das idyllisch am Ufer der Chesapeake Bay lag. Aus einem mir unerfindlichen Grund wünschte ich mir nichts sehnlicher, als mich mit Violet an diesen friedlichen, ruhigen Ort zurückzuziehen, doch ich wusste, dass das nicht klug wäre.

»Ich würde lieber in der Nähe des Teams bleiben.« Es stand bereits fest, dass ich auf Violet aufpassen würde, die Frage war nur wo.

Ich hätte sie mit in die Zentrale nehmen können; dort gab es Betten, die wir benutzten, wenn wir Wache hielten oder zu müde waren, um nach der Rückkehr von einer Mission nach Hause zu fahren. Es wäre zwar nicht sonderlich bequem gewesen, aber definitiv sicher.

»Du kannst mit ihr in der Scheune unterkommen«, schlug Zane vor. »Dort gibt es ein Schlafzimmer und das Gebäude wird von einem ausgeklügelten Sicherheitssystem überwacht.« Ich nickte zustimmend, woraufhin Zane sich an Eric wandte. »Du gehst mit Jasmin ins Büro. Ich bin mir sicher, dass mein Bruder einen Suchtrupp losschicken wird, falls er seine Frau nicht bald zu Gesicht bekommt. Glücklicherweise hat er den Lagebericht gelesen, als wir noch außer Landes waren. Ich hätte keine Lust gehabt, seinen Wutausbruch mitzuerleben, als er von dem Vorfall im Hotel erfahren hat.«

»Großartig, dann wirfst du mich also den Wölfen zum Fraß vor«, bemerkte Jasmin mit einem Lächeln. Offenbar scherte sie sich nicht darum, dass Linc wütend war, weil sie in Afrika in ein Feuergefecht verwickelt worden war. Wir alle wussten, dass Jasmin gut auf sich selbst aufpassen konnte, aber keinem Mann behagte der Gedanke, dass seine Frau in die Schusslinie geraten könnte.

»Er ist dein Mann, also kannst du dich auch um ihn kümmern. Ich bringe Jaxon und Violet in die Scheune. Tu mir einen Gefallen, ja? Schaffe ihn aus dem Büro, bevor ich zurückkomme.«

»Mach dir keine Sorgen. Bis du kommst, werden wir verschwunden sein.« Jasmin zwinkerte Zane zu, woraufhin er einen Würgelaut von sich gab. Das war seine übliche Reaktion, wenn Jasmin oder Linc von ihrem Sexleben sprachen.

»Ich werde in der Zentrale auf dich warten, Z«, sagte

Eric, bevor er zu einem der firmeneigenen Geländewagen ging, die am Hangar auf uns warteten.

»Ich melde mich später«, verabschiedete Jasmin sich von mir, bevor sie sich Violet zuwandte. »Wenn du klug bist, weichst du Jaxon nicht von der Seite. Und danke für … einfach danke.«

Zane begegnete meinem Blick, bevor wir beide Jasmin ungläubig anstarrten. Ich hatte das Gefühl, kurzzeitig in ein Paralleluniversum versetzt worden zu sein, und versuchte vergeblich, mich daran zu erinnern, wann sie sich zum letzten Mal bei jemandem aus dem Team bedankt hatte. Selbst Violet, die Jasmin nicht einmal kannte, war schockiert.

»Seid ihr bereit?«, fragte Zane und riss mich aus meinen Gedanken.

»Ja.« Bevor ich mich eines Besseren besinnen konnte, ergriff ich Violets Hand und zog sie an mich. Ich redete mir ein, dass es nur eine Vorsichtsmaßnahme war. Allerdings gelang es mir nicht, das erregende Kribbeln zu ignorieren, das mich durchströmte, als sie meine Finger drückte.

KAPITEL ELF

Zane führte uns in den Keller der Scheune, wobei wir unzählige Sicherheitskontrollen durchliefen. Dann riefen wir Garrett an und erfuhren zu meinem Leidwesen, dass Zanes Verdacht sich bestätigt hatte. Der Mann, den ich erschossen hatte, hatte tatsächlich nicht für die chinesische Regierung gearbeitet. Zwar hatte ich mir in diesem Punkt nichts vorzuwerfen, denn ich hatte aus Notwehr gehandelt, aber es fiel mir schwer, seinen Namen zu hören und zu erfahren, dass er eine Familie hatte. Als er für mich nur ein namenloser Agent war, war es leichter gewesen, seinen Tod zu verarbeiten. Nun hatte ich ein schlechtes Gewissen, weil ich ein Leben genommen hatte.

Zane und Jaxon hatten beide versucht, mich zu trösten, aber ihre wohlmeinenden Worte konnten mir die Last nicht nehmen. Zane verabschiedete sich und ich war zum ersten Mal, seit ich Jaxon begegnet war, mit ihm allein. Plötzlich beschlich mich ein unbehagliches Gefühl.

Natürlich war mir nicht entgangen, wie gut der Mann aussah, aber als ich nun im Schlafzimmer auf dem Bett saß und ihn dabei beobachtete, wie er seinen Rucksack durchwühlte, wurde ich nervös.

»Wie alt bist du?«, fragte ich.

Jaxon warf mir einen Blick über die Schulter zu und antwortete: »Fünfunddreißig.«

Er drehte sich zu mir um und hielt ein T-Shirt der Air Force und eine Jogginghose in Händen. »Hast du Kleidung dabei, in der du schlafen kannst?«

Mit der Frage hatte ich nicht gerechnet, doch sie beschwor sofort ein Bild von Jaxon, der sich entkleidete, in mir herauf. Ich fragte mich, ob seine Muskeln tatsächlich so beachtlich waren, wie sein eng anliegendes schwarzes T-Shirt vermuten ließ. Hatte er einen Waschbrettbauch? Würde er mir Gelegenheit geben, ihn zu berühren? Die wenigen Männer, mit denen ich zusammen gewesen war, waren vor allem Intellektuelle, die man kaum als durchtrainiert bezeichnen konnte. Sie waren zwar nicht übergewichtig, aber ihre Körper waren bei Weitem nicht so gemeißelt wie Jaxons. Ganz sicher hatten sie in mir nicht den Wunsch geweckt, ihnen das Hemd vom Leib zu reißen und …

Jaxon räusperte sich und ich blickte von seiner Brust auf, wobei ich das Grinsen in seinem umwerfenden Gesicht bemerkte. Er hatte mich dabei ertappt, wie ich ihn angestarrt hatte, doch das war mir egal. In ein paar Tagen würde ich irgendwo in einer Zelle sitzen und den Rest meines einsamen Lebens hinter Gittern verbringen. Ich hatte nichts zu verlieren, also könnte ich genauso gut ein wenig Kühnheit an den Tag legen. Dies würde meine letzte Chance sein, Sex zu haben und herauszufinden, ob der gut gebaute Soldat wirklich die Kriterien erfüllte, die in den Liebesromanen versprochen wurden. Ohne Zweifel wäre es besser als mit den Kerlen in meiner Vergangenheit. Er sah aus, als verfügte er über reichlich Erfahrung, und falls nicht, würde es schon reichen, seinen Körper aus der Nähe zu betrachten.

Für einen Moment überlegte ich, ob ich lügen und ihm sagen sollte, dass ich nackt schlief, aber so mutig war ich dann doch nicht. Wenn es um Sex ging, war ich ein wenig befangen. Obwohl die Vorstellung, ihm die Kleider vom Leib zu reißen und ihn anzuflehen, mit mir zu schlafen, verlockend war, würde ich so etwas nie tun.

Also sagte ich ihm stattdessen, dass ich etwas zum Anziehen hatte. Er ließ mir den Vortritt in dem kleinen, zweckmäßigen Badezimmer und ich stellte mich – leider allein – unter die Dusche. Das warme Wasser wirkte Wunder und spülte die Strapazen der letzten beiden Tage von mir ab. Zuvor hatte Jaxon mir den Verband abgenommen und mir aufgetragen, die Wunde gut zu säubern, bevor er sie später neu verbinden würde. Ich warf einen Blick darauf. Er hatte recht, es war tatsächlich nur ein Streifschuss. Der Bereich um die Wunde wies Verbrennungsspuren auf, die schlimmer zu sein schienen als die Furche, die die Kugel ins Fleisch gerissen hatte.

Nachdem ich mich gewaschen hatte, stand ich noch lange unter der Dusche und dachte über die Geschehnisse nach. Die vergangenen sechs Monate waren die Hölle gewesen. Tagein, tagaus war ich einer mentalen Folter ausgesetzt gewesen, der ich nicht hatte entkommen können. Ich bedauerte nicht, dass ich versucht hatte, diesen Agenten zu helfen, doch statt den Verlust meiner Freiheit zu betrauern, war ich wütend. So wütend wie noch nie zuvor. Ich hasste sowohl Timothy Clark als auch Manuel Ortega und den Plan, den er ausgeheckt hatte. Ich hasste das Universum dafür, dass es mir meine leiblichen Eltern, meinen Zwillingsbruder und meine Adoptiveltern genommen hatte. Heute war ich eine zweifache Waise und hatte nichts und niemanden. Ich verabscheute mich selbst, weil ich mich in Selbstmitleid erging, und verachtete den Trümmerhaufen, der von meinem Leben noch übrig war. Scheiß auf Manuel Ortega. Ich hoffte, er würde in der Zelle neben mir landen und dort verrotten.

Scheiß auf die Welt.

»Hey.« Der Duschvorhang wurde zurückgezogen und ich machte einen Satz, wobei ich mir den Ellbogen an der Armatur stieß. »Komm her. Es ist alles gut.«

»Wie bitte? Warum?« Zu spät fiel mir ein, dass ich nackt war. Ich versuchte, mich mit den Händen zu bedecken, doch ich rutschte erneut aus und griff nach Jaxon.

Er hielt mich mit einem Arm fest und stellte mit der anderen Hand das Wasser ab. Als ich mein Gleichgewicht wiedergefunden hatte, nahm er ein Handtuch von der Stange an der Wand und wickelte es mir um den Körper.

»Was tust du da?«, fragte ich erneut.

»Komm her.« Er führte mich aus der Duschkabine und griff nach einem kleinen Handtuch, um damit mein Haar zu frottieren. »Ich hätte es besser wissen müssen. Es tut mir leid.«

Ich verstand immer noch nicht, wovon er sprach. Er trocknete mir die Arme und Beine, wobei er darauf achtete, die Wunde an meinem Bizeps nicht zu berühren.

Dann legte er mir das Handtuch um die Schultern und begann, damit über meinen Oberkörper zu reiben, ohne den Blickkontakt zu unterbrechen. In seinen Augen spiegelte sich ein besorgter, mitfühlender Ausdruck wider.

»Sieh mich nicht so an«, schluchzte ich. »Ich will dein Mitleid nicht.«

Er führte mich wortlos ins Schlafzimmer und griff nach seinem Air Force T-Shirt. Er streifte es mir über den Kopf, schob meine Hände durch die Ärmel und zog den Saum hinunter, bevor er das feuchte Handtuch darunter hervorzerrte. Das Hemd reichte mir zwar bis zur Mitte der Oberschenkel, aber ich fühlte mich dennoch entblößt. Jaxon holte ein Höschen aus meiner Tasche, kniete sich vor mich und tippte auf einen meiner Knöchel, damit ich den Fuß anhob. Nachdem er mir den Slip über den Knöchel geschoben hatte, wiederholte er den Vorgang mit meinem anderen Bein, bevor er mir das Höschen bis zur Hüfte hochzog. Ich hätte vor Scham im Boden versinken sollen, aber der Akt hatte nichts Sexuelles. In Jaxons Augen lag keine Begierde. Sein Blick war ausdruckslos und so leer wie mein Leben.

Erst als er die Bettdecke zurückschlug, mir ins Bett half und sich zu mir legte, ergriff er wieder das Wort.

»Das Letzte, was ich für dich empfinde, ist Mitleid, Violet.«

KAPITEL ZWÖLF

JAXON

Ich hätte mich nicht zu Violet ins Bett legen sollen, vor allem nicht, solange sie halb nackt und derart verletzlich war. Als ich ihr Schluchzen aus dem Badezimmer gehört hatte, war auch der letzte Funke Wut in mir erloschen. Nach allem, was sie in den letzten achtundvierzig Stunden durchgemacht hatte, hätte ich sie nicht allein lassen dürfen. Bereits im Flugzeug hatte ich sehen können, dass sie kurz vor einem Zusammenbruch stand. Sie hatte die Starke gespielt und so getan, als hätten die Ereignisse im Hotelzimmer sie nicht berührt, doch ich wusste es besser.

Der Ausdruck der Verzweiflung und Niedergeschlagenheit in ihrem Gesicht, als ich den Duschvorhang zurückgezogen hatte, hatte mir das Herz zerrissen. Ich glaube, sie hatte nicht einmal bemerkt, dass ihr die Tränen über die Wangen kullerten, während sie sich anstandslos von mir hatte abtrocknen und ankleiden lassen. Bisher hatte ich ihren Arm noch nicht verbunden, aber ich brachte es im Moment nicht über mich, sie loszulassen. Wie durch ein Wunder gelang es mir, die Reaktion meines Körpers unter Kontrolle zu halten, obwohl der Anblick ihrer feuchten, nackten Haut meine Selbstbeherrschung zweifellos auf die Probe gestellt hatte. Schon in bekleidetem Zustand war Violet eine wunderschöne Frau. Als sie jedoch völlig nackt vor mir gestanden hatte, hatte sie selbst mit ihrem tränenverschmierten Gesicht einen atemberaubenden Anblick geboten. Die Frau hatte sinnliche Kurven an genau den richtigen Stellen. Ich hätte gern behauptet, ein Gentleman zu sein, der sich nicht so leicht von ihren Reizen verleiten ließ, doch mein Blick war unwillkürlich zu ihren prallen Brüsten gewandert. Sie wirkten wie weiche Kissen, die wie geschaffen waren, um sie zusammenzudrücken und meinen Schwanz dazwischen zu vergraben. Ich war ein Arschloch, weil ich mich derart schmutzigen Gedanken hingab, aber ich war standhaft genug, um der Anziehungskraft nicht nachzugeben. Ganz sicher würde ich sie nicht benutzen, um meine Triebe zu befriedigen. Natürlich wäre sie ebenfalls auf ihre Kosten gekommen, aber unterm Strich wäre es schlichtweg falsch.

»Erzähle mir etwas über dich«, flüsterte sie.

Für gewöhnlich vermied ich es, mit Frauen über mein Privatleben zu reden, aber Violet konnte ich den Wunsch nicht abschlagen.

»Da gibt es nicht viel zu erzählen. Ich bin in Südkalifornien aufgewachsen, irgendwann der Air Force beigetreten und viel in der Weltgeschichte herumgereist.«

»Hast du Geschwister?«

»Ja, einen jüngeren Bruder. Er lebt immer noch in Kalifornien und ist Polizist.«

»Dann habt ihr euch beide entschieden, eurem Land zu dienen. War euer Vater auch beim Militär?«

»Nein.« Bei dem Gedanken, dass mein Vater sich die Hände schmutzig machte, musste ich lächeln. Er war ein guter Vater und hatte uns den Wert harter Arbeit gelehrt, die sich in seinem Fall jedoch auf eine Tätigkeit am Schreibtisch beschränkt hatte. »Er ist Investmentbanker.«

»War er enttäuscht, als du dich entschieden hast, nicht in seine Fußstapfen zu treten?«

»Ganz und gar nicht. Er hat Cooper und mich immer ermutigt, unseren Träumen zu folgen. Dabei war es ihm egal, ob wir als Handwerker oder als Führungskraft arbeiteten. Solange wir unser Bestes gaben, spielte unsere Berufswahl keine Rolle.«

»Was hast du bei der Air Force gemacht?«, fragte sie gähnend.

»Ich war Fallschirmspringer bei der 71. Rettungsstaffel.«

»Dann unterstandest du also dem Air Force Special Operations Command, das Spezialoperationen ausführt, nicht wahr? Warst du oft in Übersee im Einsatz?«

Ich war beeindruckt von ihren Kenntnissen. Die meisten Leute dachten bei Spezialeinheiten sofort an die SEALs oder die Delta Force und wussten nicht, dass die Air Force seit dem Zweiten Weltkrieg über eine eigene Spezialtruppe verfügte.

»Das ist richtig. Ich habe mehr Zeit im Mittleren Osten verbracht als auf amerikanischem Boden.«

Violet gähnte erneut.

»Du solltest jetzt etwas schlafen«, sagte ich und rollte mich auf die Seite, um sie zuzudecken.

»Wirst du bei mir bleiben?«

Wollte ich bleiben? Ja. Sollte ich es tun? Ganz sicher nicht.

»Würdest du dich wohler fühlen, wenn ich es mir mit einem Schlafsack auf dem Boden bequem mache?«, fragte ich.

»Nein. Es wäre mir lieber, wenn du in meiner Nähe bist.«

Ich stand auf und entledigte mich meiner Kleider. Da Violet von mir abgewandt auf der Seite lag, machte ich mir nicht die Mühe, den Raum zu verlassen. Ich zog die Jogginghose an, die ich aus meinem Rucksack gefischt hatte, denn ich würde jede denkbare Barriere zwischen uns brauchen. Wir spielten ein gefährliches Spiel. Sie hatte es vielleicht nicht bemerkt, aber in meinem Inneren brodelte ein Feuer, das drohte meine Selbstbeherrschung niederzubrennen. Langsam, aber sicher nahm meine Begierde überhand und sorgte für einen Kurzschluss in meinem Verstand. All die Gründe, warum ich sie nicht haben konnte, waren mir plötzlich entfallen.

Ich legte mich zurück ins Bett und versuchte, einen angemessenen Abstand zu ihr zu halten. Es dauerte nicht lange, bis die Erschöpfung mich einholte und ich die Augen schloss. Ich spürte, wie Violet näher rückte und ihren zierlichen Körper an mich schmiegte, wobei sie ihre Schenkel mit meinen verschränkte. Wenn sie nicht bald aufhörte, ihren Hintern an meinem Schritt zu reiben, würden wir etwas tun, was wir beide am Ende bereuen würden. Schließlich beruhigte sich jedoch ihre Atmung und sie schlief ein. Ich atmete ein paarmal tief durch, um den lustvollen Schmerz in meinen Lenden zu dämpfen.

Ich musste nur die Nacht überstehen. Wie oft war ich schon mit demselben Gedanken eingeschlafen, während ich in der Wüste im Einsatz war? Doch nun lag ich in einem Bett mit einer schönen Frau an meiner Seite und die Situation war nicht weniger heikel. Tatsächlich war Violet Myers weitaus gefährlicher als jede Mission, an der ich bisher teilgenommen hatte.

* * *

IN DEM MOMENT, IN DEM VIOLET SICH BEWEGTE, WAR ICH hellwach. Ich hielt die Augen geschlossen, als sie sich mir zuwandte und ihren Kopf an meine Brust legte. Ihr Arm ruhte an meinem Bauch, während sie ihre Hand mit langsamen und sanften Bewegungen über meinen Brustkorb gleiten ließ. Ich nahm an, dass sie meine Tätowierung nachzeichnete, doch ich war nicht in der Lage, mich auf das Muster zu konzentrieren. Ohne Zweifel war sie überzeugt davon, dass ich noch schlief, denn sie ließ ihre Finger tiefer wandern. Ich spannte unwillkürlich die Muskeln an. Meine Reaktion schien sie zu ermutigen, denn sie umkreiste mit den Fingerspitzen meinen Bauchnabel und glitt dann noch tiefer, bis sie den Bund meiner Jogginghose erreichte. Für einen Augenblick hielt sie inne, dann begann sie, ihre Fingerspitzen unter den Gummizug zu schieben.

Bevor sie noch weiter vordringen konnte, packte ich ihr Handgelenk. Violet erstarrte und versuchte, ihre Hand wegzuziehen, aber ich hielt sie fest.

»Du solltest dir gut überlegen, was du da tust, Vi.«

»Ich habe es mir gut überlegt«, erwiderte sie mit sinnlicher Stimme, die heiser und verschlafen klang.

Sobald ich meinen Griff lockerte, schob sie ihre Hand vollständig in meine Hose. Schon nach wenigen Zentimetern berührte sie die Spitze meines Schaftes.

Unwillkürlich entfuhr mir ein Stöhnen, das sie nur noch mehr anspornte. Sie zog kurz die Hand zurück, nur um sie dann unter meine Boxershorts gleiten zu lassen. Das Gefühl ihrer zarten Finger an meiner Haut war so überwältigend, dass ich erneut ihre Hand packte. Während ich ihre zierlichen Finger bedeckte, umfasste sie meinen Schwanz und begann, ihn von der Spitze bis zum Ansatz zu streicheln, um ihn dann leicht zu drücken. Bevor sie die Bewegung wiederholen konnte, warnte ich sie erneut: »Das ist keine gute Idee.«

»Doch, es ist eine hervorragende Idee.« Sie unterstrich die Worte, indem sie ihre Zunge um eine meiner Brustwarzen kreisen ließ.

Heilige Scheiße, diese Frau würde mich noch umbringen.

Wir sollten das wirklich nicht tun.

»Nein. Wenn du logisch darüber nachdenken würdest, dann wüsstest du, dass ich recht habe.«

»Ich will aber nicht denken, Jaxon. Wahrscheinlich benutze ich dich, um der Realität zu entkommen, sei es auch nur für ein paar Minuten. Aber ich brauche dich. Bitte.«

Ich ließ mir ihre Worte kurz durch den Kopf gehen, bevor ich antwortete: »Nimm dir, was du brauchst, aber dafür werden mehr als nur ein paar Minuten nötig sein.

Du gibst das Tempo vor. Und falls du aufhören willst, musst du es nur sagen.«

Noch nie zuvor hatte ich einer Frau die Kontrolle im Bett überlassen. Im Gegensatz zu einigen meiner männlichen Bekannten legte ich keinen Wert auf ausgefallene Praktiken, aber für gewöhnlich bestand ich darauf, das Sagen zu haben.

»Darf ich dich deiner Hose entledigen?«, fragte sie.

Ja, die ganze Sache war wirklich eine Schnapsidee.

Sie zerrte an meiner Jogginghose und ich hob den Hintern an, damit sie sie mir mitsamt den Boxershorts ausziehen konnte. Dann setzte sie sich rittlings auf mich und streifte das T-Shirt ab, sodass ich einen ungehinderten Blick auf ihre wunderbaren Brüste hatte. Da mich diesmal nichts davon abhielt, sie zu berühren, zögerte ich nicht und umfasste sie mit beiden Händen. Wie vermutet war ihr Busen so prall und schwer, dass ich mit den Fingern nicht einmal die Hälfte bedeckte. Ihre hübschen Nippel reckten sich mir entgegen und bettelten mich förmlich an, sie mit meinem Mund zu verwöhnen.

»Beuge dich vor, damit ich dich schmecken kann.« Bevor sie meiner Aufforderung folgte, machte sie sich daran, ihr Höschen auszuziehen, doch ich hielt sie davon ab. »Lass den Slip an.«

Obwohl das Höschen nur aus einem Fetzen Spitze bestand, diente es mir als Warnung, dass ich mich darauf beschränken sollte, sie mit meinem Mund und meinen Händen zu liebkosen.

»Aber …«

»Ich bringe das nur ungern zur Sprache, während du auf meinem Schoß sitzt und so verführerisch aussiehst wie eine sinnliche Göttin, aber ich habe kein Kondom in meinem Rucksack.«

»Ich bin gesund und nehme die Pille. Das letzte Mal habe ich vor fast einem Jahr mit einem Mann geschlafen.«

Verdammt. Ich schloss die Augen. Solange sie nur mit einem sexy Höschen bekleidet auf mir saß, konnte ich kaum einen klaren Gedanken fassen.

Erneut schoss mir durch den Kopf, was für eine schlechte Idee das alles war.

»Bei mir ist es noch kein Jahr her«, gestand ich. »Ich schütze mich immer, aber ich würde nie …«

»Ich verstehe«, unterbrach sie mich und wollte aufstehen.

»Warte. Du verstehst es nicht.« Sie versuchte dennoch, von mir herunterzurutschen. Für einen Moment dachte ich daran, sie gewähren zu lassen und diesem Wahnsinn ein Ende zu bereiten. Wahrscheinlich wäre es das Beste, um uns beide davor zu bewahren, einen schrecklichen Fehler zu begehen. Aber ich brachte es nicht über mich. Durch eine verrückte Fügung des Schicksals war sie in mein Leben geschneit. Und die Vorstellung, dass sie möglicherweise glaubte, ich könnte sie aus irgendeinem Grund nicht begehren, versetzte mir einen Stich im Herzen. »Verschließe dich nicht vor mir, Violet. Du hast damit angefangen, also hörst du dir jetzt auch an, was ich zu sagen habe. Wenn du dann immer noch aufhören willst, dann werde ich dich nicht drängen.«

Sie starrte mit ihren großen braunen Augen auf mich herab. Der Raum lag weitgehend im Dunkeln und wurde nur von dem Licht aus dem Nebenraum beleuchtet. Wäre es heller gewesen, hätte ich die roten Sprenkel in ihren Iriden sehen können.

»Ich würde nie deine Gesundheit gefährden. Ich will zwar nicht behaupten, dass ich mich durch sämtliche Betten geschlafen habe, aber ich hatte hin und wieder unverbindlichen Sex. Glaub mir, Violet, mir wäre es lieber, wir müssten diese Unterhaltung nicht führen und du wärst bereits auf halbem Weg zu deinem ersten Orgasmus. Obwohl ich nichts lieber täte, als meinen Schwanz in dir zu vergraben, werde ich es nicht tun, solange ich nicht hundertprozentig sicher sein kann, dass ich gesund bin. Falls du also nicht zufällig ein Kondom dabeihast, werde ich dich heute nur mit meinen Händen und meiner Zunge verwöhnen.«

Violet biss sich auf die Unterlippe. Plötzlich wäre ich sogar bereit gewesen, sie anzuflehen weiterzumachen. Doch dann begann sie, sich zu bewegen, und rieb sich an meinem bereits pochenden Schwanz.

»Ich weiß nicht genau, wie ich das anstellen soll«, gestand sie.

»Baby, bevor wir diese Unterhaltung begonnen haben, hast du alles richtig gemacht«, erinnerte ich sie.

»Zuvor war ich aber beherzter als jetzt.«

»Willst du aufhören? Wir können auch einfach hier liegen und uns unterhalten.«

»Nein.« Als ich die Vehemenz in ihrer Stimme hörte, verzog ich unwillkürlich die Lippen zu einem Lächeln. »Natürlich nur, wenn du auch nicht aufhören willst.«

Gott sei Dank.

»Komm her. Ich will deine Lippen schmecken, bevor ich zu anderen Körperteilen übergehe.«

Bisher hatte ich nicht daran gedacht, sie zu küssen, sondern hatte einfach nur uns beide befriedigen wollen, ohne zu intim zu werden. Doch nun hatte ich es mir anders überlegt und wollte, dass nichts mehr zwischen uns stand.

Außer einem Kondom, erinnerte ich mich.

KAPITEL DREIZEHN

Was zum Teufel habe ich mir nur dabei gedacht?

Ich wusste nicht, was über mich gekommen war, als ich neben Jaxon aufgewacht war, aber ich war plötzlich von einer unbändigen Lust durchströmt worden. Also hatte ich mich zu ihm umgedreht und nun endlich die Gelegenheit gehabt, seine stahlharten Muskeln zu bewundern.

Ich hatte dem Drang nicht widerstehen können und sie einfach berühren müssen. Als ich die Tätowierung an seiner Seite entdeckt hatte, hatte ich die Hand danach ausgestreckt. Zwar konnte ich sie nicht vollständig sehen, aber ich erkannte die amerikanische Flagge, die sich mit jedem seiner Atemzüge bewegte. Darüber prangte ein wunderschöner Adler. Für einen Mann wie Jaxon schien es angemessen, dass er das Symbol unserer Nation auf der Haut trug. Allerdings machte ich bei der Tätowierung nicht halt, sondern ließ meine Hand weiter nach unten wandern.

Mein Geschlecht hatte sich zusammengezogen, als ein lustvoller Schmerz meinen Unterleib durchzuckt hatte. Als er mein Handgelenk gepackt und mich gewarnt hatte, hatte mein Körper Feuer gefangen. Mit seiner tiefen, raunenden Stimme hatte er mein Verlangen nur noch mehr geschürt. Und als er meine Hand schließlich losgelassen und ich seinen Schwanz gepackt hatte, hatte ich kurz davor gestanden zu explodieren.

Doch nach der Unterhaltung, die wir eben geführt hatten, war der Bann gebrochen und ich wurde erneut von Verlegenheit übermannt.

»Violet«, sagte er und riss mich aus meinen Gedanken.

»Hm?«

»Beuge dich vor, damit ich dich küssen kann.« Richtig, er wollte mich küssen. Ich schob das Becken vor und Jaxon packte meine Hüfte, wobei er seine Finger in meinem Fleisch vergrub. »Baby, um Himmels willen, halte bitte still.«

Ich senkte den Blick auf seinen steifen Schwanz. Nur der Stoff meines Höschens trennte seine Männlichkeit von meinem Geschlecht. Ich würde den Slip nur beiseiteschieben müssen und er würde in mich eindringen.

»Denk nicht einmal daran. So gern ich auch behaupten würde, dass ich über eine eiserne Selbstkontrolle verfüge, bewege ich mich in Wahrheit auf sehr dünnem Eis. Hab Erbarmen mit mir.«

Sein Eingeständnis ermutigte mich. Der Gedanke, dass ich imstande wäre, den Willen dieses großen, starken Mannes zu brechen, steigerte mein Selbstvertrauen.

Natürlich würde ich nichts dergleichen tun, doch ich fasste neuen Mut und beugte mich vor. Sofort schlang er seine Hände um meinen Nacken und zog mich an sich. Schließlich presste er seine Lippen auf meine.

Heilige Mutter Gottes. Der Mann konnte küssen. Er leckte über meine Unterlippe und forderte mich wortlos auf, mich ihm zu öffnen. Als ich gehorchte, drang Jaxon mit seiner Zunge in meinen Mund und bescherte mir eine abenteuerliche Berg- und Talfahrt der Empfindungen. Mal war er hart und fordernd, dann wieder zärtlich und sanft. Es war ein unglaubliches Erlebnis. Als er schließlich den Kopf zurückzog, war mir schwindelig und ich keuchte heftig. Doch er gönnte mir kaum eine Verschnaufpause, denn im nächsten Moment umschloss er eine meiner Brustwarzen mit den Lippen. Er presste meine Brüste zusammen und saugte abwechselnd an dem einen und dann an dem anderen Nippel.

»Mein Gott, du hast wirklich wunderschöne Brüste.«

Ich begann, das Becken vor und zurück zu schieben, und ein erregender Schauer durchzuckte mich. Um das Gefühl noch zu verstärken, kam er mir entgegen, indem er die Hüfte anhob. Ich stand bereits kurz vor dem Höhepunkt, obwohl wir uns nur aneinander rieben wie zwei geile Teenager.

»So verdammt sexy, Vi«, knurrte er. »Komm für mich.«

Mein Höschen rutschte zur Seite und ich benetzte mit meinem Honig seinen Schwanz, was es mir noch leichter machte, auf ihm hin und her zu gleiten. Als ich glaubte, er könnte meine Lust nicht noch mehr steigern, biss er mir in die Brustwarze und bäumte wiederholt die Hüfte auf, wobei seine Eichel mit jedem Stoß meine Klitoris berührte. Im nächsten Moment explodierte ich. Ich spannte sämtliche Muskeln im Körper an, als die Woge der Ekstase durch mich hindurchrauschte. Schließlich verlangsamte Jaxon seine Bewegungen, während die Schauer der Lust allmählich abebbten.

»Heilige Scheiße«, schauderte ich.

Nach und nach schaltete mein Verstand sich wieder ein, doch bevor in mir ein Gefühl der Verlegenheit aufkommen konnte, küsste er mich zärtlich. Er erforschte gemächlich meinen Mund, als hätten wir alle Zeit der Welt. Doch die hatten wir nicht, und der Gedanke war deprimierend.

»Hey, geht es dir gut?«, fragte er.

»Ja. Und dir?«

Statt einer Antwort rollte er uns auf die Seite, sodass wir uns gegenüberlagen. Er strich mir eine Haarsträhne aus dem Gesicht und ließ dann die Hand an meiner Wange ruhen, um mit dem Daumen sanft über meine Haut zu streicheln. Die Geste war so zärtlich, dass sie mich fast zu Tränen rührte. Ich war mittlerweile zweiunddreißig, doch in all den Jahren war ich nie einem so gutherzigen und mutigen Mann begegnet. Doch er war unerreichbar für mich. Ich war das genaue Gegenteil von ihm und würde für den Rest meines Lebens hinter Gitter wandern. Und er würde eine Frau finden, die ihm ebenbürtig war. Es war so verdammt ungerecht. Ich musste mir immer wieder vor Augen führen, warum ich meinen Eid gebrochen hatte. Aber ich hatte es für meinen Bruder und all die anderen Männer und Frauen auf der Liste getan. Letztendlich war es das Opfer wert gewesen.

»Wohin bist du mit deinen Gedanken gewandert?«, wollte Jaxon wissen.

»Was geschieht jetzt?«, fragte ich und versuchte, das Thema zu wechseln.

»Jetzt? Wir bleiben eine Weile hier liegen, bevor wir aufstehen, duschen und uns etwas zu essen machen.« Zweifellos wusste er genau, wovon ich sprach, und stellte sich absichtlich dumm. Schließlich stieß er einen Seufzer aus, ohne jedoch die Hand von meiner Wange zu lösen. »Ich werde es dir sagen, wenn du mir erzählst, was du gerade gedacht hast. Ich habe noch nie jemanden erlebt, der so blitzartig von lustvoller Erregung auf tiefe Konzentration umgeschaltet hat. Mein Ego nimmt so etwas nicht auf die leichte Schulter.«

Ich war dankbar, dass er versuchte, die Stimmung aufzulockern, aber ich behielt eine ernste Miene bei. »Nicht doch. Ich glaube, um dein Ego musst du dir keine Sorgen machen. Du hast mich nicht einmal berühren müssen, um mir einen Orgasmus zu bescheren.«

»Baby, ich habe dich berührt. Soweit ich mich erinnere, hast du dich an meinem Schwanz gerieben. Und ich bin mir ziemlich sicher, dass ich mit dem Mund deine sexy Brüste liebkost habe, als du gekommen bist.« Mir stieg die Hitze in die Wangen. Noch nie zuvor hatte ein Mann in meiner Gegenwart so unverblümt über Sex gesprochen. Wie um seine Worte zu unterstreichen, ließ er die Hand von meiner Wange zu meiner Brust gleiten und umkreiste mit dem Finger meinen Nippel. »Du bist so empfänglich für meine Berührungen. Verdammt, Vi, ich könnte mich dafür ohrfeigen, dass ich nicht daran gedacht habe, eine ganze Schachtel Kondome einzupacken. Wer braucht schon Feldrationen? Ich würde liebend gern auf meine Mahlzeiten verzichten, wenn ich dich stattdessen haben könnte.«

»Warum bist du mir nicht schon vor einem Jahr begegnet?«, platzte ich heraus.

»Wie meinst du das?«

»Du wolltest doch wissen, woran ich gerade gedacht habe. Es ist nicht fair, dass ich dich erst jetzt getroffen habe, während ich kurz davor stehe, an das FBI ausgeliefert zu werden.« Mir wurde bewusst, wie anmaßend und dumm ich klang, und ich versuchte, mich zu korrigieren. »Ich meine, du würdest sicher ohnehin keine Beziehung mit mir eingehen wollen.« Mit jedem Wort schien Jaxon sich ein wenig mehr zu verschließen. Ich hätte froh sein sollen, doch es tat weh. Ich bereute nicht im Geringsten, dass wir gerade miteinander intim waren, aber daraus würde nie mehr werden können. Es wäre also das Beste, wir würden uns in unsere jeweiligen Ecken zurückziehen und uns voneinander fernhalten. »Schon gut, das klang irgendwie falsch. Ich will damit nur sagen, dass ich mich noch nie zu jemandem so hingezogen gefühlt habe. Vergiss, was ich gesagt habe. Also, was kommt heute noch auf mich zu? Werdet ihr mich ausliefern?«

Jaxon löste seine Hand von meiner Brust. Plötzlich war ich mir überdeutlich der Tatsache bewusst, dass ich halb nackt war, und wurde von Verlegenheit gepackt. Ich wünschte, wir könnten diese Unterhaltung ein andermal führen, während ich meine Vorzüge weniger offensichtlich zur Schau stellte. Er musste mein Unbehagen gespürt haben, denn er zog die Bettdecke über mich und murmelte etwas davon, dass er nicht wollte, dass mir kalt wurde. Ich war dankbar für die Geste, obwohl ich wusste, dass er nur etwas Distanz zwischen uns schaffen wollte.

»Zane hat dir bereits erklärt, dass du bei uns bleiben wirst, bis wir herausgefunden haben, was Ortega vorhat. Eric und Zane werden später hier vorbeischauen. Je weniger du in der Öffentlichkeit gesehen wirst, desto besser. Ortega hat bewiesen, dass er mit allen Mitteln versuchen wird, dich zu entführen, doch das werden wir nicht zulassen.«

»Denkst du wirklich, dass Ortega es die ganze Zeit über auf mich abgesehen hatte, um mich gegen Declan als Druckmittel zu benutzen?«

»Ja. Ich glaube, alles andere war nur eine Finte. Er musste etwas gegen dich in der Hand haben. Die Sache mit Siles und Gomez war nichts weiter als ein Job. Zweifellos hat er ihn angenommen, weil er gut bezahlt war und sich gut in seine Pläne einfügte. Ich denke, Manuel Ortega war es völlig egal, wer von den beiden am Ende die Kontrolle über das Kartell hatte. Allerdings hat er wohl nicht damit gerechnet, dass du die Aufzeichnungen der Gespräche an Gomez weiterleiten würdest. Hättest du es nicht getan, hätten wir Gomez einfach aufgespürt und ausgeschaltet.«

»Dann wusstest du, dass ich Gomez die Dateien übermittelt hatte?«

Ich hatte angenommen, ich hätte meine Spuren gut verwischt. Als ich die Telefonate, die Siles mit seinen Männern geführt hatte, an Gomez weitergeleitet hatte, war ich mir bewusst, dass ich damit ein Risiko einging. Siles hatte gute Arbeit geleistet, um Gomez die Entführung von Olivia Cox in die Schuhe zu schieben. Die

Familie Gomez hatte immer noch eine Vormachtstellung im bolivianischen Waffen- und Drogenhandel, und manchmal wählte man von zwei Übeln besser das, welches man schon kannte.

»Damals wusste ich es nicht. Aber ich habe mich immer gefragt, woher Gomez die Informationen hatte. Als er sich an uns wandte und uns die Aufnahmen vorspielte, wollte er uns nicht verraten, wer sie ihm geschickt hatte. Wahrscheinlich wusste er es selbst nicht. Dann hast du erwähnt, dass du die Dateien nicht gelöscht hast, und ich habe eins und eins zusammengezählt. Gomez die Macht zu überlassen war das geringere Übel. Je besser ich dich kennenlerne, desto klarer wird mir, dass du deine Möglichkeiten sorgfältig abwägst. Du triffst deine Entscheidungen basierend auf der Annahme, du könntest die Verluste so gering wie möglich halten. Und du bist der Meinung, dass der einzige wirklich akzeptable Verlust dein eigenes Leben ist.«

»Also, was geschieht jetzt?«, fragte ich erneut, denn ich wusste immer noch nicht, wie es weitergehen sollte.

»Zuerst werden wir herausfinden, warum Ortega hinter Declan her ist«, erklärte er.

»Aber er weiß, wo mein Bruder sich befindet. Das versuche ich euch schon die ganze Zeit zu erklären. Ich habe das Video gesehen. Clark und Ortega haben ihn schon seit einer Weile im Auge. Sie haben die Aufnahmen benutzt, um mich endgültig dazu zu bewegen, ihnen zu helfen.«

Warum hörte mir niemand zu? Wenn Ortega Declan tot sehen wollte, würde er ihn einfach umbringen.

»Violet«, begann Jaxon. Ich verspürte einen Stich im

Herzen, denn plötzlich nannte er mich nicht mehr Vi oder Baby, sondern einfach nur Violet. »Er will Declan nicht töten.« Seine Miene erweichte sich, als er eine Hand an meine Wange legte, als könnte er mit der Berührung die Bedeutung seiner Worte abmildern. »Für Ortega ist das eine persönliche Angelegenheit. Er will Declan leiden lassen. Wenn dein Bruder in dem Wissen leben müsste, dass seine Schwester unter Drogen gesetzt und vergewaltigt wird, weil er sie nicht beschützt hat, dann würde es ihn um den Verstand bringen. Er würde seinen Posten verlassen und sich auf die Suche nach dir begeben. Sobald Declan auch nur in deine Nähe käme, würden sie dich an einen anderen Ort bringen. Ortega hätte ihn an den Eiern. Du bist Declans Schwäche.«

»Woher weißt du, wie Declan reagieren würde? Natürlich hätte er mich nicht beschützen können. Er kennt mich nicht einmal«, entgegnete ich.

»Jeder Mann würde sich in ein Tier verwandeln, wenn ihm die Frau, die er liebt, entrissen wird. Dabei muss sie nicht zwangsläufig seine Ehefrau sein. Wenn sie seine Schwester, Tochter oder Mutter wäre, würde es ihm genauso ergehen. Er würde vor nichts haltmachen, um seine Familie zu schützen. Und Männer wie Declan oder ich würden alle, die sich ihnen in den Weg stellen, in Stücke reißen. Genau darauf hat Ortega es abgesehen. Declan würde auf der Suche nach dir eine Spur der Verwüstung hinterlassen und sich selbst ruinieren.«

Ich würde anstandslos in diesem Keller sitzen bleiben, wenn ich mich dadurch vor Ortega verstecken könnte und mein Bruder nicht mit dem Gedanken leben müsste, dass ich von irgendwelchen Männern vergewaltigt wurde.

KAPITEL VIERZEHN

JAXON

Kaum hatten Violet und ich uns angezogen, ertönte der Außenalarm, der uns signalisierte, dass wir Besuch hatten. Überraschenderweise gehorchte Violet sofort, als ich ihr befahl, sich im Schrank zu verstecken, während ich die Monitore überprüfte. Falls nötig, konnte der Schrank als Schutzraum genutzt werden. Das war nur eine von vielen Sicherheitsmaßnahmen, die Zane installiert hatte.

Ich stellte schon nach kurzer Zeit fest, dass Zane in dem Wagen saß, der die unbefestigte Straße entlangfuhr, doch ich wartete noch einen Moment, bevor ich Violet Entwarnung gab. Zuerst musste ich mich vergewissern, dass niemand meinem Chef gefolgt war. Es war zwar unwahrscheinlich, doch ich war übervorsichtig, weil ich Violet nicht gefährden wollte.

Nun saß sie an dem kleinen Tisch und aß ihren zweiten Donut. Sobald Zane die Schachtel abgestellt hatte, hatte sie auch schon nach dem ersten gegriffen. Als sie sich die Glasur von den Lippen leckte, musste ich ein Stöhnen unterdrücken. Mein Schwanz pochte noch immer und ich betete, dass ich vor Zane keinen Ständer bekommen würde. Die Erinnerung an ihre prallen Brüste und den Geschmack ihrer Haut, während sie auf meinem Schaft geritten und zum Höhepunkt gekommen war, überwältigte mich und ich musste den Blick von ihr abwenden. Diese Bilder würde ich nie aus meinem Gedächtnis verbannen können. Und das wollte ich auch gar nicht.

»Was ist?«, fragte ich Zane, als ich das Grinsen auf seinem Gesicht bemerkte.

»Meine Güte.«

»Fang nicht damit an«, warnte ich ihn. Wenn er den Mund aufmachte, würde er Violet nur in Verlegenheit bringen, und das wollte ich unbedingt vermeiden. »Was gibt es Neues?«

Statt mir zu antworten, wandte er sich an Violet. »Was kannst du uns über Declan erzählen?«

»Ich? Nichts. Ich habe dir bereits gesagt, dass ich ihn nur einmal während des Vorstellungsgesprächs getroffen habe«, antwortete sie, während sie sich mit einer Serviette den Mund abwischte.

»Aber du hast seine Dienstakte gelesen. Erinnerst du dich an irgendwelche Einzelheiten in Bezug auf seine Einsätze?«, fragte Zane.

Violet überlegte einen Moment, bevor sie wieder das Wort ergriff. »Seine Akte war makellos. Vier Jahre nachdem er den Marines beigetreten war, bewarb er sich für die Spezialeinheit für Fernaufklärung. Er absolvierte die Ausbildung und wurde einem Aufklärungszug zugeteilt, bei dem er vier Jahre lang diente. Danach wechselte er zu einem Einsatzzug der Geheimoperationen. Dort war er ebenfalls vier Jahre.«

»Ich kenne seine Laufbahn«, warf Zane ein. »Aber ich würde gern mehr über seine Einsätze wissen. Vor allem über die Operationen in Südamerika.«

»Seine Einheit war auf den Dschungelkrieg spezialisiert und wurde im Grunde nur in Südamerika eingesetzt …« Sie verstummte.

»Ganz richtig. Jetzt hast du es verstanden. Versuche, dich an die Berichte zu erinnern, die du gelesen hast.«

»Verdammt. Warum ist mir das nicht gleich aufgefallen? Declan war achtzehn Monate in Brasilien. Bevor er untergetaucht ist, hat er für die CIA einen Auftrag erledigt, bei dem er verdeckt ermittelte. Seine Ermittlungen führten ihn auch nach Bolivien und Peru.«

»Was war das für ein Auftrag?«, wollte ich wissen.

»Der Name der Operation war geschwärzt, ebenso wie die Namen der Agenten, Informanten und Verdächtigen. Ich konnte dem Bericht nur entnehmen, dass Drogen mit Hilfe von Kurieren aus Bolivien geschmuggelt wurden.«

»Scheiße«, murmelte Zane. »War der Name des Kartells ebenfalls geschwärzt?«

»Ja. Glaubst du, es war Gomez?«, fragte Violet. Wie ich sie kannte, überlegte sie gerade, ob es eine gute Idee war, ihn am Leben zu lassen. Der Transport von Drogen mittels menschlicher Kuriere war ein schmutziges Geschäft. Die sogenannten Packesel überlebten dabei nur selten. Die Drogen wurden zumeist in Latexhüllen verpackt und geschluckt oder chirurgisch in den Magen eingeführt. Falls der Beutel nicht platzte und eine Überdosis verursachte, war die Entfernung der Drogen oft tödlich. Die Kartelle Lateinamerikas waren bekannt für den Einsatz von Packeseln.

»Das bezweifle ich. Gomez ist eher für die Herstellung und den Vertrieb an die Capos zuständig. Letztere schmuggeln die Drogen aus dem Land. Gomez ist nicht dumm. Bevor er erwischt wird, nimmt er lieber finanzielle Verluste in Kauf«, erklärte Zane. »Ich werde Tex und Garrett damit beauftragen, den vollständigen Missionsbericht zu beschaffen. Zumindest wissen wir jetzt, wo wir mit der Suche beginnen können.«

»Falls es von Nutzen ist, kann ich alles aufschreiben, woran ich mich erinnern kann. Declans Einsatz in Brasilien liegt etwas mehr als zwei Jahre zurück. Ein paar Monate nach jener Mission tauchte er als Langzeitagent unter.«

»Und du bist sicher, dass auf dem Video im Hintergrund Spanisch gesprochen wurde?«

»Ja. Allerdings bin ich keine Linguistin und kann keine Aussagen hinsichtlich des Dialekts treffen. Der Unterschied zwischen der europäischen und lateinamerikanischen Aussprache ist mir nicht geläufig. Declan hätte sich auch in Spanien aufhalten können.«

»Schreibe alles auf, woran du dich erinnerst. Derjenige, der die Aufzeichnungen über Declan Crenshaw vernichtet hat, hat gute Arbeit geleistet.« Zane verzog die Lippen zu einem Lächeln und Violet erwiderte die Geste. Das arme Mädchen konnte nicht wissen, dass Zane nie lächelte, es sei denn, er nutzte sein gutes Aussehen, um jemanden aus dem Gleichgewicht zu bringen. Einen

Moment später zog er ihr den Boden unter den Füßen weg. »Oh, bevor ich es vergesse. Der Präsident hat für heute Abend ein Treffen mit dir erbeten. Er wurde über deine Situation informiert und ist mehr als bereit, dich hier zu besuchen.« Dann drehte er sich zu mir um. »Du kannst gegen einundzwanzig Uhr mit ihm rechnen. Er wird mit Gerald im Hubschrauber einfliegen. Ich habe dir ein paar Sachen mitgebracht, die du sicher gut gebrauchen kannst. Eric wird später vorbeikommen und euch etwas zum Abendessen bringen.«

Selbst für Zanes Verhältnisse waren diese Worte niederträchtig. Violet sah aus, als bereute sie es, die beiden Donuts gegessen zu haben. Er hätte ihr erklären können, dass ihn eine Freundschaft mit Präsident Anderson verband. Wenn Letzterer sich mit ihr treffen wollte, dann sicher nicht, um sie in irgendein Gefängnis am anderen Ende der Welt zu verfrachten, sondern einfach nur, um sich mit ihr zu unterhalten.

»Einen schönen Tag noch«, sagte Zane und zwinkerte Violet zu.

Ich traute meinen Augen nicht. In all den Jahren, in denen ich Zane Lewis nun schon kannte, hatte er meines Wissens noch nie jemandem zugezwinkert. Was zum Teufel sollte das? Flirtete er etwa mit ihr?

Ich begegnete seinem Blick, doch er lachte nur. »Du machst es mir wirklich zu leicht, Jax. Vergiss nicht, einen Blick in die Tasche zu werfen, die ich dir mitgebracht habe. Ich denke, du wirst darin etwas finden, was du gut gebrauchen kannst.«

Wenn sich darin nicht Klebeband befand, mit dem ich ihn zum Schweigen bringen konnte, wusste ich nicht, was er mir sonst Nützliches hätte mitbringen können. Zane wandte sich von Violet ab, die mit fassungsloser Miene am Tisch saß, und machte sich auf den Weg zum Ausgang. Bevor er durch die Tür trat, drehte er sich noch einmal zu mir um und starrte mich an. »Sie soll bis einundzwanzig Uhr fertig sein, dann sehen wir weiter. Du weißt doch noch, wie sie zu Abe gesagt hat, dass die Agenten für sie nicht einfach nur Namen auf einer Liste sind. Den gleichen Vortrag soll sie Tom halten. Er wird diese Einstellung verstehen.«

»Ich werde ihr nicht vorschreiben, was sie zu sagen hat«, entgegnete ich. Vor allem glaubte ich nicht, dass sie mich bräuchte. Wenn Violet mir verständlich machen konnte, warum sie die Informationen weitergegeben hatte, dann würde sie Präsident Anderson auch ohne meine Hilfe umstimmen können.

»Bist du sicher, dass es klug ist, sie nicht auf das Gespräch vorzubereiten?«

Es war mir zuwider, dass wir über Violet sprachen, als befände sie sich nicht im Raum. Wäre sie wegen des bevorstehenden Besuchs des Präsidenten nicht derart schockiert gewesen, hätte sie ihm zweifellos längst die Meinung gegeigt.

»Ich könnte so tun, als hätte ich nicht verstanden, worauf du hinauswillst, doch ich denke, ich weiß genau, was du mir zu sagen gedenkst. Aber ich werde ihr nicht vorschreiben, was sie dem Präsidenten erzählen soll. Falls ein Wunder geschieht und er sie begnadigt, dann nur, weil Violet ihn selbst überzeugt hat. Zum einen erkennt Tom schon aus fünfhundert Metern Entfernung, wenn ihn jemand auf den Arm nehmen will. Wenn Violet klingt, als hätte sie ihre Antworten einstudiert, wird er sie ins Gefängnis stecken. Zum anderen muss Violet um ihrer selbst willen für ihre Taten die Verantwortung übernehmen. Sie könnte nicht ruhig schlafen, wenn sie wüsste, dass wir sie aus dem Schlamassel befreit haben, in den sie sich selbst hineinmanövriert hat. Die Violet, die ich kenne, würde lieber in einer dunklen Zelle verrotten.«

»Verstanden. Wir sehen uns heute Abend.« Mit diesen Worten ging Zane davon und schloss die Tür hinter sich. Ich beobachtete auf dem Monitor, wie er die Treppe hinaufging, das Gebäude verließ und in einen der firmeneigenen Geländewagen stieg. Der selbstgefällige Mistkerl würde niemals mit einem seiner Sportwagen über einen Feldweg rumpeln.

»Danke«, ertönte Violets Stimme hinter mir.

»Ich habe dir schon einmal gesagt, dass du mir nicht danken musst.«

»Ich fürchte mich davor, den Präsidenten zu treffen, aber ich fühle mich geehrt, dass ich die Gelegenheit haben werde, ihm ins Gesicht blicken und alles erklären zu können. Sei es auch nur, um mich zu entschuldigen. Ich habe ihn genauso verraten wie mein Land.«

Verdammt, diese Frau war entweder mutig oder verrückt. Sie war längst nicht vom Haken. Scheiße, vielleicht waren wir beide nicht mehr ganz bei Sinnen. Ich verstand sehr gut, was Zane mir sagen wollte. Wenn ich sicherstellen wollte, dass Violet nach dieser Mission immer noch eine freie Frau war, dann sollte ich ihr helfen, sich auf die Unterhaltung mit dem Präsidenten vorzubereiten, damit er sie begnadigen würde. Oder wir würden sämtliche Informationen zu dem Fall in der Versenkung verschwinden lassen müssen, damit nie jemand von ihrer Beteiligung erfahren würde. Tex, Wolf und der Rest seiner Einheit waren neben uns die Einzigen, die wussten, dass sie die Spionin war. Wir alle waren überzeugt davon, dass Tex und die anderen nichts verraten würden. Aber ich musste mir die schmerzliche Wahrheit eingestehen. So gern ich sie auch beschützt hätte, ich konnte es nicht tun. Sie musste Tom gegenüber ehrlich sein. Was für ein Mann wäre ich, wenn ich meine persönlichen Gefühle und Wünsche über die Sicherheit der Nation stellen würde, die ich zu ehren und zu schützen geschworen hatte?

In diesem Punkt waren Violet und ich uns ähnlich. Wir würden beide Opfer bringen, um das Wohl der Allgemeinheit nicht zu gefährden. Ich hatte zwar nicht die Absicht, eine Beziehung mit ihr einzugehen, doch wenn es so wäre, dann hätte ich es mit einem reinen Gewissen tun müssen.

»Du hast nichts zu befürchten, es wird alles gut gehen. Könntest du bitte den Rest der Lebensmittel, die Zane mitgebracht hat, in dem kleinen Kühlschrank verstauen, während ich die anderen Taschen ins Zimmer bringe?«

»Sicher.«

Ich hob die beiden Seesäcke auf, trug sie ins Schlafzimmer und stellte sie auf den Boden. Die erste Tasche hatte offenbar Jasmin gepackt, denn sie war voller Handtücher und Toilettenartikel, einschließlich einem Shampoo und einer Spülung für Violet. Es hätte mich überrascht, wenn Zane überhaupt wusste, welche Haarpflegeprodukte Frauen benutzten.

Ich begann, den anderen Seesack zu durchwühlen, und ertastete eine Papiertüte. Ich zog sie heraus und hielt sie in die Höhe, um die Aufschrift zu lesen. Zanes Handschrift war kaum leserlich, doch einige Worte konnte ich entziffern: *Ohne Kondom ist keine Option. Bevor du vögelst, verhülle den Dödel. Sei kein Dummi, benutze ein Gummi.*

Dieser Mistkerl.

Ich warf einen Blick in die Tüte, in der sich mehrere Kondompackungen befanden. Gerippt für ihr Vergnügen. Ultra-sensitiv. Und mein Favorit, extragroß.

Ich hätte mich über seinen schlechten Scherz geärgert, aber das schmerzhafte Pochen in meinem Schwanz weckte in mir ein Gefühl der Dankbarkeit. Eric würde uns das Abendessen erst in ein paar Stunden bringen und der Präsident würde viel später hier eintreffen. Bei dem Gedanken, sie endlich vernaschen zu können, zuckte mein Schwanz. Nichtsdestotrotz war da eine warnende Stimme in meinem Hinterkopf, die mich davon abhielt, ins andere Zimmer zu stürmen und sie wie ein Höhlenmensch über meine Schulter zu werfen.

Ich musste an ihre Worte von vorhin denken. Sie wünschte sich, sie hätte mich vor einem Jahr kennengelernt. Was zum Teufel dachte ich mir nur dabei? Es hätte keinen Unterschied gemacht, wenn wir uns schon früher begegnet wären, oder etwa doch? Bisher hatte ich mich nie auf eine feste Beziehung eingelassen oder mich emotional an eine Frau gebunden. Ich konnte niemandem irgendwelche Versprechungen machen, denn es war fraglich, ob ich sie würde einhalten können. Mein Leben war viel zu unbeständig. Ich konnte jeden Moment zu einem Einsatz abberufen werden und hatte keine Ahnung, ob ich in einem Stück oder überhaupt je zurückkehren würde. Violet würde ihre Worte sicher abstreiten oder als unbedeutend abtun. Doch die Tatsache, dass sie sie geäußert hatte, bewies, dass sie nicht nur ein unverbindliches Abenteuer suchte. Ich war mir nicht sicher, wie ich damit umgehen sollte. Es wäre nicht fair, ihr Hoffnungen zu machen, solange ich mir nicht im Klaren darüber war, ob ich ihr würde mehr bieten können als nur ein bisschen Spaß. Von ihrem Verrat einmal abgesehen war Violet Myers die Art von Frau, die ich mir als Partnerin wünschen würde. Sie war stark, unabhängig und mutig, und obwohl es widersinnig klang, war sie gegenüber den Menschen, die ihr am Herzen lagen, loyal.

Ich war geliefert, denn ich konnte nicht leugnen, dass ich eine gewisse Zuneigung für sie empfand. Aber das reichte nicht aus, um mich in eine Beziehung mit ihr zu stürzen. Eines Tages wünschte ich mir eine Ehe, wie meine Eltern sie auch heute noch führten. Meine Mutter sah meinen Vater immer noch an, als sei er die Sonne in ihrem Universum. Aber ich glaubte nicht, schon bereit für eine derart enge Bindung zu sein. Zudem bestand nach wie vor die Möglichkeit, dass Violet für den Rest ihres Lebens ins Gefängnis wandern könnte. Scheiße. Langsam verstand ich Violets Denkweise – die Welt war verdammt ungerecht.

»Was ist das?«, fragte Violet, als sie ins Zimmer kam.

Wahrscheinlich hätte ich ihr einfach die Tüte in die Hand drücken und ihre Reaktion abwarten können. Und genau das tat ich.

Sie brauchte einen Moment, bis sie die Papiertüte begutachtet und einige von Zanes Einzeilern gelesen hatte.

»Oh mein Gott«, prustete sie. »Sei klug und benutze

einen Bezug. Bevor du bohrst, schütze dein Rohr.« Sie las weiter, doch irgendwann konnte ich kaum noch verstehen, was sie sagte, denn sie lachte so schallend, dass ihr Tränen in die Augen traten. Zane hatte Dutzende dieser albernen Kondomsprüche quer über die Tüte gekritzelt. »Das sollte mich … in Verlegenheit bringen … aber es ist so lustig … Ich kann nicht mehr.«

Mein Gott, sie war wunderschön, wenn sie lachte. Seit ich ihr begegnet war, hatte ich sie noch nie derart unbeschwert erlebt. Sie war wie verwandelt. Nicht nur ihre Gesichtszüge erhellten sich, sondern ihr ganzes Wesen schien aufzuleuchten. Diese Seite von Violet war noch gefährlicher als die wollüstige Frau, die mich heute Morgen geweckt hatte.

Scheiß drauf.

Scheiß auf meine guten Vorsätze und die Versprechen, die ich nicht halten konnte. Ich begehrte sie und wollte diesen Moment mit ihr genießen. Ich dachte nicht an morgen oder nächste Woche und scherte mich einen Dreck um die Liebe und Beziehungen. In diesem Augenblick verspürte ich tief im Inneren ein heftiges Verlangen wie noch nie zuvor in meinem Leben. Ich sehnte mich nach ihrer Freude und ihrem Licht, und ich würde sie ohne einen Funken Reue wie ein Dieb stehlen.

Ich riss ihr die Tüte aus der Hand, warf die Kondome auf das Bett und zog Violet an mich. Ihr Lachen verstummte augenblicklich.

»Wenn du es nicht willst, hören wir sofort auf«, sagte ich und schob die Hüfte vor. Überrascht riss sie die Augen auf und schluckte, als sie meine Erektion spürte, doch sie wich nicht zurück. »Willst du, dass ich aufhöre?«

Sie schüttelte nur den Kopf. Mehr brauchte ich nicht zu wissen. Ich packte den Saum ihres T-Shirts und riss es ihr über den Kopf. Meine Hände zitterten vor Verlangen, als ich sie in Windeseile auch ihrer restlichen Kleidung entledigte. Es dauerte nicht lange, bis meine Kleidung sich zu dem Haufen auf dem Boden gesellt hatte. Eigentlich hatte ich vorgehabt, sie aufs Bett zu werfen und durchzuvögeln, doch plötzlich wurde ich von dem Wunsch gepackt, sie zu liebkosen und zu schmecken. Ich presste meine Lippen auf ihre.

Sie überließ mir die Kontrolle und ich gab das Tempo vor, doch als sie mit ihrer Zunge die meine streifte und an meinen Lippen knabberte, war ich ihr ausgeliefert. Meine Knie hätten fast nachgegeben, als sie mit ihren zierlichen Händen meinen Schwanz umfasste. Ich ließ meine Finger über ihre Hüfte und die Wölbung ihres Hinterns wandern, um sie hochzuheben, wobei sie ihre Schenkel um meine Taille schlang. Ohne den Kuss zu unterbrechen, trug ich sie rückwärts zum Bett, drehte mich um und landete mit ihr auf der Matratze. Sie packte mit beiden Händen meinen Hintern und zog mich an sich, sodass meine Eichel an ihr Geschlecht stieß. Blindlings griff ich nach der Tüte mit den Kondomen. Ich zog eine Packung heraus und setzte mich auf, um Violet auf dem Bett ein Stück nach oben zu ziehen. Während ich mir das Kondom überstreifte, genoss ich den Anblick ihres perfekten Körpers.

»Wie stellst du es nur an, dass du mir derart den Kopf verdrehst?«, fragte ich, als ich meine Hände über ihre Schenkel wandern ließ, um sie weit zu spreizen und ihre feuchte Spalte zu entblößen. »Du bist so schön, Vi.«

»Bitte, Jaxon, ich kann nicht mehr warten.« Mit diesen Worten packte sie meinen Schwanz. »Bitte.« Die Verzweiflung in ihrer Stimme trieb mich an und ich presste meinen Schaft an ihr Geschlecht. Mit zusammengebissenen Zähnen drang ich langsam in sie ein, damit sie sich an meine Größe gewöhnen konnte. »Oh mein Gott!«

Ich schloss die Augen, als das Verlangen mich zu überwältigen drohte. Noch nie zuvor hatte ich so viel Lust beim Sex empfunden, dabei hatte ich mich noch nicht einmal bewegt. Es war fast beunruhigend, wie intensiv die Gefühle waren. Violet ließ mir jedoch keine Zeit, um darüber nachzudenken, denn sie spannte die Schenkel um meine Taille an und zog sich um meinen Schwanz herum zusammen.

»Heilige Scheiße«, keuchte ich.

»Bitte, Jax.«

Möglicherweise war es mein Spitzname aus ihrem Mund oder ihre unglaublich enge Muschi, mit der sie mich zu entmannen drohte, vielleicht lag es auch an dem Gefühl des Friedens, das mich plötzlich durchströmte. Was auch immer es war, ich warf sämtliche Bedenken über Bord.

»Halt dich fest, Baby.« Mit diesen Worten verlor ich die Selbstbeherrschung und bescherte uns beiden den Ritt unseres Lebens. Als sie ihre Fingernägel in meinem Rücken vergrub und meinen Namen schrie, wusste ich, dass ich in Schwierigkeiten steckte. Als sie zum Höhepunkt kam und mich mit sich in den Himmel der Ekstase katapultierte, war mir klar, dass ich das Weite suchen sollte. Aber nachdem wir beide wieder zu Atem gekommen waren und sie sich an mich kuschelte, war ich mir sicher, dass ich alles in meiner Macht Stehende tun würde, um sie festzuhalten.

Doch das lag nicht an dem unglaublichen Sex, sondern an dem Vertrauen und der Verletzlichkeit, die sich in ihren braunen Augen widerspiegelte. Fast war es, als sei ich die Sonne in ihrem Universum.

KAPITEL FÜNFZEHN

»Ganz ruhig. Du siehst gut aus. Mach dich nicht selbst verrückt. Entspann dich.«

Entspannen?

Wie zum Teufel sollte ich mich entspannen? Der Präsident der Vereinigten Staaten würde jeden Moment hier eintreffen.

»Hör zu, wir müssen reden«, sagte Jaxon und reichte mir eine Flasche Wasser.

»Du musst nichts sagen. Wir wissen beide, dass das nicht hätte passieren dürfen«, kam ich ihm zuvor. Ich wollte ihn davor bewahren, mir eine Abfuhr erteilen zu müssen. Um ehrlich zu sein, wollte ich die Worte nicht aus seinem Mund hören. Ich wusste, dass unsere gemeinsame Zeit ihm nichts bedeutete. Er hatte mir bereits erklärt, dass er in der Vergangenheit hin und wieder unverbindlichen Sex gehabt hatte. Ganz im Gegensatz zu mir. Ich hatte noch nie mit einem Mann geschlafen, den ich gerade erst kennengelernt hatte.

»Wirklich? Das wissen wir beide?« Statt der erwarteten Erleichterung spiegelte sich in seinem Gesicht ein verärgerter Ausdruck wider.

Warum war er wütend? Ich bescherte ihm wohl kaum dasselbe Herzklopfen, das ich in seiner Nähe empfand. Er hätte sich freuen sollen, dass ich ihm die Peinlichkeit erspart hatte.

»Ich dachte, du würdest dich darüber freuen, dass ich weiß, was Sache ist«, erwiderte ich.

»Was Sache ist?« Oh verdammt, er wurde immer wütender. Vielleicht sollte ich einfach den Mund halten. »Das musst du mir schon erklären. Was meinst du damit?«

Offenbar hatte er nicht vor, die Unterhaltung im Sande verlaufen zu lassen. »Du weißt schon, es ist nur ein zwangloses Abenteuer. Du hast mir erzählt, dass du in der Vergangenheit kein Kind von Traurigkeit warst. Mir ist klar, dass die Sache zwischen uns nichts zu bedeuten hat. Ich werde mich weder an dich klammern, noch werde ich einen Ring von dir erwarten. Du hattest recht, es war keine gute Idee. In ein paar Tagen wirst du mich los sein und wir werden …«

Als sein Knurren in dem kleinen Raum widerhallte, beschloss ich, von nun an zu schweigen.

»Versuche nicht, mir die Worte im Mund herumzudrehen. Wen ich in der Vergangenheit gefickt habe, hat nichts mit uns zu tun.« Oh Mist, mittlerweile kochte er vor Wut. Seine blauen Augen hatten sich verdunkelt und er fixierte mich mit einem durchdringenden Blick. »Du hast kein Recht, mir irgendwelche Worte in den Mund zu legen. Mir war nicht bewusst, wie du über die Sache zwischen uns denkst, aber für mich war sie sicher nicht bedeutungslos. Wenn es für dich jedoch nur ...«

Er wurde von dem Außenalarm unterbrochen und drehte sich zu den Monitoren um. Ein schwarzer Geländewagen fuhr mit hoher Geschwindigkeit die unbefestigte Einfahrt hinauf. Auf einem weiteren Bildschirm war ein Hubschrauber zu sehen, der auf dem Feld hinter der Scheune landete.

»Warum haben wir den Hubschrauber nicht gehört?«, fragte ich.

»Der Keller ist mit gepanzerten Wänden und Decken ausgestattet, die die Räume schalldicht machen«, erklärte er. »Jemand könnte das Gebäude über uns sprengen und müsste dennoch mehrere Schichten überwinden, um zu uns zu gelangen.«

»Oh.«

»Bis jemand die Kellertür durchbrechen kann, bliebe uns genügend Zeit, um uns in den Schutzraum zurückzuziehen und auf Hilfe zu warten. Hier unten befinden sich keine wichtigen Dokumente oder dergleichen. Sämtliche Unterlagen werden in der Zentrale in der Innenstadt aufbewahrt.«

Wir beobachteten, wie drei Männer aus dem Hubschrauber stiegen, als der Geländewagen vor der Scheune parkte. Zane ging auf die Männer zu und führte sie dann ins Gebäude.

»Scheiße.« Plötzlich rutschte mir das Herz in die Hose.

»Genau darüber wollte ich mit dir reden«, begann

Jaxon. »Du musst dich entspannen und die Fragen des Präsidenten ehrlich beantworten.«

»Wirst du …« Verdammt, wie sollte ich ihn bitten, bei mir zu bleiben, ohne zu klingen wie die anhängliche Frau, die ich nicht sein wollte?

Jaxon packte mich an der Taille und zog mich an sich, wobei ich die Hände an seine Brust legte, um das Gleichgewicht nicht zu verlieren. »Ich werde nicht von deiner Seite weichen.« Dankbar schöpfte ich so viel Kraft wie möglich aus seiner Berührung.

»Ich danke dir.«

Er drückte mir einen Kuss auf die Stirn, dann ließ er mich los, als die Tür geöffnet wurde und Zane, dicht gefolgt von drei Männern, über die Schwelle trat. Zane betrachtete uns mit einem prüfenden Blick und sah, wie nahe Jaxon und ich beieinanderstanden, doch er schien nicht überrascht zu sein. Dann erinnerte ich mich daran, dass er derjenige war, der Jaxon die Tüte mit den Kondomen gegeben hatte, und mir stieg die Schamesröte in die Wangen.

»Violet, das sind Gerald und Aaron, Präsident Andersons Leibwächter«, erklärte Zane und deutete auf die beiden riesigen Männer, die den Präsidenten flankierten. »Ich bin sicher, du erkennst den Präsidenten.«

Plötzlich wusste ich nicht mehr, was ich tun sollte. Sollte ich ihm die Hand schütteln, einen Knicks machen, salutieren, mich verbeugen? Verdammt, je mehr Zeit ich verstreichen ließ, desto unbeholfener wirkte ich.

»Mr. President«, sagte ich schließlich. Um Himmels willen, mehr brachte ich nicht hervor?

»Violet Myers. Sie haben für beachtlichen Wirbel gesorgt«, begrüßte mich der Präsident.

»Ja, Sir, das ist richtig. Ich fürchte, es handelt sich um mehr als nur einen Wirbel.«

»In der Tat. Wie wäre es, wir setzen uns und unterhalten uns darüber.« Was sollte ich jetzt tun? Wie lautete das Protokoll? Nahm der Präsident für gewöhnlich vor allen anderen Platz? »Bitte«, sagte er und deutete auf einen Stuhl. Er wartete, bis ich mich gesetzt hatte, bevor er es sich mir gegenüber bequem machte.

Zane reichte ihm eine Akte und setzte sich zu meiner Linken, während Jaxon zu meiner Rechten Platz nahm. Die drei großen Männer wirkten an dem kleinen Tisch wie G.I. Joe Action-Figuren, die mit Barbie-Möbeln spielten. So absurd der Anblick auch war, ich unterdrückte ein Lachen, denn Humor wäre in einer Situation wie dieser völlig unangebracht gewesen.

»Ich lege großen Wert auf Ehrlichkeit, Miss Myers. Daher werde ich Ihnen die Höflichkeit erweisen und Sie wissen lassen, dass ich Ihre Akte gelesen habe. Zane hält mich über den Fall auf dem Laufenden, seit Sie vor seiner Tür aufgetaucht sind. Zudem stehe ich in ständigem Kontakt mit Mr. Keagan.« Aufgrund meiner Recherchen, die ich sowohl über Wolfs Team als auch über Z Corps und Zane Lewis angestellt hatte, wusste ich, dass John Keagan, besser bekannt als Tex, einer der besten Informationsbeschaffer der USA war. Ich hatte gesehen, wie die Männer im Flugzeug über Videochat mit ihm gesprochen hatten, und hatte keinen Zweifel daran, dass Tex dem Präsidenten alle gewünschten Informationen beschaffen konnte. »Darüber hinaus habe ich mit Wolf und seiner

Einheit gesprochen, wobei ich insbesondere mit Abe eine lange Unterhaltung hatte.«

Das verhieß nichts Gutes. Es war mir unangenehm, dass der Präsident ausgerechnet mit Christopher »Abe« Powers über mich gesprochen hatte. Abe schätzte Ehrlichkeit und Integrität mehr als alles andere. In diesem Fall ließ ich beide Eigenschaften vermissen.

»Ich habe sämtliche Lage- und Einsatzberichte gelesen. Jetzt würde ich gern aus erster Hand erfahren, was genau passiert ist und wie Sie zu dem Schluss gekommen sind, es sei die beste Lösung, Ihr Land zu verraten.«

Während der Präsident mich mit einem durchdringenden Blick fixierte, bemühte ich mich vergebens, ruhig zu bleiben. Ich wippte mit dem Knie auf und ab, meine Handflächen waren schweißnass und die Worte blieben mir im Halse stecken. Seit sechs Monaten bemühte ich mich, die Fassung nicht zu verlieren. Das Einzige, was mich bisher vor einem Zusammenbruch bewahrt hatte, war das Wissen, dass das Leben mehrerer Menschen von mir abhing. Doch nachdem Jaxon mir erklärt hatte, dass sie ohnehin alle so gut wie tot waren, hatte ich nichts mehr, wofür es sich zu kämpfen lohnte. Ich fühlte mich nur ungern schwach, doch vor allem war es mir zuwider, Schwäche vor anderen zu zeigen.

Jaxon legte eine Hand auf mein Knie und hielt es fest, während Zane mir eine Wasserflasche vor die Nase schob. Ich trank einen Schluck und bereitete mich mental darauf vor, die letzten Monate noch einmal Revue passieren zu lassen.

Obwohl ich Zane bereits alles erzählt hatte und ich sicher war, dass der Präsident die Geschichte bereits aus seinen Unterlagen kannte, breitete ich alles noch einmal aus, angefangen mit dem Moment, an dem Clark zum ersten Mal an mich herangetreten war, bis zu dem Tag, an dem ich den Mann in meiner Wohnung erschossen und Zane um Hilfe gebeten hatte. Ich beschönigte nichts und erklärte, wie und wann ich mich in die E-Mails des Justizministers gehackt und wie ich mir Zugang zu dem Schriftverkehr zwischen Pamela Cox und seiner Frau verschafft hatte. Ich gab zu, die persönlichen E-Mails gelesen und die Informationen an Timothy Clark übermittelt zu haben.

»Wie sind Sie zu dem Schluss gekommen, dass Olivia Cox die Tochter von Peter Newton ist?«, fragte der Präsident.

»Ich bin auf ein altes E-Mail-Konto von Mr. Newton gestoßen und habe eine Nachricht von Mr. Newtons Vater gefunden. Darin fragte er Peter, ob das Kind, mit dem Pamela schwanger war, von ihm sei. Falls dem so sei, solle er dafür sorgen, dass sie es abtrieb, da sein Vater einen Skandal vermeiden wollte. Peter erklärte in seiner Antwort, dass das Kind nicht von ihm sei, sondern von einem Mann, den sie während des Sommers in Paris kennengelernt hatte. Dieser sei allerdings verstorben. Nennen Sie es weibliche Intuition, aber etwas störte mich an der Sache. Die bisherige Korrespondenz zwischen Mr. Newton und Miss Cox wies darauf hin, dass die beiden sehr verliebt waren. Miss Cox schien mir nicht die Frau zu sein, die ihren Mann betrügen würde. Ich habe daraufhin Miss Cox' Leben in Frankreich unter die Lupe genommen und nichts gefunden, was mich zu der Annahme verleitet hätte, dass sie ihm untreu war. Das Gegenteil war der Fall. Sie hat Mr. Newton geliebt.

Nachdem ich die Verbindung zu Pamela Cox gefunden hatte, begann ich, sie und ihre Tochter Olivia zu überprüfen. Die persönlichen E-Mails von Miss Cox waren eine Sackgasse, aber ihre Internetrecherchen erwiesen sich als hilfreich. Sie hatte sich über verschiedene Forschungskliniken und alternative medizinische Behandlungen für Hirntumore informiert und sich darüber kundig gemacht, wie man eine Patientenverfügung selbstständig verfasst. Damit landete ich einen Volltreffer. Warum sollte eine Frau, die über Geld und Beziehungen verfügte und sogar engen Kontakt mit der First Lady der Vereinigten Staaten pflegte, ihre Patientenverfügung selbst verfassen und auf einen Anwalt verzichten? Pamela Cox hatte etwas zu verbergen. Ich hackte mich in den Server des Weißen Hauses, um herauszufinden, ob sie und Mr. Newton über ihre Regierungskonten kommuniziert hatten. Das hatten sie zwar nicht, aber ich stieß auf eine Menge E-Mails zwischen Miss Cox und der First Lady. Darin gestand Pamela, dass Olivia Peters Tochter ist. Mrs. Anderson drängte Miss Cox, Olivia und Mr. Newton die Wahrheit zu sagen, aber nicht, weil Miss Cox krank war, sondern einfach, weil es das Richtige sei. Olivia sollte die Chance bekommen, ihren Vater kennenzulernen.«

Der Präsident schien mit meiner Erklärung zufrieden zu sein. »Das klingt ganz nach meiner Rissa. Sie will immer das Richtige tun.«

In der Stimme des Präsidenten der Vereinigten Staaten schwang ein liebevoller Unterton mit, als er den Spitznamen seiner Frau aussprach. Für einen Augenblick erweichte sich seine Miene sichtlich, doch dann betrachtete er mich wieder mit einem unnachgiebigen Ausdruck.

»Wenn ich Sie richtig verstanden habe, dann würden Sie alles noch einmal genauso machen, selbst wenn sie die Möglichkeit hätten, etwas zu ändern.«

»Es gibt ein paar Dinge, die ich ändern würde«, gab ich zu.

»Wie zum Beispiel?«, fragte er.

Im Nachhinein musste ich mir eingestehen, dass ich einige Fehler begangen hatte.

»Ich hätte mehr darauf achten sollen, was in und aus dem Haus transportiert wurde, in dem Olivia festgehalten wurde. Meine Nachlässigkeit hätte das Rettungsteam fast das Leben gekostet. Ich wusste nicht, dass Ortega vorhatte, das Gebäude in die Luft zu jagen. Zudem bereue ich zutiefst, den Mann in meiner Wohnung erschossen zu haben. Ich war der Annahme, er sei ein chinesischer Agent, der vom Ministerium für Staatssicherheit geschickt worden war. In meiner Unwissenheit habe ich einen Mann getötet, der vielleicht genau wie ich von Ortega erpresst wurde. Ich sage nicht, dass Verbrechen gegen das Land nicht bestraft werden sollten, aber ich hätte nicht als Vollstreckerin fungieren dürfen.«

»Das würden Sie ändern? Nicht die Tatsache, dass Sie Ortega geholfen haben, Olivia zu entführen? Nicht, dass Sie sich in die Server des Weißen Hauses gehackt und die persönlichen E-Mails meiner Frau an ihre Assistentin gelesen haben? Und auch nicht, einem bolivianischen Rebellenführer Informationen übermittelt zu haben?«

Ich wusste, dass ich mich mit meiner Antwort unbeliebt machen und gegen alles verstoßen würde, woran diese Männer glaubten, aber ich würde nicht klein beigeben.

»Sir, bei allem Respekt, ich war damals der Überzeugung, das Richtige zu tun, und denke das immer noch. Ich habe meine Möglichkeiten sorgfältig abgewogen. Auf dieser Liste stehen einhundertfünf Namen. Die Sicherheit dieser Menschen war und ist nach wie vor wichtiger als Peter Newtons Privatsphäre. Es hätte verheerende Folgen, wenn diese Agenten enttarnt würden. Ich will nicht gefühllos klingen und es tut mir aufrichtig leid, dass Olivia Cox' Leben in Gefahr war, aber es ging um das Wohl der Allgemeinheit und die nationale Sicherheit. Als ich die Information erhielt, dass eine SEAL-Einheit bedroht und geheime Hardware kompromittiert worden war, wandte ich mich an die einzige Person, der ich glaubte vertrauen zu können.«

»Aber Ihnen ist nicht in den Sinn gekommen, sich an Zane zu wenden, nachdem Clark zum ersten Mal versucht hatte, Sie zu erpressen?«, wollte der Präsident wissen.

»Nein, Sir. Und ich bedaure, ihn nicht informiert zu haben. Aber ich denke nicht, dass er und sein Team die Liste geschützt hätten. Ich habe wissentlich gegen die Grundsätze der Vereinigten Staaten verstoßen und mit einem Terroristen verhandelt. Allein dadurch habe ich mein Land verraten und bin mir der Strafe vollumfänglich bewusst. Ich habe bereits mit Jasmin darüber gesprochen und weiß, dass ich kein Recht habe, um etwas zu bitten, aber ich flehe Sie dennoch an, Declan nicht zu erzählen, was ich getan habe.«

»Warum das?«, wollte Zane wissen.

»Wenn er wüsste, dass ich den Rest meines Lebens im Gefängnis sitze, weil ich versucht habe, unter anderem seinen Namen zu schützen, wird er sich verantwortlich fühlen. Das will ich ihm nicht zumuten. Er hatte keine Ahnung von alledem.«

»Konntest du Manuel oder Declan aufspüren?«, wandte der Präsident sich an Zane.

»Noch nicht. Sowohl Garrett und mein Team als auch Tex suchen fieberhaft nach den beiden«, antwortete Zane.

»Und die Liste? Wurden die Namen schön veröffentlicht?«

»Überraschenderweise nicht. Ortega scheint im Moment mehr an Violet interessiert zu sein. Tex konnte den Verkauf des Steuerungs-Chips stoppen, indem er in einschlägigen Chatrooms das Gerücht verbreitete, dass die USA die Mini-Drohnen nicht mehr verwenden. Offenbar ist niemand an veralteter Technologie interessiert.«

Während der Präsident und Zane sich miteinander unterhielten, blendete ich den Rest des Gesprächs aus und konzentrierte mich auf Jaxons Hand, die immer noch auf meinem Knie ruhte. Ich würde ihn vermissen. Zwar kannte ich ihn erst seit ein paar Tagen, aber schon nach kurzer Zeit war er mir ans Herz gewachsen. Ich fühlte mich nicht nur körperlich zu ihm hingezogen, sondern spürte auch eine tiefe Verbindung zu ihm, die tröstlich und beruhigend war.

Ich fragte mich, ob sie mich nun abtransportieren würden. Immerhin hatte ich Zane sämtliche Informationen gegeben und war ihnen nicht mehr von Nutzen. Ich war nur noch der Klotz, als den Jasmin mich noch vor ein paar Tagen bezeichnet hatte. Zweifellos wäre es eine Verschwendung von finanziellen Mitteln, jemanden wie Jaxon zu meinem Schutz abzustellen. Ich sollte dankbar für die wenigen gestohlenen Momente sein, die ich mit ihm verbringen durfte. Noch lange würde ich mich daran erinnern, wie wunderbar es war, von Jaxon Cain geküsst und berührt zu werden. Diese Augenblicke würde ich immer bei mir tragen. Dennoch war es nicht genug, und ich wünschte, ich hätte mehr Zeit mit ihm gehabt.

Es war die perfekte Bestrafung für das, was ich getan hatte. Ich würde den Rest meines Lebens damit verbringen, mich nach ihm zu sehnen und mich nach seiner Berührung zu verzehren, während ich mich immer wieder fragen würde, was aus uns hätte werden können.

KAPITEL SECHZEHN

JAXON

Violet war in Gedanken versunken, während Zane und der Präsident darüber sprachen, wie Tex versuchte, ihren Bruder und Ortega aufzuspüren. Ich war stolz auf sie, weil sie ihm ehrlich geantwortet hatte und nie von ihren Überzeugungen abgewichen war. Es hätte mich nicht überraschen sollen, dass sie uns bat, Declan nichts von ihrer Beteiligung an der Sache zu verraten. Sie war bereit, die Verantwortung für ihre Taten zu übernehmen, doch sie hatte nichts weiter verlangt als Verständnis. Für Violet war es nicht wichtig, dass wir mit ihr einer Meinung waren, aber sie wünschte sich, dass wir ihre Beweggründe verstanden.

In dem Moment, in dem der Präsident sich Violet gegenüber an den Tisch gesetzt hatte, wusste ich, dass er sie begnadigen würde. Bisher hatte er es ihr nur noch nicht gesagt. Tom Anderson war ein gerechter Mann. Er liebte sein Land und seine Familie. Und obwohl ich bezweifelte, dass er es zugeben würde, aber wenn man das große Ganze betrachtete, hatte der Schutz des nationalen Interesses Vorrang vor einer einzelnen Person. Mir selbst fiel es schwer, mir das einzugestehen, vor allem weil ich Olivia mittlerweile kannte und mein Freund und Teamkamerad Leo sie liebte.

Ich konnte Violet nur zur Last legen, dass sie sich niemandem anvertraut hatte, als sie erpresst wurde. Als der Außenalarm ertönte, warf ich zuerst einen Blick auf den Monitor und sah dann Zane fragend an. Ein Außenstehender hätte den Ausdruck auf seinem Gesicht als Grimasse gedeutet, doch ich wusste genau, was sein verruchtes Grinsen zu bedeuten hatte. Ganz sicher würde mir nicht gefallen, was er vorhatte. Als ich schließlich sah, wer aus dem Geländewagen stieg, hätte ich Zane am liebsten erwürgt. Violet begann erneut, mit dem Knie auf und ab zu wippen, und biss sich auf die Unterlippe, denn sie hatte die drei ebenfalls erkannt.

Zane und Tom standen auf, und Aaron und Gerald machten einen Schritt zur Seite, als die Neuankömmlinge durch die Tür traten.

»Jasmin«, rief Tom zur Begrüßung.

»Onkel.« Sie ging auf den Präsidenten zu, der sie in seine Arme zog. Als er sich wieder von ihr löste, nickte sie uns zu.

»Panther. Schön, dich wiederzusehen«, sagte Tom und schüttelte Leo die Hand. »Olivia.«

Olivia starrte Violet schweigend an. Ich wollte aufstehen, um mich zwischen die beiden Frauen zu stellen, doch Violet hielt mich zurück, indem sie meine Hand ergriff und sie drückte.

»Mr. Pres... äh ... Tom«, korrigierte Leo sich schnell. Wir alle hatten nach wie vor Hemmungen, den Präsidenten mit Vornamen anzusprechen, doch er hatte darauf bestanden und ermahnte uns jedes Mal, wenn wir es vergaßen.

Es herrschte eine ohrenbetäubende Stille im Raum, während Olivia und Leo Violet musterten. Zane schien mit sich zufrieden zu sein, dass er uns derart überrumpelt hatte.

»Ist sie das?«, fragte Leo mit dem kalten und berechnenden Tonfall eines Söldners.

Zu meiner Überraschung stand Violet auf, straffte die Schultern und stellte sich mit fester Stimme vor.

»Wusstest du es?« Olivias Stimme durchbrach die gespannte Atmosphäre.

Violet ließ die Schultern hängen und ihre Stimme erweichte sich, als sie Olivia antwortete: »Was meinst du?« Da Violet nun der Frau gegenüberstand, an deren Entführung sie beteiligt gewesen war, schien die Realität sie zu überwältigen.

»Wusstest du, dass sie mich entführen und foltern wollten?«

»Nein. Ich hatte keine Ahnung, was sie mit den Informationen vorhatten. Soweit ich wusste wollten sie den Justizminister damit erpressen, um die Freilassung eines Mannes zu erzwingen, den Mr. Newton in einem Geheimgefängnis festhielt.«

»Hättest du ihnen die Informationen auch gegeben, wenn du gewusst hättest, dass sie mich entführen wollten?«

Violet traten Tränen in die Augen und sie ließ den

Kopf hängen. Nach einem Moment des Schweigens sah sie auf und begegnete Olivias Blick. »Ja.« Violet versuchte nicht, ihre Scham zu verbergen. Als Leo ein Knurren ausstieß, zuckte sie zusammen, fuhr aber fort: »Ich hätte uns beide geopfert, wenn ich die Veröffentlichung der Liste dadurch hätte verhindern können. Ich musste die Identitäten dieser Menschen um jeden Preis schützen.«

»Was zum Teufel gibt dir das Recht zu entscheiden, wen du opfern darfst und wen nicht?«, fragte Leo.

Als ich die Wut in seiner Stimme hörte, versteifte ich mich augenblicklich. Ich wunderte mich selbst über die Reaktion, denn Leo war ein enger Freund und Teamkamerad. Wir kämpften Seite an Seite und vertrauten uns gegenseitig unser Leben an. Und doch hätte ich ihm im Moment am liebsten den Kopf abgerissen, weil er in diesem Tonfall mit Violet sprach. Dabei kannte ich die Frau kaum.

»Das Gleiche, was dir das Recht gibt, in die Schlacht zu ziehen und zu töten, um dein Land vor dem Feind zu schützen. Ich habe denselben Eid geschworen wie du und habe mir den Feind nicht ausgesucht. Das Leben amerikanischer Agenten lag in meiner Hand. Und ich war bereit, mein Leben zu geben, um sie zu retten. Mir tut es aufrichtig leid, dass Olivia einer solchen Gefahr ausgesetzt war, aber ich möchte dich daran erinnern, dass ich alles in meiner Macht Stehende getan habe, um euch die Informationen zukommen zu lassen, damit ihr sie finden konntet. Natürlich will ich vermeiden, dass auch nur ein amerikanischer Staatsbürger sein Leben lassen muss, doch einhundertfünf weitere Amerikaner waren in Gefahr. Du weißt genauso gut wie ich, dass diese Männer und Frauen nicht schnell und schmerzlos gestorben wären. Im Gegensatz zu Olivia wären sie nicht an eine Wand gefesselt und mit Nahrung und Wasser versorgt worden. Ich will ihre Tortur auf keinen Fall verharmlosen, doch diese Agenten wären öffentlich gefoltert worden, während ihr Tod gefeiert worden wäre. Ich hätte …« Ihre Stimme brach und sie räusperte sich. »Ich hätte nicht mehr ruhig schlafen können, wenn ich gewusst hätte, dass sie genauso gelitten hätten wie der letzte verdeckte Ermittler, dessen Tarnung aufgeflogen war. Er wurde geköpft, zerstückelt und an den Armen von einer verdammten Brücke gehängt, Leo. Es tut mir leid, was geschehen ist, aber ich würde dennoch nichts an meiner Handlungsweise ändern. Und ich hätte bereitwillig mit Olivia getauscht und mich an ihrer Stelle einsperren lassen, wenn es möglich gewesen wäre.«

Plötzlich herrschte Stille im Raum, die nur durch Olivias Schluchzen unterbrochen wurde. Leo zog sie in seine Arme und schien sie mit seinem muskulösen Körper ganz und gar einzuhüllen. Als sie wieder das Wort ergriff, war ihre Stimme kaum hörbar. »Das verstehe ich.«

Im Gegensatz zu Olivia ließ mein Freund jedoch nicht locker. »Ich verstehe es nicht. Wahrscheinlich werde ich nie begreifen können, warum du geglaubt hast, du würdest das Richtige tun. Du hättest fast eine unschuldige Frau umgebracht. Als ich Olivia fand, war ihr Handgelenk entzündet und sie war stark dehydriert. Einen weiteren Tag hätte sie vielleicht nicht überlebt.«

»Leo. Das ist nicht fair. Hast du nicht auch schon unangenehme Entscheidungen treffen müssen, auf die du nicht stolz bist?«, fragte Olivia.

»Tu das nicht. Du kannst meinen ehrenvollen Dienst nicht mit den Schandtaten dieser Schlampe vergleichen.«

»Ganz ruhig, Bruder. Ich verstehe, dass du wütend bist, aber du solltest deine Zunge hüten«, warf ich ein.

»Ich soll meine Zunge hüten? Was soll der Mist? Bist du jetzt etwa auf ihrer Seite, statt hinter meiner Frau zu stehen?«, entgegnete Leo.

»Du weißt genau, dass das nicht stimmt. Ich werde Olivia immer den Rücken freihalten, denn sie ist deine Frau. Aber du würdest die Situation vielleicht mit anderen Augen betrachten, wenn die Frau, die wir aus dem Haus gerettet haben, nicht Olivia gewesen wäre.«

»Wirklich? Sie hätte Olivia fast das Leben gekostet! Außerdem war es nicht irgendeine Frau, sondern meine Frau«, schrie Leo.

»Das bestreitet auch niemand. Aber sie hat es getan, um über hundert weitere Menschen zu retten. Außerdem hat sie uns Olivias Standort übermittelt und uns die nötigen Informationen geliefert, damit wir Wolf und seinem Team zu Hilfe eilen konnten. Und sie hat Jasmin das Leben gerettet, indem sie sich in die Schusslinie geworfen hat. Während du also wütend bist, dass deine Frau wegen Violet entführt wurde, sollten wir nicht vergessen, dass wir beide ebenfalls schon schwerwiegende Entscheidungen getroffen haben, die den Tod von Menschen zur Folge hatten. Wir haben beide schon in Violets Schuhen gesteckt, doch im Gegensatz zu ihr haben wir den Abzug gedrückt. Sie hat es nicht übers Herz gebracht, Olivia zu opfern.«

»Sie hat einem verdammten Terroristen Informationen übermittelt«, argumentierte Leo weiter.

»Das ist wahr.«

»Statt die Erpressung zu melden, hat sie auf eigene Faust gehandelt und Entscheidungen getroffen, die weit über ihrer Gehaltsstufe liegen.«

»Auch das ist richtig«, stimmte ich zu.

»Und mit alledem bist du plötzlich einverstanden?«, blaffte er.

»Nein, verdammt, ich bin nicht damit einverstanden. Aber im Gegensatz zu dir hatte ich etwas Zeit, um darüber nachzudenken, warum sie diese Entscheidungen getroffen hat.«

»Ich glaube das einfach nicht. Du kaufst ihr diesen Schwachsinn ab? Liegt das vielleicht daran, dass du die letzten vierundzwanzig Stunden damit beschäftigt warst, dich bis zu den Eiern ...«

»An deiner Stelle würde ich den Satz nicht beenden«, unterbrach ich ihn und schob Violet hinter mich.

»Das reicht jetzt!«, bellte Zane. »Wann hört ihr endlich auf, euch wie vorpubertäre Jungs zu verhalten, die gerade zum ersten Mal einen Ständer hatten? Panther, mir war klar, dass dir das Ganze nicht gefällt. Aber wenn du Olivia einmal außen vor lassen würdest, dann würdest du sehen, was der Rest von uns erkannt hat.«

»Und das wäre?«, blaffte Leo.

»Eine Situation, die völlig aus dem Ruder gelaufen ist. Ich bin selbst wütend auf sie und behalte mir das Recht vor, sie in Zukunft als *Dumpfbacke* oder *Die undichte Stelle* zu bezeichnen, aber nachdem ich Tex' Bericht gelesen habe, stimme ich mit ihr überein. Ich hätte die Informationen über Peter Newton ebenfalls an *Arschloch* Timothy Clark übermittelt. Es tut mir leid, aber wenn es um Olivia geht, kannst du nicht klar denken. Sobald du Zeit hattest, sämtliche Aspekte in Ruhe abzuwägen, wirst du es verstehen.«

Mir stand der Mund so weit offen, dass ich schon glaubte, mein Unterkiefer sei auf dem Boden aufgeschlagen. Zane hatte gerade zum ersten Mal zugegeben, dass er Violets Handlungsweise guthieß. Ich war völlig verblüfft. Der Präsident räusperte sich und erinnerte uns alle daran, dass er sich mit uns im Raum befand und ihm unser Wortwechsel nicht entgangen war.

»Bevor ich ins Weiße Haus zurückkehre, habe ich euch allen etwas zu sagen. Und zwar nicht als Präsident, sondern als ehemaliger Kampfschwimmer und Mann. Violet, zunächst einmal möchte ich Ihnen danken, dass Sie meiner Nichte das Leben gerettet haben. Panther? Blue?« Er wartete, bis Leo und ich unser Blickduell unterbrachen und uns ihm zuwandten. »Verdammt, ich vermisse es, ein junger Mann mit einem derart feurigen Temperament zu sein. Durch die Wut, die man tief in der Seele verspürt, fühlt man sich erst lebendig. Wir haben einen gemeinsamen Feind, Manuel Ortega, der eine Liste mit den Namen eurer Brüder und Schwestern hat. Es ist eure Aufgabe, ihn zu finden und zu töten. Panther, die Frau neben dir, die du so sehr liebst, dass du sie um jeden Preis beschützen willst, hast du der Frau dort drüben zu verdanken.« Mit diesen Worten zeigte der Präsident auf Violet. »Wie das Schicksal es wollte, wurdest du dank Violet geschickt, um sie zu retten. Zudem hat Olivia einen Vater gefunden, von dessen Existenz sie nichts wusste. Du kannst entweder deine Energie verschwenden, indem du an deiner Wut festhältst, oder du kannst der Mann sein, für den ich dich halte, und einsehen, dass du ebenfalls das Leben einiger weniger für das Wohl der Allgemeinheit geopfert hättest. Zane, wir unterhalten uns später weiter. Eine Sache noch, bevor ich gehe.« Tom trat auf Violet zu und reichte ihr die Hand. Als sie sie ergriff, zog er sie zu sich, bis sie dicht vor ihm stand. »Begehen Sie nie wieder so eine Dummheit, sich von dem Abschaum dieser Welt erpressen zu lassen. Ich verstehe, dass Sie in dem Glauben gehandelt haben, das Richtige zu tun. Doch nun sind Sie nicht mehr allein. Falls Sie sich wieder mit einem Problem konfrontiert sehen, so klein es auch scheinen mag, wenden Sie sich an Jaxon oder Zane.«

»Sir? Ich wüsste nicht, mit welchem Problem ich mich an sie wenden könnte. Soweit ich weiß ist es mir dort, wo ich hingehe, nicht erlaubt, jemanden wegen meiner *Probleme* anzurufen«, antwortete sie.

»Wovon redet sie? Wohin geht sie denn?«, wollte Olivia wissen.

»Ich gehe ins Gefängnis, Olivia.«

»Ins Gefängnis? Aber sie hat uns doch geholfen«, rief Olivia empört, bevor sie sich an Leo wandte. »Kannst du nicht etwas tun, um das zu verhindern?«

»Sie wird nicht ins Gefängnis gehen«, versicherte Leo ihr.

»Wirklich nicht?« Olivia wirkte so verwirrt, dass ich mir ein Lachen kaum verkneifen konnte. Sie blickte von Leo zu Tom, dann zu Zane und schließlich zu Violet.

»Sieht das große Arschloch da drüben aus, als würde er sie in Handschellen abführen lassen?«, fragte Leo.

Konnte dieser Kerl denn niemals den Mund halten? Meine Güte.

»Sie bleiben hier, bis das Team Ortega ausgeschaltet hat«, sagte der Präsident. »Verglichen mit dem, was er Ihnen antun will, wirkt das, was Olivia widerfahren ist, wie ein Sonntagsspaziergang. Soweit ich weiß wurde bereits ein Käufer gefunden. Sobald die Situation unter Kontrolle ist, können Sie nach Hause zurückkehren. Ich denke, es versteht sich von selbst, dass ich von Ihnen erwarte, Ihre Kündigung bei der CIA einzureichen und Ihre Sicherheitsfreigabe aufzugeben.«

»Ich verstehe, Sir«, flüsterte Violet.

Tom wandte sich mir zu. »Pass gut auf sie auf.«

Er bedachte Zane mit einem Nicken, bevor er seinen Leibwächtern gegenübertrat, und murrte: »Ich habe keine Ahnung, wie ihr heute Abend zurück ins Haus gelangen sollt, Jungs. Der Vorwand mit dem Fitnessraum zieht nicht mehr. Sieht so aus, als müsstet ihr einen anderen Weg finden, um euch Zugang zu verschaffen.«

Tom Anderson pflegte eine Hassliebe zum Secret Service, da er das Weiße Haus nicht verlassen konnte, ohne sich zuvor strengsten Sicherheitsvorkehrungen zu unterziehen. Aaron und Gerald befanden sich jedes Mal in einer heiklen Lage, wenn der Präsident verlangte, sich ohne den Rest seines Teams auf den Weg zu machen. Der Gedanke, dass der mächtigste Mann der Welt erst um Erlaubnis bitten musste, bevor er sein Heim verlassen konnte, war äußerst amüsant.

Nachdem Tom und seine Leibwächter sich verabschiedet hatten, verkündete Zane: »Das war ein Desaster.« Ich musste ihm zustimmen. Es war alles andere als professionell, mich mit Leo in Anwesenheit des Präsidenten zu streiten. »Werdet ihr beide mir Probleme machen?«, fragte Zane, woraufhin Leo und ich verneinend brummten. »Verdammte Frauen«, murmelte er leise.

»Pass auf, was du sagst«, warf Jasmin mit einem Stirnrunzeln ein.

»Dir kann es doch egal sein. Du hast mehr Eier in der Hose als die meisten Männer. Ich sehe in dir keine Frau.«

»Dein Bruder schon«, entgegnete sie mit einem Lächeln.

Zane gab einen Würgelaut von sich und fügte dann hinzu: »Ich habe noch einiges zu erledigen. Braucht ihr mich noch?«

»Ich fahre mit dir zurück. Leo sollte noch eine Weile hierbleiben, damit er sich mit Jaxon versöhnen kann.«

»Verpiss dich, Jassy«, schimpfte Leo.

»Nenn mich nicht Jassy, Schwachkopf.«

»Verdammte Kinder. Es ist leichter, einen Sack Flöhe zu hüten. Hat euch denn niemand Manieren beigebracht?«

»Und das aus dem Mund des Mannes, der Knob Creek wie ein Hinterwäldler aus der Flasche trinkt«, warf ich ein.

»Warum sollte ich ein Glas schmutzig machen? Außerdem hält es euch Idioten davon ab, meinen Whisky zu trinken.«

Nachdem wir uns noch eine weitere Viertelstunde lang Nettigkeiten an den Kopf geworfen hatten, machten Jasmin und Zane sich endlich auf den Weg zu seinem Geländewagen. Sobald nur noch wir vier übrig waren, schien der Raum zu schrumpfen. Ich verstand, warum Leo wütend war, aber wenn er glaubte, Violet weiter beschimpfen zu können, hatte er sich geirrt. Ob er nun mein Freund war oder nicht, ich würde ihn aus dem Keller werfen. Violet hatte sich schon genug selbst bestraft, sie musste sich nicht noch Leos Standpauke anhören.

»Was meinte Mr. Anderson, als er sagte, Ortega habe einen Käufer gefunden? Hat er die Liste verkauft?«, fragte Olivia.

»Nein, *tesorino*, nicht die Liste. Er hat Violet verkauft«, erklärte Leo.

»Oh Gott! Du wirst doch nicht zulassen, dass ihr etwas geschieht, nicht wahr?«

Leo schlang einen Arm um Olivia. Bei dem Anblick durchströmte mich ein seltsames Gefühl, das man wohl am ehesten als Neid bezeichnen konnte. Ich war nicht eifersüchtig wegen Olivia, sondern auf die Bindung, die Leo mit ihr hatte. Violet strahlte eine spürbare Angst aus, doch ich hatte Hemmungen, sie in den Arm zu nehmen und zu trösten. Ihre Worte von vorhin gingen mir wieder durch den Kopf und lagen mir wie ein Stein im Magen. Die Zeit, die sie mit mir verbracht hatte, war für sie bedeutungslos gewesen.

Vielleicht hatte ich mehr empfunden als sie. Warum zum Teufel quälte der Gedanke mich so sehr?

KAPITEL SIEBZEHN

Während Leo die weinende Olivia im Arm hielt, schwoll der anfängliche Stich im Herzen an, bis eine Woge von Bedauern und Selbstmitleid mich durchströmte. Ich war dankbar, dass Olivia gerettet wurde und sie Leo gefunden hatte, doch mir wurde plötzlich bewusst, dass ich mir jemanden wünschte, der mich genauso liebevoll im Arm hielt. In diesem Moment hätte ich so gut wie alles dafür gegeben, von Jaxon getröstet zu werden. Doch das musste ich mir aus dem Kopf schlagen. Außerdem hatte ich größere Sorgen, denn ich war verkauft worden.

Ich verstand noch nicht einmal, wie so etwas überhaupt möglich war.

»Nein, Olivia, wir werden nicht zulassen, dass Violet etwas passiert«, antwortete Jaxon. Dann fragte er: »Wie gefällt euch das neue Haus?«

Mir war klar, dass er das Thema um meinetwillen wechselte. Ich hatte eine Menge Fragen, aber ich wollte sie nicht im Beisein von Olivia und Leo stellen. Vor allem wollte ich nicht noch einmal vor ihnen in Tränen ausbrechen.

»Gut. Wir haben gestern die letzten Kartons ausgepackt«, antwortete Leo mit schroffem Tonfall, wobei seine Miene nach wie vor angespannt war.

Ich wollte nicht, dass die beiden Freunde sich meinetwegen stritten. Als Jaxon Partei für mich ergriffen und Leo davon abgehalten hatte, mich zu beleidigen, hatte ich Hoffnung geschöpft, dass ich ihm vielleicht doch etwas bedeutete. Und als er sich vor mir aufgebaut hatte, hatte ich mich so beschützt wie noch nie gefühlt. Aber das war alles nur Fassade. Und ich ließ mich von meinen Gefühlen beeinflussen und interpretierte entschieden zu viel in seine Gesten hinein.

»Ich werde nach nebenan gehen, damit ihr euch in Ruhe unterhalten könnt.« Bevor ich den Raum verließ, hatte ich vor allem Olivia noch etwas zu sagen. »Ich hoffe, du weißt, wie leid es mir tut, dass du in diese Sache verwickelt wurdest. Es war nie meine Absicht, dass du verletzt wirst. Vielleicht hat Mr. Newton es dir bereits gesagt, aber er hat deine Mutter sehr geliebt. Er wusste nicht, dass du seine Tochter bist. Und falls er es geahnt hat, kann ich ihm nicht verübeln, dass er die Vaterschaft nicht anerkannt hat. Sein Vater wollte sowohl Miss Cox als auch ihr Baby von der Bildfläche verschwinden lassen. Peter hat nur versucht, dich und deine Mutter vor seinem eigenen Vater zu schützen.«

Ich wollte gerade durch die Tür zum Schlafzimmer treten, als Leos Stimme mich innehalten ließ. »Warst du in dem Chatroom, in dem Tex auf Informationen über Olivia gestoßen ist?«

»Ja.«

»Hast du die Spur im Netzwerk der CIA hinterlassen, die uns zu Timothy Clark geführt hat?« Ich nickte erschöpft. Ich dachte, wir hätten das alles schon zur Genüge durchgesprochen. »Und du hast die E-Mail an Peter Newton geschickt, in der du ihn über Olivias Entführung in Kenntnis gesetzt hast? Wir dachten, der Absender hätte keine Ahnung von Technik und wüsste nicht, wie er seinen Standort verschleiern soll. Aber du hast sie von Langley aus gesandt und über einen Proxy-Server in Scotland, Maryland umgeleitet, um sicherzustellen, dass wir Olivias Aufenthaltsort kennen?«

Damit hatte er recht. Sobald ich von Olivias Entführung erfahren hatte, musste ich eine Möglichkeit finden, jemanden zu alarmieren und dabei anonym zu bleiben. Was wäre dafür besser geeignet als ein Chatroom im Darknet? Ich musste Leos Vermutungen nicht bestätigen, er kannte die Antwort auf seine Fragen bereits.

»Ich danke dir. Es tut mir leid, dass ich mich vorhin wie ein Arschloch verhalten habe.«

»Ein Arschloch? Ganz und gar nicht. Du bist ein Mann, der seinem Land dient und seine Frau liebt. Ich kann dir nicht verübeln, dass du mich hasst. Und wie Jaxon immer sagt: Du musst mir nicht danken. Gute Nacht.«

Ich ging ins Schlafzimmer, schloss die Tür hinter mir und atmete erleichtert auf, weil ich endlich allein war. Leider grenzte das Badezimmer nicht an diesen Raum an. Ich wollte nichts weiter als eine heiße Dusche und mich im Bett verkriechen. Mein Blick blieb auf der zerknitterten Bettwäsche hängen, und die Erinnerung an heute Morgen und heute Nachmittag stürmte auf mich ein. Der Sex mit Jaxon war unglaublich. Aber ich würde mich von nun an von ihm fernhalten müssen, denn ich wäre nicht in der Lage, meine Gefühle außen vor zu lassen. Mein Herz schlug jedes Mal höher, wenn er nur in meiner Nähe war. Und der Sex mit ihm war nicht mit meinen früheren Erfahrungen zu vergleichen. Zwar hatte ich mich noch nie auf einen bedeutungslosen One-Night-Stand eingelassen, aber wenn ein Mann eine Frau nur vögeln wollte, dann küsste oder liebkoste er sie nicht sanft. Er würde ihr nicht tief in die Augen blicken und ihr sagen, wie wunderschön sie war. Nun, vielleicht hatte ich einfach keine Ahnung von solchen Dingen, aber ich wusste mit Sicherheit, dass Jaxon mir das Herz brechen würde.

Ein Klopfen ertönte an der Tür. Kurz darauf wurde sie einen Spaltbreit geöffnet und Olivia streckte den Kopf herein. Sie, Leo und der Präsident hatten allen Grund, mich zu hassen. Doch von den dreien war Olivia diejenige, der ich nur schwerlich in die Augen blicken konnte. Sie war von meinen Taten persönlich betroffen gewesen. Am liebsten hätte ich wie ein Feigling den Kopf eingezogen und sie gebeten zu gehen, doch ich war es ihr schuldig, sie anzuhören.

»Entschuldige, dass ich einfach so … hereinplatze. Könnte ich kurz hereinkommen, um mich mit dir zu unterhalten?«

»Natürlich.« Ich warf erneut einen Blick auf das Bett und mir stieg die Hitze in die Wangen. Leo hatte bereits verlauten lassen, dass er glaubte, Jaxon und ich hätten miteinander geschlafen. Allerdings hatte ich gehofft, dazu nie Stellung beziehen zu müssen. »Ich entschuldige mich für das Durcheinander.«

»Es ist beängstigend, nicht wahr?«, fragte sie.

»Was?«

»Verfolgt zu werden.«

Verdammt. Offenbar wollte sie mir ein Messer in die Wunde rammen, etwas Salz hineinstreuen und dann die Klinge herumdrehen.

»Es tut mir alles so leid. Ich schwöre, dass ich nichts von ihren Plänen wusste, dich zu entführen.«

»Nein, nein.« Sie machte eine abwinkende Handbewegung. »Das ist Schnee von gestern. Ich spreche davon, was du gerade durchmachst. Leider weiß ich genau, wie es ist, sich vor einem Verrückten verstecken zu müssen, der dich als Schachfigur in seinem beschissenen Spiel benutzt.«

»Ja, richtig. Wie es scheint, wurde ich verkauft«, schnaubte ich. »Ich glaube, ich will es gar nicht wahrhaben. Wie kann man einen anderen Menschen einfach so veräußern? Bisher hatte ich noch keine Gelegenheit, mit Jaxon darüber zu sprechen.«

»Apropos Jaxon …« Statt den Satz zu beenden, wackelte Olivia mit den Augenbrauen.

»Oh nein. Dazu wird es nicht kommen.« Sie warf einen Blick aufs Bett und sah dann wieder mich an, wobei sie die Lippen schürzte. »Ich meine … emotional … du weißt schon … eine feste Bindung. Ach herrje!« Ich senkte die Stimme und beugte mich zu ihr vor. »Wir haben miteinander geschlafen. Das ist alles. Es hat nichts bedeutet und es wird nie wieder vorkommen.« Ich hatte keine Ahnung, warum ich derart offen darüber sprach, aber es fühlte sich gut an. Vielleicht hoffte ich insgeheim, dass sie mir erzählen würde, wie dumm ich war, weil Jaxon ein Casanova war, der mit jeder Frau ins Bett sprang.

»Sicher«, erwiderte sie mit einem Lachen.

»Im Ernst. Da ist nichts zwischen uns. Er bleibt nur hier, weil er mir nicht über den Weg traut. Wahrscheinlich befürchtet er, ich könnte einen Fluchtversuch unternehmen.«

»Das wäre das Schlimmste, was du tun könntest. Ich gebe dir einen Rat, den meine Freundin Caroline mir einmal ans Herz gelegt hat. Sie ist mit einem knallharten SEAL verheiratet. Höre unter allen Umständen auf Jaxon. Widersetze dich nie seinen Anweisungen, wenn es um deine Sicherheit geht. Er weiß genau, was zu tun ist. Es gab Zeiten, da hätte ich Leo liebend gern die Stirn geboten. Als wir uns in der Hütte versteckten, befahl er mir eines Abends, mich im Obergeschoss im Schrank zu verstecken. Ich wollte mich weigern und ihn zwingen, nicht von meiner Seite zu weichen. Doch dann erinnerte ich mich an Carolines Worte. Er ließ mich etwa eine Stunde in dem verdammten Schrank sitzen, während er sich unten um die Bösewichte kümmerte.«

»Wolfs Frau Caroline?«, fragte ich.

»Ja. Kennst du sie?«

»Ich habe von ihr gehört. Aber ich bin ihr noch nie begegnet.«

Ich hatte die Dienstakten der SEAL Einheit studiert und wusste von Matthew Steel und seiner Frau Caroline. Zudem hatte ich den Bericht über die Entführung des

Flugzeugs gelesen, das sie mit den anderen gerettet hatte. Sie war eine mutige Frau.

»Du würdest sie lieben. Ich telefoniere ab und zu mit ihr.«

Ich bezweifelte nicht, dass ich die Frau mögen würde, doch das Gefühl würde wohl kaum auf Gegenseitigkeit beruhen.

»Da bin ich mir sicher.«

»Falls du irgendetwas brauchst, und sei es nur jemanden, der dir zuhört, ich bin für dich da.«

»Ich weiß das Angebot zu schätzen, aber ich glaube nicht, dass Leo das genauso sieht«, erwiderte ich.

»Ich bitte dich. Er bellt zwar, aber er beißt nicht.« Unwillkürlich brach ich in schallendes Gelächter aus. Das war vielleicht das Lustigste, was ich je gehört hatte.

»Ich sage es ja nur ungern, aber ich habe seine Akte gelesen. Er beißt durchaus. Dein Mann hat ein paar gewaltige Reißzähne, und ich will nur ungern diejenige sein, die sie zu spüren bekommt«, sagte ich.

»Also schön. Du hast recht. Er übertreibt es manchmal, wenn es darum geht, mich zu beschützen. Er lässt nicht einmal meine Mutter in meine Nähe, wenn sie einen Anfall hat«, erklärte Olivia mit einem Lächeln. Ich bezweifelte nicht, dass sie Leos Fürsorge genoss, und wünschte mir, ich hätte ebenfalls jemanden, der mich so innig liebte. »Er wird sich schon wieder beruhigen. Außerdem scheinst du dir zu helfen zu wissen.« Sie zwinkerte mir zu. »Du hast da draußen gerade deine Frau gestanden.«

»Ich weiß deine Freundlichkeit zu schätzen. Auch wenn ich sie nicht verdiene.«

»Genug davon. Du hast getan, was du für richtig hieltest. Ich verstehe dich und ich vergebe dir. Jetzt solltest du dir selbst verzeihen und nach vorn blicken.«

Mir selbst verzeihen? Wie sollte ich das tun, solange Ortega die Liste weiterhin in Händen hielt?

»Danke, ich werde es versuchen«, log ich. Es war einfacher, als all die Gründe anzuführen, warum ich ihre Vergebung nicht verdient hatte.

»Ich meine es ernst.«

Im nächsten Moment überraschte Olivia mich aufs Neue, als sie einen Schritt auf mich zutrat und mich in ihre Arme zog. »Danke«, flüsterte ich und erwiderte die Umarmung.

Dankbar nahm ich ihr Friedensangebot entgegen. Zwar glaubte ich nicht, es verdient zu haben, aber ich brauchte es dennoch.

KAPITEL ACHTZEHN

JAXON

Es widerstrebte mir, Violet mit Jasmin allein in der Scheune zurückzulassen, aber ich musste zu Hause ein paar Dinge erledigen und uns noch etwas Proviant besorgen. Außerdem musste ich noch einen Zwischenstopp für eine Unterredung mit Eric und Zane einlegen. Als Treffpunkt hatten wir uns einen abgelegenen Ort ausgesucht, da ich nicht gesehen werden wollte. Falls jemand die Zentrale überwachte, könnte er sich mit Leichtigkeit an meine Fersen heften.

Die letzten beiden Tage hatten mich innerlich aufgewühlt. Die ganze Zeit über hatten wir uns nicht einmal geküsst, doch abends im Bett kuschelte sie sich an mich und verschränkte ihre Beine mit meinen. Mehr Körperkontakt ließ sie nicht zu, und ich unternahm nichts. Nachdem Leo und Olivia gegangen waren, hatte ich gespürt, dass sie etwas Freiraum brauchte. Jetzt bereute ich es allerdings, mich von ihr ferngehalten zu haben, denn sie schien ihre Schutzmauer währenddessen noch verstärkt zu haben. Eigentlich sollte ich mich darüber freuen, aber es ärgerte mich.

Wir verbrachten viel Zeit damit, uns zu unterhalten. Das war eine völlig neue Erfahrung für mich. Wir waren zusammen in einem Raum eingesperrt und hatten nichts anderes zu tun, als uns gegenseitig Geschichten über unsere Kindheit zu erzählen. Im Grunde sprachen wir über alles außer über uns, und so langsam zerrte das an meinen Nerven.

Denn je mehr sie mir von sich erzählte, desto mehr mochte ich sie und umso mehr wollte ich über sie wissen. Sie war humorvoll, großherzig und klug. Ich wusste mittlerweile, dass sie McDonald's liebte, aber Wendy's hasste. Sie setzte sich leidenschaftlich für den Tierschutz ein und hatte sogar mit der örtlichen Polizei zusammengearbeitet, um einen Hundekampfring in der Nähe ihres Wohnortes zu zerschlagen. Sie lebte lieber in einem Apartment als in einem Haus, da sie keine Zeit hatte, sich um einen Garten zu kümmern. Ich konnte mich nicht erinnern, eine meiner Eroberungen je so gut gekannt zu haben. Allerdings teilten wir uns das Bett nur noch, um darin zu schlafen. Auch das war neu für mich.

Bevor ich heute die Scheune verlassen hatte, hätte ich sie am liebsten an mich gezogen und zum Abschied geküsst. Der Drang, ihre Lippen zu schmecken und sie zu berühren, war überwältigend gewesen. Wie gern hätte ich sie auf die Matratze geworfen und vernascht, bis sie meinen Namen schrie. Während der letzten Tage hatte ich mich so oft ins Bad zurückgezogen, um mir unter der

Dusche einen runterzuholen, dass sie wahrscheinlich glaubte, ich hätte einen Sauberkeitsfimmel.

Sie trieb mich noch in den Wahnsinn, und je mehr ich über sie nachdachte, desto schlimmer wurde es. Als sie gestern Abend wieder einmal ihre Beine mit meinen verschränkte, hatte ich mir den Kopf darüber zerbrochen, warum diese Frau mich derart verrückt machte. Leider war ich zu keinem Ergebnis gekommen.

Ich fuhr vor meinem Haus vor, schnappte mir meine Post und warf sie auf den Küchentisch, ohne sie durchzusehen. Dann packte ich frische Kleidung in eine Tasche und warf noch ein paar zusätzliche T-Shirts hinein, in denen Violet schlafen konnte. Der Anblick von ihr in meinem Air-Force-Hemd, das über ihre großen Brüste spannte, während ihre Nippel darunter deutlich hervortraten, war eine süße Qual. Mein Körper reagierte jedes Mal, wenn ich sie sah. Verdammt, mein Körper reagierte jedes Mal, wenn ich nur an sie dachte.

Ich verriegelte die Eingangstür, stieg wieder in den firmeneigenen Geländewagen und wünschte, ich könnte Violet hierherbringen. Dabei fragte ich mich, wie mein Haus ihr wohl gefallen würde. Ich hatte das alte Gebäude im Kolonialstil gekauft, als ich gerade angefangen hatte, für Zane zu arbeiten. Es lag in einer etablierten Nachbarschaft, unweit der Zentrale von Z Corps in Annapolis. Ich hatte viel Herzblut in die Renovierung gesteckt. Während ich die Fassade betrachtete, erinnerte ich mich daran, wie mein Bruder Cooper eine Woche Urlaub genommen hatte, um mir beim Anbringen der neuen Verkleidung und der Fensterläden zu helfen. Damals hatte eine extrem hohe Luftfeuchtigkeit geherrscht, doch das war im

Sommer in Maryland nicht ungewöhnlich. Nichtsdestotrotz hatten wir Seite an Seite gearbeitet und viel geredet. Es war die beste Woche gewesen, die ich je mit meinem Bruder verbracht hatte.

Da ich von einem Kampfeinsatz zum nächsten stolperte und Cooper als Mitglied des Spezialeinsatzkommandos bei der Polizeibehörde von Los Angeles eine Menge Abschaum zu Gesicht bekam, trugen wir stets eine gewisse Last mit uns herum. Wir beide hatten das Böse gesehen und lebten ein Doppelleben zwischen der kriminellen Unterwelt und der zivilisierten Gesellschaft. Wir wussten genau, wann wir in unsere Rollen als bedrohliche Verfechter des Guten zu schlüpfen hatten und wann wir unser wahres Ich ablegen und der Menschheit unsere sozial verträgliche Seite zeigen sollten. Bisher hatte ich noch keine Partnerin gefunden, die es mit der unschönen Version meiner selbst hätte aufnehmen können. Keine Frau wollte ihren Mann zu einer Dinnerparty mitnehmen, nachdem er gerade aus Übersee zurückgekehrt war, während er noch immer Blut und Dreck unter den Fingernägeln hatte und den Gestank des Todes verströmte. Vor allem würde ich so etwas einer Frau nie aufbürden wollen.

Mein Handy klingelte und erinnerte mich an mein Treffen mit Zane und Eric. Je schneller wir diesen Fall abschließen konnten, desto besser. Schon jetzt war ich Violet viel zu nahe gekommen. Als ich letzte Nacht im Dunkeln wach gelegen hatte, hatte ich mir tatsächlich überlegt, ob wir Freunde bleiben und uns gelegentlich miteinander vergnügen könnten. Doch für solche Fantasien war weder in ihrem noch in meinem Leben Platz. Sie hatte etwas Besseres verdient als einen Mann, der sein wahres Ich vor ihr verbarg.

»Ja«, sagte ich, als ich den Anruf annahm.

»Wir haben Flower gefunden«, sagte Zane knapp.

Ich brauchte einen Moment, bis ich begriff, dass Zane von Declan sprach.

»Im Ernst? Wie lange habe ich noch, bis es losgeht?«, fragte ich und hoffte, dass mir noch genügend Zeit blieb, um in der Scheune vorbeizuschauen und mich von Violet zu verabschieden.

»Keine Eile. Wann kannst du in der Scheune sein?«, wollte er wissen.

»In fünf Minuten. Vielleicht auch sieben, falls viel Verkehr ist.«

»Gut, wir sehen uns in zehn Minuten. Die Sache ist streng vertraulich.«

»Verstanden.«

Zane beendete das Gespräch. Die Bedeutung seiner Worte war mir wohl bewusst. Offenbar wollte er Violet verheimlichen, dass wir ihren Bruder gefunden hatten. Aus irgendeinem mir unerfindlichen Grund krampfte sich mein Magen zusammen. Es gefiel mir nicht, Violet die Information zu verheimlichen. Doch das war nicht alles. Je näher ich der Scheune kam, desto stärker wurde das ungute Gefühl. Ich hatte schon vor langer Zeit gelernt, meinen Instinkten zu vertrauen, und im Moment schrien sie mich förmlich an, dass wir auf ein Desaster zusteuerten.

Ich hielt vor der Scheune und musste nicht lange warten, bis Zane vorfuhr. Wenn er Violet vorenthalten wollte, dass wir Declan gefunden hatten, verstand ich nicht, warum er sich mit mir an dem Ort treffen wollte, den sie nicht verlassen durfte. Als Zane seinen Wagen neben meinem parkte, bemerkte ich, dass Eric auf dem Beifahrersitz saß. Die beiden stiegen aus, bevor eine der hinteren Türen geöffnet wurde und ein Mann in einer khakifarbenen Cargohose, einem Flanellhemd und Militärstiefeln erschien. Sein Haar war zu lang, um den militärischen Vorschriften zu entsprechen, aber er war ganz offensichtlich in irgendeiner Form für die Streitkräfte tätig. Das musste Declan sein.

»Verdammt, Z, ich hatte keine Ahnung, dass du ihn gleich mitbringen würdest«, sagte ich.

»Offenbar haben die Cranston-Zwillinge nicht gelernt, die Grenzen anderer zu respektieren. Im Gegensatz zu seiner Schwester besaß er nicht einmal die Höflichkeit, vorher anzurufen.«

In diesem Moment bemerkte ich eine Schwellung in Declans Gesicht und seine aufgeplatzte Lippe.

»Ich wette, so viel Spaß hattest du seit einer Woche nicht mehr, nicht wahr, Lieutenant?« Mir entfuhr unwillkürlich ein leises Lachen. Declan schien jedoch weniger belustigt.

»Keine Sorte, Garrett hat uns versichert, dass er die Sicherheitsfirma des Gebäudes anrufen wird, damit wir alle eine Kopie bekommen«, fügte Eric hinzu, worauf Declans Miene sich verfinsterte.

»Könnten wir das Thema jetzt fallen lassen?«, fragte Declan. »Ich denke, wir haben Wichtigeres zu tun. Und nur fürs Protokoll. Ich hatte dich zwanzig Minuten lang von der anderen Straßenseite aus im Visier und hätte dich hundertmal ausschalten können. Du solltest deine Vorhänge schließen.«

»Sicher. Weil ich noch nicht trocken hinter den Ohren bin. Das Fensterglas wurde durch schusssicheres Polycarbonat ersetzt«, entgegnete Zane.

Eric verdrehte die Augen. »Wunderbar. Seid ihr jetzt fertig mit eurem Schwanzvergleich? Ich würde gern reingehen.« Statt auf eine Antwort zu warten, schloss er die Eingangstür auf und durchlief das Sicherheitsprotokoll. Als das letzte Schloss entriegelt wurde, stieß er die Tür auf.

Wir traten ein, während ich inständig hoffte, dass Violet die Sicherheitskameras nicht im Auge hatte.

»Hast du Jasmin angerufen und ihr aufgetragen, die Videoüberwachung abzuschalten?«, wollte ich wissen. Zane bedachte mich lediglich mit einem Blick, mit dem er mir zu verstehen gab, dass meine Frage überflüssig war. »Ich halte es für keine gute Idee, mit ihm einfach so aufzutauchen. Wir werden sie damit überrumpeln.«

»Sagst du das in deiner Funktion als Agent oder als der Mann, der sie fickt?«, fragte Zane und verzog die Lippen zu einem höhnischen Grinsen. Zane machte sich nur allzu gern das Überraschungsmoment in allen Facetten zunutze. Dabei war es ihm völlig egal, ob seine Worte unhöflich, anstößig oder schlichtweg beleidigend waren. Solange er jemandem eine Reaktion entlocken konnte, würde er ihn vor den Kopf stoßen. Einige Methoden, die wir beim Militär anwandten, funktionierten auch wunderbar im Privatleben. Ein Agent, der extreme Schmerzen erleidet, wird immer in seine Muttersprache zurückfallen. Und ein Mann, der gerade beleidigt wurde, wird für den Bruchteil einer Sekunde seine Maske fallen lassen und ehrlich reagieren.

Ich bemühte mich erst gar nicht, meine Abneigung zu verbergen. »Als Mensch sage ich dir, dass dein Plan beschissen ist. Als Agent verstehe ich, dass wir ihre Reaktion abschätzen müssen.« Ich atmete tief durch und hoffte vergebens, dadurch meine Nerven beruhigen zu können. »Und als Mann lasse ich dich wissen, dass ich dir gehörig in den Arsch treten werde, falls du noch einmal derart respektlos von meiner Frau sprichst.«

»Ich wiederhole mich nur ungern, aber wieder beißt einer ins Gras.« Zane schüttelte den Kopf und wandte sich Declan zu. »Darf ich dir deinen neuen Schwager vorstellen? Natürlich nur für den Fall, dass er den Kopf aus dem Sand zieht und deine Schwester die Klappe halten kann, um nicht im Gefängnis zu landen.«

»Meine Güte«, murmelte ich und wünschte wieder einmal, ich hätte etwas Klebeband zur Hand, um ihn zum Schweigen zu bringen.

»Ob du es nun glaubst oder nicht, ich tue nur das, was für Violet am besten ist. Sie hat bereits zweimal verlauten lassen, dass Declan nicht erfahren soll, dass sie von ihm weiß und in die Sache verwickelt ist. Wenn du ihr sagst, dass ihr Bruder hier ist, wird sie sich nur grundlos aufregen und einen Zusammenbruch erleiden. Declan weiß über die Situation Bescheid. Wenn sie den ersten Schock erst einmal überwunden hat, wird sie sich damit abfinden. Und für den Fall, dass sie es nicht tut, bist du hier.«

Arschloch.

»Wusstest du, dass Ortega ein Auge auf dich hatte?«, fragte ich Declan.

»Ich hatte sofort nach meiner Ankunft bemerkt, dass er Leute auf mich angesetzt hatte. Er sollte etwas mehr springen lassen, um sich besseres Personal zuzulegen, denn die Kerle waren absolute Amateure. Und falls du wissen willst, ob ich seit meiner Rückkehr aus Peru verfolgt werde, dann lautet die Antwort nein«, erklärte er.

Leider fiel mir nichts weiter ein, was ich Zane oder Declan hätte fragen können, um den Moment hinauszuzögern, an dem wir Violets Welt erschüttern würden.

Verdammt.

Die Sache gefiel mir ganz und gar nicht. Zane hatte recht. Es wäre einfacher, das Pflaster einfach ruckartig herunterzureißen. Doch das flaue Gefühl, das ich vorhin noch im Magen verspürt hatte, hatte sich mittlerweile verlagert, und nun schlug mir das Herz bis zum Hals. Ich konnte die Reaktion nicht ganz einordnen, doch ich fühlte eine Mischung aus Mitgefühl und Bedauern. Offenbar sorgte ich mich mehr um Violet, als ich gedacht hatte.

KAPITEL NEUNZEHN

»Geht es dir wirklich gut?«, rief ich Jasmin durch die Badezimmertür zu.

»Ja. Ich glaube, ich habe das Thai-Curry nicht vertragen, das Linc und ich gestern zum Abendessen verspeist haben.«

Das war eine Untertreibung. Seit sie hier in der Scheune aufgetaucht war, um auf mich aufzupassen, hatte sie sich dreimal übergeben. Ich hätte es nie für möglich gehalten, doch ich war tatsächlich froh, dass Jasmin hier war. Es war eine Wohltat, für eine Weile von Jaxon getrennt zu sein, denn ich brauchte eine Verschnaufpause von all den Empfindungen, die mich durchströmten, wenn er in meiner Nähe war. Für ihn war ich nur eine Schutzperson, die er im Auge behalten sollte. Warum fühlte es sich dann an, als sei da mehr zwischen uns?

Seit zwei Tagen hatte er mich nicht mehr berührt. Vielleicht lag es an meiner dummen Bemerkung, die ich ihm an den Kopf geworfen hatte, kurz bevor der Präsident hier aufgetaucht war. Warum nur musste ich mein Herz auf der Zunge tragen? Im Grunde wäre es eine hervorragende Idee, auch weiter mit ihm zu schlafen. Wir waren zusammen in einem Keller mit einer Tüte voller Kondome eingesperrt. Ich konnte mir keinen Zeitvertreib vorstellen, der befriedigender wäre. Stattdessen taten wir etwas, was viel gefährlicher war, und unterhielten uns. Ich erzählte ihm von meiner Kindheit und er gab Geschichten darüber zum Besten, wie Cooper und er als Teenager in Schwierigkeiten geraten waren. Er berichtete mir von seiner Zeit bei der Air Force und von seiner Ausbildung zum Fallschirmspringer bei der Rettungsstaffel. Er gestand mir sogar, dass er während seines ersten Einsatzes eine Heidenangst ausgestanden hatte, als er beinahe einen Combat Controller verloren hatte, den sein Team retten sollte.

Es war einfacher, mich selbst zu belügen und so zu tun, als würde er mir nichts bedeuten, solange ich in ihm nur den ehemaligen Fallschirmspringer bei der Air Force sah, der heute als Agent bei einer Sicherheitsfirma arbeitete. Doch da ich Jaxon Cain nun kannte und wusste, wie mutig und großzügig er war, war es fast unmöglich, mein Herz aus der Sache herauszuhalten. Ich hätte nicht mit ihm schlafen sollen, aber ich bereute auch nicht, es getan zu haben. Obwohl ich nicht ins Gefängnis wandern würde, würde ich doch in mein trauriges, einsames Leben zurückkehren.

»Ich habe noch eine Flasche Wasser für dich«, sagte ich.

Plötzlich hörte ich einen Laut an der Eingangstür und

warf instinktiv einen Blick auf die Monitore der Überwachungskameras. Alle drei Bildschirme waren schwarz und ich hatte den Außenalarm nicht gehört. Wahrscheinlich verlor ich nach mehreren Tagen im Keller langsam den Verstand. Ich entwickelte nicht nur eine blühende Fantasie und malte mir eine Welt aus, in der Jaxon und ich uns ineinander verliebten und glücklich bis ans Ende unserer Tage lebten, ich hörte zudem seltsame Geräusche. Als ich den Laut jedoch erneut vernahm, wusste ich, dass ich nicht verrückt war. Um den Eindringling nicht auf mich aufmerksam zu machen, verzichtete ich darauf, Jasmin etwas durch die Badezimmertür zuzurufen. Verzweifelt suchte ich den Raum nach etwas ab, was ich als Waffe benutzen konnte. Die Schreibtische waren leer und auf dem Esstisch lagen lediglich ein paar Fast-Food-Verpackungen herum. Dann erinnerte ich mich daran, dass Jaxon mir von einer Waffe erzählt hatte, die sie für den Notfall im Schrank aufbewahrten. Er hatte mich ermahnt, die Finger davon zu lassen, da sie geladen war.

Ich lief ins Schlafzimmer, durchsuchte den Schrank und fand schnell die Pistole. Der schwere Metallgriff fühlte sich kalt in meiner Hand an. Ich entsicherte die Waffe und eilte zurück in den Hauptraum. Als ich sie anhob, betete ich, dass ich nicht zu sehr zitterte, um wenn nötig abzudrücken. Jasmin befand sich nach wie vor im Badezimmer. In ihrem Zustand würde sie sich kaum wehren können. Im nächsten Moment wurde die Tür aufgestoßen und ich hielt den Atem an.

»Was zum Teufel soll das?«

Ich blinzelte ein paarmal, um mich zu vergewissern,

dass ich nicht halluzinierte. Dann geriet ich ins Schwanken.

»Nimm die Waffe runter.«

Ich blinzelte erneut, doch nun vernebelten die Tränen mir die Sicht.

»Vi, Baby, nimm die Waffe runter.« Ich konzentrierte mich auf die Männer vor mir und bemühte mich vergeblich, meine Atmung zu beruhigen. »Es ist alles in Ordnung.« Jaxon riss mir die Waffe aus den zitternden Händen und zog mich in seine Arme. Mit einem Schluchzen schmiegte ich mich an seine Brust und atmete seinen Duft ein, der mir wie immer ein Gefühl der Sicherheit vermittelte. »Atme tief durch, Vi.« Ich hatte gar nicht bemerkt, dass ich die Luft angehalten hatte.

Warum war Declan hier? Warum hatten sie ihn hierhergebracht?

»Du hast es versprochen«, jammerte ich. »Du hast versprochen, dass du ihm nichts erzählen würdest.«

»Baby, er ist zu uns gekommen«, erklärte Jaxon und drückte mir einen Kuss auf den Kopf.

Ich hörte, wie Zane etwas in einem wütenden Tonfall sagte, woraufhin Jasmin antwortete. Zum ersten Mal, seit ich ihr begegnet war, klang sie unsicher.

»Gib nicht ihr die Schuld. Sie hat nichts falsch gemacht. Ist es etwa verboten, zur Toilette zu gehen? Sie kann nichts dafür, dass ich mir die Waffe geschnappt habe.« Jasmin sah mich überrascht an und wollte etwas erwidern, doch ich kam ihr zuvor. »Ich wollte sie nicht durch die Tür anschreien, um den Einbrecher nicht auf mich aufmerksam zu machen.«

»Ich kann wohl kaum in mein eigenes verdammtes Gebäude einbrechen«, blaffte Zane.

»Ich wusste nicht, dass du es bist«, entgegnete ich und spürte, wie Jaxon am ganzen Körper bebte. Ich hob den Kopf und sah, dass er lachte. »Was ist so lustig?«

Statt mir zu antworten, schüttelte er lächelnd den Kopf und küsste mich auf die Stirn. »Geht es dir gut?«

»Nein«, antwortete ich aufrichtig. Mir ging es nicht gut. Der einzige Mensch, vor dem ich meine Schandtaten hatte verheimlichen wollen, stand drei Meter von mir entfernt. Ich war noch nicht bereit, meinem Bruder gegenüberzutreten.

»Willst du dich eine Weile ins Schlafzimmer zurückziehen?«, fragte Jaxon.

Ich dachte über sein Angebot nach. Am liebsten hätte ich es angenommen und mich vor meinem Leben und dem Rest der Welt versteckt. Aber das war nicht möglich. Ich musste für meine Taten geradestehen. Es war an der Zeit, mich meinem Bruder zu stellen und mich zu entschuldigen.

»Nein. Ich muss es tun.«

»Wie fandest du die Reaktion?«, fragte Eric mit einem Lachen. Ich hatte keine Ahnung, wovon er sprach, aber es war mir im Moment auch egal.

»Wenn die kleine Miss Annie Oakley bereit ist, können wir uns dann bitte alle setzen?«, presste Zane hervor.

Eigentlich gab es nichts zu lachen, doch ich verzog unwillkürlich die Lippen zu einem Grinsen.

»Er wird jedes Mal mürrisch, wenn man mit einer

Waffe auf ihn zielt«, flüsterte Jaxon mir verschwörerisch zu.

»Ich werde mehr als eine Waffe auf euch richten, wenn ihr euch nicht bald alle an den Tisch setzt«, knurrte Zane.

Ich presste die Lippen zu einer dünnen Linie zusammen. Es gelang mir, ein Kichern zu unterdrücken, bis Jasmin in schallendes Gelächter ausbrach und Eric mit einstimmte. Schließlich konnte ich nicht mehr an mich halten. Es tat gut, zu lachen. All die Anspannung fiel von mir ab und ich hielt mir den Bauch. Je mehr ich dagegen ankämpfte, desto mehr musste ich lachen.

Mein Leben war völlig auf den Kopf gestellt worden und ich konnte nichts weiter tun, als darüber zu lachen. Jaxon festigte seinen Griff um meine Hand und ich fragte mich, wann er sie gepackt hatte. Ich sah zu ihm auf und bemerkte, dass er mich anstarrte. Seine blauen Augen hatten sich genauso verdunkelt wie vor ein paar Tagen, als er mich entkleidet hatte. Als ich hochrot anlief, umspielte ein Lächeln seine sinnlichen Lippen. Der Mistkerl wusste genau, welche Wirkung er auf mich hatte. Er zog mich ruckartig an sich, und ich legte eine Hand an seine Brust, um nicht mit ihm zusammenzuprallen. Langsam beugte er sich vor und flüsterte mir ins Ohr: »Weißt du eigentlich, wie sexy du bist, wenn du lachst?« Ich schüttelte nur den Kopf und er fuhr fort: »Heute Nacht gehörst du mir.«

Mir lief ein erregender Schauer über den Rücken, als jemand sich räusperte und mich daran erinnerte, dass wir nicht allein waren. Ich konnte Jaxon schlecht anflehen, mich sofort mit ins Schlafzimmer zu nehmen und seine Worte wahr zu machen.

Als wir uns umdrehten, saßen die anderen bereits am

Tisch. Mein Blick fiel auf Declan. Seit dem Interview vor einem Jahr schien er um fünf Jahre gealtert zu sein. Sein Haar war länger und er wirkte erschöpft. Ich tat das, was ich schon bei unserer letzten Begegnung hatte tun wollen, und musterte ihn eindringlich. Wir hatten die gleichen Augen und die gleiche Haarfarbe. Die Ähnlichkeit war nicht zu leugnen.

»Wusstest du, dass ich deine Schwester bin, als ich dich interviewt habe?«, fragte ich ungeachtet der Tatsache, dass Abe mir bereits von dem Tattoo auf seiner Brust erzählt hatte.

»Ja.« Seine Stimme zauberte mir ein Lächeln ins Gesicht. Ich wünschte, ich hätte sie während meiner Kindheit jeden Tag gehört.

»Wann hast du es herausgefunden?«

»Ich glaube, ich wusste schon immer, dass ich eine Schwester habe. Als ich klein war und noch in einer Pflegefamilie lebte, hatte ich eine Puppe mit roten Haaren. Ich habe mit ihr geschlafen und sie überall mit mir herumgeschleppt. Glaub mir, für einen kleinen Jungen mit einer Puppe war das Leben nicht gerade leicht, aber eine meiner Pflegemütter hatte mir erzählt, dass sie meiner Schwester gehört hatte. Irgendwann habe ich sie bei einem Umzug verloren. Das war lange bevor ich schließlich von Bryan und Elizabeth adoptiert wurde. Als ich älter wurde, war ich mir nicht mehr sicher, ob ich mir die Schwester nur eingebildet hatte, um mir über die schwere Zeit hinwegzuhelfen. Aber als ich mich mit achtzehn bei den Marines verpflichtete, verlangte das Personalbüro meine Geburtsurkunde und Adoptionsunterlagen. Da es sich nicht um eine Inkognitoadoption handelte, waren die

Dokumente leicht zu beschaffen. Darin stand, dass ich eine Zwillingsschwester hatte. Danach war es ein Leichtes, dich zu finden.«

»Was meinst du damit? Du hast mich gefunden?«, fragte ich.

»Ich hatte den Namen und die Adresse deiner Adoptiveltern ausfindig gemacht. Bevor ich die Grundausbildung angetreten habe, bin ich nach Denver geflogen, wo du damals gelebt hast, und habe dich gesehen.«

»Warum hast du dich nicht zu erkennen gegeben?«

Das Blut rauschte mir in den Ohren und mein Schädel begann zu pochen. Ich hätte ihn schon vor all den Jahren kennenlernen können. Er hatte mich gefunden. Ich verstand nicht, warum er nichts gesagt hatte.

»Du warst so glücklich. Ich habe dich ein paar Tage lang beobachtet. Im Haus deiner Eltern fand eine große Party statt. Ich saß draußen in meinem Wagen und habe zugesehen, wie die Gäste kamen und gingen. Als ich gerade den Mut aufbrachte, an die Tür zu klopfen, kamst du mit deinen Eltern vor die Tür, um auf dem Rasen für Fotos zu posieren. Deine Mutter und dein Vater hatten dich flankiert und die Arme um dich gelegt. Ihr alle hattet ein so strahlendes Lächeln im Gesicht. Der Anblick hat mich fast umgebracht, und ich konnte es nicht tun. Ich hatte zu viel Angst davor, das perfekte Leben zu zerstören, das du scheinbar geführt hast. Und all das nur, weil ich dich kennenlernen wollte. Also bin ich davongefahren. Ich dachte, ich würde dich nie wiedersehen, es sei denn, du würdest nach mir suchen und mich ausfindig machen. Doch das hast du nie getan.«

In seinen Worten schwang kein vorwurfsvoller

Unterton mit, er schien einfach nur niedergeschlagen. Es tat mir im Herzen weh, dass er geglaubt hatte, ich würde nichts von ihm wissen wollen oder er könnte mein Leben ruinieren.

»Das war der Tag meiner Abschlussfeier. Ich wünschte, du wärst zu uns gekommen. Bis kurz vor deinem Undercover-Einsatz wusste ich nichts von dir«, erwiderte ich.

»So wie du mich während des Interviews angestarrt hast, dachte ich mir schon, dass du Bescheid wusstest. Aber du hast mich nicht darauf angesprochen.«

»Du standest kurz davor, im Ausland unterzutauchen. Ich fand nicht, dass das der richtige Zeitpunkt für eine Familienzusammenführung war, denn ich wollte dich nicht durcheinanderbringen. Für deine Ermittlungen brauchtest du einen klaren Kopf.«

»Warum jetzt?«, fragte Eric. »Warum bist du ausgerechnet jetzt in die Staaten zurückgekommen?«

»Ich wurde von einem Mann namens Tex kontaktiert. Er sagte, Violet sei in Gefahr und ich solle mit Zane sprechen.«

»Dann hast du einfach so deine Tarnung auffliegen lassen und bist hierher zurückgereist? Du hättest auch einfach anrufen können«, bemerkte Zane.

»Ich habe von Peru aus Nachforschungen angestellt, aber bei allem Respekt, sie ist *meine* Schwester.« Um seinen Worten Nachdruck zu verleihen, deutete er auf sich selbst. »Scheiß auf meine Tarnung. Ich musste mich selbst davon überzeugen, dass sie in Sicherheit ist. Wie weit seid ihr mit euren Recherchen? Habt ihr Ortega bereits aufgespürt?«

Mein Bruder war hier. Er war gekommen, um sich zu vergewissern, dass es mir gut ging. Ich griff unter dem Tisch nach Jaxons Hand, um mich zu erden. Nachdem ich nun wusste, dass mein Bruder mich seinem Auftrag vorgezogen hatte, schwebte ich auf Wolke sieben.

KAPITEL ZWANZIG

JAXON

»Was zum Teufel hast du gesagt? Dieser Wichser hat meine Schwester zum Verkauf angeboten?«, knurrte Declan.

Zane hatte ihm gerade von Ortegas Machenschaften erzählt und ihn wissen lassen, dass ein Käufer bereits sein Interesse bekundet hatte.

»Ich werde diesen Schwanzlutscher bei lebendigem Leib ausweiden«, fuhr Declan fort.

»Hast du eine Ahnung, warum Ortega so scharf auf dich ist?«, wollte Jasmin wissen. Sie war ein bisschen blass um die Nase und ich fragte mich, ob sie sich eine Grippe eingefangen hatte.

Declan lehnte sich in seinem Stuhl zurück und ließ den Nacken rollen. Dann sah er Violet an, bevor er den Blick abwandte und zu erzählen begann. »Vor fünf Jahren haben mein Team und ich Ortega bis nach Brasilien verfolgt. Als wir in sein Haus eindrangen, fanden wir darin eine Frau und einen kleinen Jungen vor, die Sprengstoffgürtel um den Körper geschnallt hatten. Wir befahlen ihnen, stehen zu bleiben, doch sie hörten nicht auf uns und kamen auf uns zu. Schließlich hatten wir keine andere Wahl und mussten sie ausschalten.«

»Wer waren die Frau und das Kind?«, fragte Violet.

»Seine Ehefrau und sein Sohn«, bestätigte Declan, was wir alle längst vermutet hatten. Männer wie Ortega waren feige und versteckten sich gern hinter anderen.

»Du warst derjenige, der geschossen hat«, vermutete ich.

»Ja.« Die Frage nach Ortegas Motiv war damit geklärt. Der Mann war auf Rache aus. Er wollte Declan genauso leiden lassen, wie er selbst während der vergangenen Jahre gelitten hatte. Und dafür brauchte er Violet.

»Scheiße«, sagte Zane, als Eric einen Pfiff durch die Zähne ausstieß.

»Wie weit sind Tex und Garrett mit ihrer Arbeit? Haben sie ihn schon aufgespürt?«, wollte ich wissen.

»Er ist untergetaucht. Sein letzter bekannter Aufenthaltsort ist Duque de Caxias in Brasilien«, antwortete Zane.

»Dann beginne ich dort mit der Jagd«, verkündete Declan.

»Warte. Denkst du, es ist klug, allein zu gehen? Du kennst doch sicher das Sprichwort: Einer ist keiner. Du brauchst Verstärkung«, sagte Violet.

Ein Soldat wie Declan hätte kein Problem damit, Ortega im Alleingang aufzuspüren. Aber Violet hatte recht. Es wäre besser, wenn er Verstärkung hätte.

»Ich werde ihn begleiten«, bot ich an.

Es gefiel mir zwar nicht, Violet verlassen zu müssen, aber ich wusste, dass die anderen sie beschützen würden. Und der Gedanke, Ortega zur Strecke zu bringen, war verlockend.

»Eric wird mit euch gehen. Jasmin und Linc sowie Leo und Olivia können abwechselnd auf Violet aufpassen«, sagte Zane.

Violet festigte den Griff um meine Hand und versteifte sich. »Es wird dir nichts passieren«, versicherte ich ihr.

»Es ist … äh … vielleicht keine gute Idee, wenn Leo und Olivia hierherkommen. Leo ist nicht gerade gut auf mich zu sprechen«, stammelte sie.

»Leo würde nie zulassen, dass dir etwas zustößt«, erklärte ich.

»Er bellt nur und beißt nicht«, fügte Jasmin hinzu.

»Warum sagt ihr das alle?«, wollte sie wissen und stieß ein Schnauben aus. »Ich habe seine Dienstakte gelesen.«

Unwillkürlich fragte ich mich, ob sie auch meine Akte gelesen hatte und was sie von mir hielt. Sowohl meine Zeit beim Militär als auch bei Z Corps war nicht gerade blütenrein. Falls Violet Informationen über unsere Regierungsaufträge gefunden hatte, dann würde sie sowohl über unsere Einsatzorte als auch über die Personen, die wir ausgeschaltet hatten, Bescheid wissen. Ich war stolz auf die Arbeit, die mein Team und ich leisteten. Keiner von uns hatte je das Leben eines Unschuldigen genommen, aber die Anzahl der Menschen, die ich getötet hatte, sah auf dem Papier sicher nicht gut aus.

»Du hast von Leo nichts zu befürchten, es sei denn, du bist der Feind.« Zane verzog die Lippen zu einem überheblichen Grinsen und zog eine Augenbraue in die Höhe.

»Bist du der Feind, Plaudertasche, oder hast du deine Lektion gelernt und wirst in Zukunft davon absehen, mit Terroristen zusammenzuarbeiten?«

Bevor ich Zane Einhalt gebieten konnte, stieß Declan ein Knurren aus. »Dein Ton gefällt mir nicht, Lewis«, bemerkte er.

»Oh gut, dann könnt ihr beide ja zum nächsten Schwanzvergleich übergehen«, lachte Eric. »Vielleicht kann ich noch ein paar Erfrischungen holen, bevor ihr loslegt.«

»Wenn Zane sein Ding rausholt, muss ich mich übergeben«, sagte Jasmin lachend. »Hör zu, Declan, deine Schwester hat Mist gebaut. Ich denke, sie ist sich mittlerweile bewusst, wie schwerwiegend ihre Vergehen sind. Bisher haben wir sie beschützt und werden es auch weiterhin tun. Zane ist nun einmal Zane und wird alles bis auf den letzten Winkel durchleuchten. Wenn er nicht wüsste, dass sie Jaxon etwas bedeutet, und wenn er glauben würde, sie hätte ihr Land verraten, um irgendeinen Nutzen daraus zu schlagen, dann würde er überhaupt nicht mit ihr sprechen. Sie würde längst in irgendeinem Loch verrotten. Tatsächlich hat Zane einige Gefallen eingefordert und dafür gesorgt, dass deine Schwester nicht nur lebend, sondern auch straffrei aus der Sache herauskommt. Und das ist bemerkenswert, denn Zane ist anderen nur ungern einen Gefallen schuldig. Also, bevor du dich jetzt als großer Bruder aufspielst … Du bist doch drei Minuten älter als Violet, nicht wahr?« Als Declan nickte, fuhr Jasmin fort: »Also, großer Bruder, wenn du das Ganze objektiv betrachtest, dann würdest du erkennen, dass wir auf ihrer Seite stehen. Du solltest froh sein, wenn er sie nur Plaudertasche nennt und ihr nicht dieselben Schimpfwörter wie vor ein paar Tagen an den Kopf wirft.«

Was zum Teufel hatte Jasmin gerade gesagt? Zane hatte einige Gefallen eingefordert, um Violet zu helfen? Verdammte Scheiße. Ich war mir nicht sicher, ob ich mich bei ihm bedanken sollte oder wütend war, weil ich hier unten festsaß und im Dunkeln tappte. Als ich jedoch spürte, wie Violet sich neben mir entspannte, erinnerte ich mich daran, dass ich es vorzog, mit ihr im Keller eingesperrt zu sein.

»Wir müssen eine Strategie ausarbeiten. Aufbruch ist um sechs Uhr morgen früh. Ich werde alles vorbereiten«, erklärte Zane, bevor er sich an Declan wandte. »Violet darf diesen Keller nicht verlassen. Du kannst gern ein paar Stunden bei ihr bleiben, damit ihr beide euch kennenlernen könnt, aber ich würde es vorziehen, wenn Jaxon ebenfalls anwesend ist.«

»Sehr gern, wenn es Jaxon und Violet nichts ausmacht.«

Jaxon und Violet.

Es war schön, mit ihr in einem Atemzug genannt zu werden. Später würde ich mich mit ihr unterhalten müssen. Es war an der Zeit, klare Verhältnisse zu schaffen. Ich musste unbedingt wissen, wie sie zu uns beiden stand, und wollte ihr verständlich machen, dass unsere gemeinsame Zeit für mich keineswegs bedeutungslos war.

»Das würde mir gefallen«, erwiderte Violet.

Eric, Jasmin und Zane erhoben sich, als Letzterer sagte: »Ich nehme Jasmin und Eric mit in die Zentrale und lasse euch den Suburban hier. Hast du eine Unterkunft?«, fragte er Declan.

»Darüber habe ich mir noch keine Gedanken gemacht. Ich nehme mir ein Hotel oder schlage irgendwo ein Zelt auf. Ich komme schon zurecht«, antwortete er.

»Komm später in der Zentrale vorbei. Du kannst heute in meinem Penthouse übernachten. Dann gehen wir den Lagebericht durch und ich bringe dich auf den neuesten Stand. Ich will vermeiden, dass du bei einem Einsatz unter meiner Leitung zu Tode kommst. Die CIA könnte mir den Verlust eines ihrer Agenten in Rechnung stellen. Und wo wir gerade beim Thema Spione sind: Du solltest dir wirklich einen neuen Arbeitgeber suchen. Diese ganze verdammte Behörde ist im Arsch.«

»Bietest du mir etwa einen Job an?«, fragte Declan und lachte leise. »Diese Idioten haben mir noch nicht einmal die Lebenshaltungskostenerhöhung von zwei Prozent gegeben.«

»Falls du lebend zurückkommst, brauche ich vielleicht noch einen Hausmeister.« Zane warf Declan einen Schlüsselbund zu und legte ein Handy vor ihm auf den Tisch. »Es ist abhörsicher. Die Nummern aller Teammitglieder sind einprogrammiert. Ruf mich an, sobald du auf dem Weg in die Zentrale bist, ich hole dich dann am Eingang ab.«

»Alles klar. Und danke.« Declan stand auf und reichte Zane die Hand. »Für alles.«

Die anderen machten sich auf den Weg zur Tür. Bevor Jasmin den Raum verließ, drehte sie sich noch einmal zu Violet um. »Danke. Und vergiss nicht, die Salbe auf die

Schusswunde aufzutragen, damit sich keine Narbe bildet.«

»Verdammt, danke, dass du mich daran erinnerst. Ich werde Jax bitten, das später zu erledigen.«

Nachdem Jasmin die Tür hinter sich geschlossen hatte, wandte Declan sich mir zu. »Schusswunde?«

Violet riss die Augen auf und wirkte so erschrocken wie eine Fünfjährige, die mit der Hand in der Keksdose erwischt worden war. Nachdem sie ihrem Bruder erzählt hatte, was im Südsudan vorgefallen war, wobei ich sie korrigierte, als sie versuchte, das Geschehene herunterzuspielen, schüttelte Declan nur den Kopf. Ich bewunderte seine Zurückhaltung, weil er ihr nicht die Leviten dafür las, dass sie Befehle missachtet und sich selbst in Gefahr gebracht hatte.

Für eine Weile herrschte eine unbeholfene Verlegenheit zwischen den Geschwistern, doch schon bald entspannten sie sich und Violet blühte auf. Es war ein wunderschöner Anblick, sie so lebhaft und fröhlich zu sehen, während sie Declan von ihrer Kindheit, ihrer Schulzeit, ihrem Studium und ihrer Arbeit beim FBI in der Abteilung für Verhaltensanalyse erzählte. Sie lachte über seine Geschichten und über einige weinte sie, doch im Großen und Ganzen waren die beiden glücklich, endlich zueinandergefunden zu haben.

Die Stimmung schlug jedoch um, als Declan wissen wollte, wie Timothy Clark sich ihr genähert hatte und was in den Monaten danach passiert war. Violet sackte förmlich in sich zusammen und ihr traten erneut Tränen in die Augen. Mittlerweile kannte ich sie gut genug, um zu wissen, dass sie glaubte, ihr Bruder würde nichts mehr mit ihr zu tun haben wollen, nachdem er die ganze Geschichte gehört hatte. Sie legte unter dem Tisch eine Hand in meinen Schoß und tastete nach meinen Fingern. Sobald sie sie gefunden hatte, umklammerte sie sie wie einen Rettungsanker. Es fühlte sich verdammt gut an, dass sie bei mir Kraft schöpfte.

Nachdem sie ihre Geschichte beendet hatte, blickte sie zu Declan auf und wartete mit tränenerfüllten Augen auf sein Urteil.

»Verdammte Scheißkerle!« Violet schreckte auf, als Declan mit der Faust auf den Tisch schlug. »Es tut mir so verdammt leid, Schwesterherz. Er wird für jede Minute, die du gelitten hast, bezahlen.«

»Wie bitte?«, fragte sie.

»Ich verspreche dir, dass ich diesen Mistkerl dafür bezahlen lassen werde«, wiederholte Declan.

»Dann bist du nicht wütend?«

»Oh, ich koche vor Wut. Sie haben dich benutzt, dir gedroht und deine Loyalität gegenüber mir und den anderen Agenten ausgenutzt. Ich bin durchaus wütend.«

In diesem Moment entschied ich, dass ich Declan Crenshaw mochte. Er war der Typ Mann, den ich gern näher kennenlernen würde.

»Auf mich?«, flüsterte sie.

Declan lehnte sich so weit zurück, dass er mit dem Stuhl auf den hinteren beiden Beinen balancierte, während er offenbar über seine Antwort nachdachte. Ich befürchtete schon, ich müsste meine Vermutung revidieren und würde den Mann doch nicht mögen. Dann beugte er sich wieder nach vorn und legte die Unterarme auf den Tisch.

»Nein, ich bin nicht wütend auf dich, sondern darüber, dass du meinetwegen in diese Situation geraten bist. Es schmerzt mich, dass ich nicht für dich da war und du die ganze Last allein geschultert hast. Aber tu so etwas nie wieder, Violet. Als ich mich freiwillig als Undercover-Agent gemeldet habe, wusste ich, worauf ich mich einlasse. So wie die anderen bin auch ich bereit, mein Leben für meinen Job zu geben. Nichtsdestotrotz will keiner von uns sterben, nur weil irgendein Arschloch es geschafft hat, unsere Tarnung auffliegen zu lassen.«

»Ich verstehe nicht, warum die CIA dich nach Lateinamerika zurückgeschickt hat, wenn die Leute dort wussten, wer du bist. Sie würden dich zwangsweise wiedererkennen. Das ist dumm«, sagte sie.

»Bei dem Auftrag sollte ich nie verbergen, dass ich Soldat war. Vielmehr habe ich mich als Überläufer getarnt. Falls jemand Erkundigungen über mich einholen wollte, würde er herausfinden, dass ich meinen Tod vorgetäuscht habe, um die Marines zu verlassen. Das Gleiche gilt für Ortega. Er war einst Mitglied der bolivianischen Armee, doch er wurde entlassen, als sein Vorgesetzter ihn beim Drogenschmuggel erwischte. Danach war seine Loyalität leicht zu erkaufen. Ich habe meine Tarnung nach seinem Beispiel gestaltet. Es funktionierte. Ich konnte das Drogenkartell mithilfe menschlicher Drogenkuriere infiltrieren.«

»Oh. Es tut mir leid, dass du wegen dieser Sache von deinem Auftrag abgezogen wurdest«, bemerkte Violet.

»Meine Tarnung war ohnehin aufgeflogen. Ortega weiß, dass ich immer noch mit der Regierung zusammenarbeite.«

Mein Handy vibrierte in meiner Tasche. Ich zog es heraus und warf einen Blick auf das Display. Es war Zane.

»Ja«, meldete ich mich.

»Du solltest irgendwohin gehen, wo Violet dich nicht hören kann«, sagte er.

Ich entschuldigte mich und zog mich ins Schlafzimmer zurück. Sobald ich die Tür hinter mir geschlossen hatte, fragte ich: »Was ist los?«

»Ortega hat sechs Namen veröffentlicht. China, Kolumbien, Somalia, Malaysia und die Türkei.«

»Wie schlimm?«, wollte ich wissen.

»Es ist nicht schön. Der Agent in China wurde mit durchgeschnittener Kehle auf den Stufen der amerikanischen Botschaft gefunden. Der in Kolumbien wurde ausgeweidet und mit Heroin vollgestopft. In Somalia wurde der Mann an einer Überführung aufgehängt. Über Malaysia und die Türkei ist noch nichts bekannt. Die CIA hat zwei Einsatzteams losgeschickt.«

Mein Gott.

»Das sind fünf, aber du hast sechs erwähnt«, erinnerte ich ihn.

»Declans Name wurde ebenfalls veröffentlicht. Das wirft ein neues Problem auf. Ich denke, er sollte hier bei Violet bleiben und ich schicke Panther als Ersatz.«

»Ich bin ganz deiner Meinung, aber er wird ganz sicher nicht hierbleiben wollen. Er war bereits ganz wild darauf, Ortega zu finden. Wenn er von den toten Agenten erfährt, wird ihn nichts mehr zurückhalten können.«

»Verdammte Scheiße.«

»Würdest du an seiner Stelle hierbleiben?«, fragte ich.

»Auf keinen Fall.«

»Dann zolle ihm Respekt, indem du ihm den Vorschlag gar nicht erst unterbreitest.«

»Ich hasse dieses ganze Durcheinander. Genieße die Nacht mit deiner Frau. Ende.«

Zane legte auf und ich überlegte, wie ich Declan informieren konnte, ohne Violet zu alarmieren. Ich würde ihr auf keinen Fall erzählen können, was passiert war, aber ich wollte sie auch nicht anlügen. Allerdings war ich der Auffassung, dass das Verschweigen der Wahrheit nicht unbedingt einer Lüge gleichkam. Als ich zurück in den Hauptraum ging und sah, wie Violet gerade über etwas lachte, was Declan gesagt hatte, bestärkte mich das in meinem Entschluss, sie im Dunkeln zu lassen. Ich wollte ihren Moment des Glücks nicht zerstören.

»Ist alles in Ordnung?«, fragte sie, als ich mich zurück an den Tisch setzte.

»Ja«, erwiderte ich mit einem Lächeln. »Also, Declan, erzähl uns, warum deine Kameraden dich Flower nennen.« Ich wechselte schnell das Thema und freute mich, als der Mann errötete.

Er erzählte uns die Geschichte von seiner Tätowierung und Violet strahlte wie erwartet. Es würde die Hölle sein, sie morgen zu verlassen.

Als Declan sich ein paar Stunden später verabschiedete, sagte ich Violet, dass ich ihren Bruder hinausbegleiten und gleich zurück sein würde.

Declan war nicht auf den Kopf gefallen. Sobald wir die letzte Sicherheitstür erreichten, wandte er sich mir zu. »Was gibt es Neues?«

»Einige der Namen wurden veröffentlicht. Zane wird dich umfassend informieren. Bisher gibt es drei Todesopfer und zwei Vermisste. Dein Name wurde ebenfalls bekannt gegeben.«

»Scheiße! Wir wussten, dass es nur eine Frage der Zeit sein würde.«

»Pass auf dich auf, Bruder«, sagte ich und reichte ihm die Hand.

Er packte sie mit festem Griff. »Danke, dass du auf sie aufpasst.«

»Du musst mir nicht danken. Es ist … kompliziert.«

Er stieß ein humorloses Lachen aus. »Darauf wette ich. Ich würde dir gern sagen, dass ich dir die Hölle heißmache, falls du ihr wehtust, aber …« Er hielt einen Moment inne und räusperte sich. »Es bringt mich fast um, das zu sagen, aber ich glaube, du kennst sie besser als ich. Das ist ziemlich beschissen, nicht wahr?«

»Das ist es. Aber ihr werdet noch genügend Zeit haben, um euch besser kennenzulernen. Seit ich ihr begegnet bin, hat ihre einzige Sorge dir und den anderen Agenten auf der Liste gegolten. Du wärst stolz auf sie gewesen. Als Zane sie zusammengestaucht hat, ist sie standhaft geblieben und hat ihm die Stirn geboten. Und als der Präsident der Vereinigten Staaten sie besuchte, hat sie die Schultern gestrafft und ist nicht von ihrer Überzeugung abgewichen. Ich war verdammt stolz auf sie. Zudem war sie gezwungen, der Frau gegenüberzutreten, die wegen der Informationen, die Violet weitergegeben hatte, entführt wurde. Aber auch in diesem Fall hat deine Schwester sich nicht beirren lassen. Und sie hat Jasmin das Leben gerettet und vorhin war sie erneut bereit, für sie in die Bresche zu springen. Violet ist durchaus in der Lage, ihre Frau zu stehen. Zugegebenermaßen war ich anfänglich nicht gerade begeistert davon, eine Verräterin beschützen zu müssen. Ich habe versucht, gegen meine Gefühle für sie anzukämpfen, und habe mir einen Haufen Ausreden einfallen lassen, warum ich nicht mit ihr zusammen sein sollte. Ich bin mir immer noch nicht sicher, ob es eine gute Idee ist, aber ich will es versuchen.«

»Was du nicht sagst ...« Er schüttelte den Kopf und verzog die Lippen zu einem verschmitzten Lächeln. »Ich werde jetzt gehen, damit du noch etwas Zeit mit ihr verbringen kannst. Bis später.«

Er nickte mir zum Abschied zu und machte sich auf den Weg zu dem Geländewagen, den Zane ihm zur Verfügung gestellt hatte.

Ich wartete nicht, bis er weggefahren war, sondern eilte die Treppe hinunter, wobei ich mich für das Gespräch wappnete, das Violet und ich führen mussten.

»Wir müssen reden«, sagte ich, als ich durch die Tür trat.

Ich beobachtete, wie ihr Lächeln erstarb und sie sich zurück auf ihren Stuhl fallen ließ.

Verdammt! Auf diese Weise wollte ich die Unterhaltung nicht beginnen.

KAPITEL EINUNDZWANZIG

VIOLET

So langsam waren mir diese Worte zuwider. Als ich sie das letzte Mal aus seinem Mund gehört hatte, war es mit unserem sinnlichen Vergnügen vorbei gewesen. Außerdem schwebte ich nach dem Treffen mit meinem Bruder auf Wolke sieben und wollte mir das Hochgefühl nicht verderben lassen.

»Ich will nichts hören, falls du schlechte Nachrichten für mich hast«, sagte ich. Er versteifte sich augenblicklich, doch dann fing er sich und entspannte sich wieder.

»Es ist nichts Schlimmes. Zumindest hoffe ich das. Wir müssen über eine Bemerkung reden, die du vor ein paar Tagen geäußert hast. Ich hätte es schon früher ansprechen sollen, doch ich wusste nicht wie.«

»Okay«, erwiderte ich gedehnt, doch ich war mir nicht sicher, ob ich wollte, dass er fortfuhr.

Ich hatte es genossen, ihn näher kennenzulernen, und sei es auch nur auf einer freundschaftlichen Ebene. Doch nun befürchtete ich, ich könnte ihn irgendwie beleidigt haben.

»Du sagtest, du wüsstest, was Sache ist. Ich denke, ich habe deutlich gemacht, dass unsere gemeinsame Zeit für mich nicht bedeutungslos war. Doch bevor wir unsere Unterhaltung beenden konnten, wurden wir unterbrochen.«

Verdammt. Er wollte jetzt wirklich über dieses Thema sprechen. Ich überlegte verzweifelt, was ich erwidern könnte, ohne gleich wie eine Idiotin zu klingen.

»Violet?«

»Ja?«

»Bitte sieh mich an.« Er wartete, bis ich seinem Blick begegnete. Verdammt, seine Augen waren so sexy. »Du sagtest, dir sei klar, dass die Sache zwischen uns nichts zu bedeuten hatte.« Die letzten Worte spuckte er förmlich aus, als hinterließen sie einen schlechten Geschmack auf seiner Zunge. »Empfindest du wirklich so? War es für dich bedeutungslos?«

Plötzlich zog ich es vor, auf meine Fingernägel zu starren, statt den unverhohlenen Ausdruck der Enttäuschung in Jaxons Gesicht zu sehen. Ich zupfte an meiner Nagelhaut und wog meine Möglichkeiten ab. In letzter Zeit hatte ich häufiger das kleinere Übel wählen müssen, da es letztendlich keine richtige Entscheidung gab. Ich hätte lügen und ihm weismachen können, dass unser Abenteuer bedeutungslos war, um sowohl mein Herz als auch meinen Verstand zu schützen. Oder ich hätte ihm die Wahrheit sagen können, doch damit wäre ich vielleicht verletzt worden, falls er mich zurückgewiesen hätte. Er wartete immer noch auf meine Antwort. Je länger das Schweigen zwischen uns andauerte, desto unangenehmer wurde es.

»Ich verstehe«, sagte er schließlich.

Ohne aufzublicken, erwiderte ich: »Nein, das tust du nicht.« Ich atmete tief durch und wagte den nächsten Schritt. »Ich habe es nur gesagt, weil ich dachte, dass es dir nichts bedeutet hatte. Da ich diese Worte nicht aus deinem Mund hören wollte, habe ich sie dir zuerst an den Kopf geworfen. Ich bin einfach in Panik geraten.«

»Also … war es nicht bedeutungslos für dich?«, fragte er vorsichtig.

Offenbar wollte er mich dazu bringen, es auszusprechen. »Nein, es hat etwas bedeutet.«

»Gott sei Dank.«

Er kam auf mich zu, ergriff meine Hände und zog mich auf die Füße.

»Es hat mir auch etwas bedeutet.« Zärtlich presste er seine Lippen auf meine. Als er den Kopf wieder zurückzog, hatte ich bereits wackelige Beine.

»Wow«, hauchte ich.

»Ich reise morgen ab«, sagte er.

»Ich weiß.«

»Das bringt mein Job mit sich. Manchmal habe ich Wochen, um mich vorzubereiten, manchmal nur Stunden.«

»Okay.«

»Ich kann dir keine Versprechungen machen, denn mein Leben ist zu unberechenbar. Aber das heißt nicht, dass die Zeit, die wir zusammen haben, bedeutungslos ist.«

Offenbar hatte der Kuss mich verwirrt, denn ich war wie berauscht. »Ich verstehe nicht ganz«, gestand ich.

»Komm schon. Manche Dinge erklärt man besser mit Taten statt mit Worten.«

Er ergriff meine Hand und führte mich ins Schlafzimmer. Dort zeigte er mir genau, was er mir zu sagen versuchte. Er liebte mich sanft und flüsterte mir zärtliche Worte ins Ohr, während er meine Erregung immer mehr steigerte, bis wir gemeinsam über den Abgrund der Ekstase fielen. Mein Herz hämmerte wild vor Glückseligkeit, und ich wusste genau, dass ich in Schwierigkeiten steckte.

»Verstehst du es jetzt?«, flüsterte er und drückte mich an sich.

»Ich glaube schon«, antwortete ich.

»Du glaubst es?«, lachte er. »Oh Baby, das wird nicht reichen. Ich will, dass du es weißt und tief in deinem Inneren spürst. Wenn ich morgen früh gehe, darf kein Zweifel daran bestehen, dass du mir die Welt bedeutest.«

Dann drückte er mich auf den Rücken und begann, meinen Hals zu liebkosen, bevor er seine Lippen an mein Schlüsselbein wandern ließ. Er leckte und saugte an meiner Haut, bis er meine Brüste erreichte.

»Ich liebe deine prallen Titten. So weich und perfekt. Eines Tages werde ich sie einölen und meinen Schwanz dazwischenschieben.« Ich bebte am ganzen Körper. Nie im Leben hätte ich geglaubt, dass die Vorstellung mich so sehr erregen könnte. »Wie ich sehe, gefällt dir der Gedanke. Deine hübschen Nippel beweisen es.«

Als er meine Brustwarze liebkoste, bäumte ich mich auf. »Oh Gott.«

»Sag es mir, Vi. Gefällt es dir, wenn ich dich mit der Zunge verwöhne?«

»Ja«, stöhnte ich.

»Gefällt es dir, wenn ich dich hier lecke?«, fragte er und liebkoste meine andere Brustwarze. »Oder hier?« Er ließ seine Lippen tiefer über meinen Bauchnabel wandern, bevor er an meiner Hüfte innehielt. »Oder willst du meine Zunge hier spüren?« Er spreizte meine Schenkel und strich mit der Zunge über meine Spalte.

»Verdammt«, stöhnte ich.

»Mm. Spreize deine Beine noch weiter, damit ich dich schmecken kann.«

Ich tat wie geheißen, woraufhin er mit den Daumen meine Schamlippen auseinanderzog und den Kopf senkte. Als er zusammenzuckte, packte er mich mit festem Griff.

»Ich liebe es, wie empfindsam du bist.«

Meine Reaktion hatte nichts mit meiner Empfindsamkeit, sondern alles mit ihm zu tun. Seine Berührung war elektrisierend.

Er leckte und saugte abwechselnd an meiner Klitoris und trieb mich damit in den Wahnsinn. Gerade wollte ich ihm sagen, dass ich nicht noch mehr ertragen könne, als er mit zwei Fingern in mich eindrang. Er stieß immer wieder zu, während er weiter meine Lustperle liebkoste, bis ich mich ihm mit Haut und Haaren ergab. Immer weiter trieb er mich auf den Gipfel der Glückseligkeit zu. Ich schrie auf und spannte meine Schenkel um seinen Kopf an, um mich ihm zu entziehen. Er verlangsamte seine Bewegungen und hob den Kopf an.

»So verdammt sexy. Dreh dich um, Baby. Ich will dich auf allen vieren vor mir sehen.« Etwas hatte sich in Jaxon verändert. Plötzlich schien seine Stimme tiefer und er strahlte eine dominante Präsenz aus. Er sah aus wie ein wildes Tier, das bereit war, sich auf seine Beute zu stürzen. Und ich konnte mich glücklich schätzen, dass ich diese Beute war.

Ich drehte mich um und stützte mich auf Händen und Knien ab. Als ich hörte, wie er hinter mir die Kondompackung aufriss, durchfuhr ein erregender Schauer meinen Unterleib.

Er packte meine Hüfte mit einer Hand und presste seine Eichel an mein Geschlecht, um sie mit meinem Honig zu benetzen. Dann drang er mit einem Stöhnen in mich ein.

»Du fühlst dich himmlisch an«, raunte er.

Er vergrub sich tief in mir, packte mein Haar und zog meinen Kopf zur Seite. Dann beugte er sich vor, um seine Wange an meine zu schmiegen.

»Ich werde dir die Zweifel aus dem Kopf ficken, Baby. Wenn ich mit dir fertig bin, wirst du nur noch mich spüren. Nur noch uns.«

Er ballte die Faust um mein Haar, zog sich zurück und stieß wieder tief in mich hinein. »Bist du bereit, Violet?«

»Ja.«

»Gut. Recke deinen süßen Arsch in die Höhe und halte dich gut fest.«

Als er mich zum zweiten Mal vernaschte, zeigte er mir eine ganz neue Seite von sich. Er zog mich an den Haaren, versohlte mir den Hintern und bescherte mir so viele Orgasmen, dass ich irgendwann aufhörte, sie zu zählen. Ich genoss beide Varianten seiner Erklärung, aber wenn ich mich für eine hätte entscheiden müssen, dann wäre es zweifellos der schmutzige Sex gewesen.

Als er fertig war, hatte ich auf jeden Fall verstanden, was er mir sagen wollte.

Er hatte sich für immer in meine Seele eingebrannt.

Unwiderruflich.

Am nächsten Morgen wachte ich auf und Jaxon war verschwunden.

* * *

»ÄH«, STAMMELTE ICH UND WICH ZURÜCK, WOBEI ICH MIT dem Kopf gegen den Türrahmen stieß.

»Mist! Ist alles in Ordnung?«, fragte ein Mann, den ich noch nie zuvor gesehen hatte.

»Äh.« Mir fehlten die Worte.

»Ich bin Linc«, stellte er sich vor. »Hast du die Nachricht gelesen, die Jaxon für dich hinterlassen hat?«

»Nachricht?«, wiederholte ich.

Nachdem der erste Schock verflogen war, fiel mir ein, dass ich schon einmal ein Bild von Lincoln Parker gesehen hatte. Sein fast schwarzes Haar trug er mittlerweile etwas länger als als SEAL und er war ein wenig älter. Aber er war nach wie vor bestens in Form und hatte stechend grüne Augen, die auf den Fotos nicht zur Geltung kamen. Jasmin Parker konnte sich glücklich schätzen. Je länger ich Linc musterte, desto deutlicher sah ich die Ähnlichkeit zwischen ihm und seinem Bruder. Zanes Haare waren zwar noch etwas dunkler und er war zudem ein paar Zentimeter größer, aber ihre Augen waren fast identisch.

»Jasmin wird gleich hier sein. Jax sagte, er würde dir eine Nachricht hinterlassen, damit so etwas nicht passiert.« Bei den Worten deutete er zwischen dem Türrahmen und mir hin und her.

»Oh. Ich habe keine Nachricht gesehen. Ich bin Violet«, erklärte ich, woraufhin ein Lächeln seine Lippen umspielte. Meine Güte.

»Das ist mir bewusst. Ich habe dir Donuts mitgebracht. Laut Jax magst du die von CoCo.«

»Oh mein Gott. Ich liebe sie. Danke.«

Ich griff ungeniert in die Schachtel, schnappte mir einen glasierten Krapfen und aß einen großen Bissen. »Das schmeckt himmlisch. Danke«, sagte ich kauend und hielt mir eine Hand vor den Mund.

»Ja, die sind wirklich gut«, erwiderte er lachend.

»Geht es Jasmin schon besser?«

»Nein. Als sie heute Morgen aufwachte, war ihr immer noch flau im Magen. Ich habe sie zum Arzt geschickt, denn ich glaube nicht, dass es an dem thailändischen Essen lag. Vermutlich hat sie sich eine Grippe eingefangen.«

»Es tut mir leid, dass du sie nicht begleiten konntest, weil du auf mich aufpassen musst.«

»Ich wollte ohnehin mit dir reden. Bisher hatte ich noch keine Gelegenheit, dir zu danken.«

»Wofür denn?«

»Für Afrika. Jasmin hat mir erzählt, was passiert ist.«

»Du musst mir nicht danken.« Ich wollte nicht an Afrika denken, denn dann erinnerte ich mich zwangsläufig an all die Ereignisse, die mich überhaupt erst dorthin geführt hatten.

»Blödsinn. Du hast eine Kugel für sie abgefangen. Das ist keine Kleinigkeit.«

»Es war nur ein Streifschuss. Nicht der Rede wert.«

»Meine Güte, du klingst wie Jax.«

Bei dem Gedanken an ihn schlug mein Herz sofort höher. »Du hast gesagt, er hat mir eine Nachricht hinterlassen?«, fragte ich und aß einen weiteren Bissen von dem Donut.

»Ja, sie müsste im Schlafzimmer liegen.«

Ich entschuldigte mich und ging ins Schlafzimmer, woraufhin Linc sich wieder seinem Laptop widmete. Tatsächlich lag auf dem behelfsmäßigen Nachttisch neben dem Bett ein Zettel. Ich nahm ihn und studierte Jaxons ordentliche Handschrift. Die Blockbuchstaben waren so kühn, sicher und prägnant wie seine Persönlichkeit.

Vi,

während ich diese Zeilen schreibe, beobachte ich dich im Schlaf. Ich habe daran gedacht, dich zu wecken, um mich von dir zu verabschieden, aber du siehst so friedlich aus, dass ich es einfach nicht übers Herz bringe, dich wach zu rütteln. Bevor ich gehe, will ich dich wissen lassen, was Sache ist. Ich möchte nicht, dass du dich fragen musst, wie ich zu dir stehe, und will vermeiden, dass es zu Missverständnissen zwischen uns kommt.

Ich hielt einen Moment inne, denn plötzlich war ich mir gar nicht mehr so sicher, ob ich weiterlesen wollte. Würde er mir jetzt einen Korb geben und mir erzählen, dass die Zeit mit mir zwar schön war, aber nicht mehr aus unserer Beziehung werden konnte? Ich wischte den Gedanken beiseite und las weiter.

Die letzte Nacht war unglaublich. Zumindest für mich. Und ich hoffe, dass sie es auch für dich war. Wenn ich zurück-

komme, müssen wir noch einiges klären, aber Tatsache ist, dass ich daran arbeiten will. Es ist nicht zu leugnen, dass da etwas zwischen uns ist, und ich würde gern herausfinden, was dieses Etwas ist und wohin diese Sache zwischen uns führen kann. Leider weiß ich nicht, wie lange ich weg sein werde, doch ich melde mich sobald wie möglich. Bitte habe jedoch Verständnis, falls ich dich nicht persönlich kontaktieren kann, aber ich werde dafür sorgen, dass jemand dich auf dem Laufenden hält.

Pass auf dich auf.

J

PS: Erschrick nicht, wenn du ins andere Zimmer gehst. Linc ist da.

Heiliger Strohsack! Heiliger Strohsack! Heiliger Strohsack!

Er hatte mir keinen Korb gegeben, sondern wollte herausfinden, wohin eine Beziehung führen könnte. Zumindest las ich das aus seiner Nachricht heraus. Ich überflog sie noch ein paarmal, um mich zu vergewissern, dass ich nichts übersehen hatte, aber mit jedem Mal wuchs meine Hoffnung etwas mehr. Es würde sicher nicht leicht werden, immerhin lebte er in Maryland und ich in Virginia. Aber es war nur eine einstündige Fahrt. Ganz sicher könnte es funktionieren.

Mit neu gewonnenem Elan faltete ich den Zettel sorgfältig zusammen und steckte ihn in meinen Rucksack. Vielleicht war es albern, aber ich wollte nicht den ersten Brief wegwerfen, den Jaxon mir geschrieben hatte. Er hatte mir darin zwar nicht gerade seine unsterbliche Liebe gestanden, aber er war dennoch etwas Besonderes. Im Nebenzimmer piepte ein Wecker und erinnerte mich daran, dass ich nach wie vor in einem Keller eingesperrt war und meine missliche Lage noch lange nicht überwunden hatte. Allerdings war der Gedanke, noch ein paar Wochen hier unten ausharren zu müssen, längst nicht mehr so erschreckend, solange Jaxon bei mir sein würde.

Wir konnten uns von der Welt abkapseln und so tun, als hätte es niemand auf mich abgesehen. Hier unten würde ich mir meine Hoffnungen und Träume bewahren können.

Ein Klopfen an der Tür ließ mich aufschrecken. Ich drehte mich um, als Jasmin gerade ihren Kopf ins Zimmer steckte.

»Hey, ich habe dir frischen Kaffee mitgebracht«, sagte sie in einem ungewohnt sanften Tonfall.

Sie war immer noch blass um die Nase und ihre Gesichtszüge schienen weicher als sonst.

»Danke. Das wäre doch nicht nötig gewesen.«

Sie stieß ein Schnauben aus und ihre Miene verhärtete sich augenblicklich. Das war die Jasmin, die ich kannte. »Nicht der Rede wert. Du solltest ihn trinken, bevor er kalt wird.«

Mit einem Nicken folgte ich ihr in den Nebenraum und sah, dass Linc gegangen war.

»Er hatte noch etwas zu erledigen«, erklärte Jasmin, als sie bemerkte, dass ich mich fragend umblickte. »Ich habe dir ein paar Filme und einen eReader mitgebracht, falls du etwas lesen willst.«

Ich unterdrückte ein Lächeln. Jasmin spielte nach außen hin die knallharte Soldatin, aber ich hatte sie durchschaut. Sie war bei Weitem nicht so rau und zickig, wie sie alle glauben machen wollte. Unter der ruppigen

Schale schlummerte ein fürsorglicher und freundlicher Kern. Verdammt, das hätte ich nie erwartet.

»Danke«, sagte ich nur. Ich glaubte nicht, dass sie viele Freundinnen hatte und eine überschwängliche Antwort zu schätzen wüsste. Wahrscheinlich würde sie lediglich einen Würgelaut von sich geben und mich zum Teufel jagen.

Ich sah mir den Stapel DVDs an, den sie mitgebracht hatte, und lachte in mich hinein. Es wunderte mich nicht, dass die Auswahl sich auf Actionfilme beschränkte. Sie nahm einen Donut aus der Schachtel und aß ihn, während sie einige Dokumente auf dem Tisch durchsah. Kaum hatte sie den letzten Bissen gegessen, sprang sie von ihrem Stuhl auf, lief ins Bad und warf die Tür mit einem lauten Knall hinter sich zu.

Ich hoffte inständig, dass ich mich nicht bei Jasmin angesteckt hatte. Bei dem Gedanken, hier unten festzusitzen und mich ständig übergeben zu müssen, krümmte ich mich innerlich. Ich nahm den eReader zur Hand und blätterte überrascht durch die Auswahl an Büchern. Darin waren nicht nur Krimis und Thriller, sondern auch einige Liebesromane gespeichert. Mir stand der Mund offen, als ich auf ein Titelbild stieß, auf dem ein umwerfender Mann mit nacktem Oberkörper abgebildet war. Der Untertitel lautete: *Ein erotischer Thriller*. Ich wusste schon, was ich als Nächstes lesen würde.

Als Jasmin aus dem Bad kam und sich wieder an den Tisch setzte, stand ich auf, um ihr eine Flasche Wasser zu holen. Ich schraubte den Deckel ab und stellte sie vor ihr ab. Sie murmelte ein »Danke« und hatte die Hälfte der

Flüssigkeit getrunken, noch bevor ich wieder auf meinem Stuhl saß.

»Hat der Arzt dir etwas gegen die Übelkeit verschrieben?«, fragte ich.

»Ja.«

Ihre einsilbige Antwort ließ vermuten, dass sie nicht über ihren Arztbesuch sprechen wollte. Also lehnte ich mich zurück und begann zu lesen. Wir saßen mehrere Stunden an dem Tisch und vertrieben uns die Zeit. Währenddessen stand Jasmin ein weiteres Mal auf, um sich zu übergeben, und gefühlte fünfzig Mal, um zu pinkeln. Ich war zwar kein Experte, doch in all der Zeit hatte sie nur zwei Flaschen Wasser getrunken und hätte eigentlich nicht so oft urinieren müssen. Zudem regte eine Grippe nicht unbedingt den Harndrang an. Außerdem hatte sie weder Fieber gemessen noch ein fiebersenkendes Mittel eingenommen und sah blendend aus, nachdem sie sich das letzte Mal übergeben hatte. Danach hatte sie ein Sandwich gegessen und es offenbar gut vertragen.

Keines ihrer Symptome wies auf eine Grippe hin, doch sie waren zweifellos Anzeichen für eine Schwangerschaft.

Bevor ich mich eines Besseren besinnen konnte, platzte ich heraus: »Bist du schwanger?«

Jasmin blickte ruckartig von ihrem Bericht auf und kniff die Augen zu dünnen Schlitzen zusammen. »Wovon redest du?«

Interessant. Sie nahm eine abwehrende Körperhaltung ein, vermied direkten Blickkontakt und wich meiner Frage aus. Ja, Jasmin war definitiv schwanger.

Soweit ich Jasmin kannte, hatte sie nichts übrig für

Nettigkeiten. Sie selbst sagte immer geradeheraus, was sie dachte, und respektierte ihre Mitmenschen nur, wenn sie ihr gegenüber genauso unverblümt waren.

»Ich rede davon, dass du ein Kind unter dem Herzen trägst.«

»Verdammte Scheiße«, murmelte sie.

»Gut zu wissen, dass ich mich nicht bei dir anstecken kann. Ich hatte schon befürchtet, dass ich bald ebenfalls über der Toilettenschüssel hänge.«

Sie warf mir einen durchdringenden Blick zu, mit dem sie mir zu verstehen gab, dass sie meinem Humor nicht viel abgewinnen konnte. Ich schenkte ihr ein Lächeln. Zum ersten Mal, seit ich ihr begegnet war, hatte ich das Gefühl, dass wir vielleicht würden Freundschaft schließen können.

»Also …«, begann ich gedehnt. »In der wievielten Woche bist du?«

»In der neunten«, antwortete sie.

Ich erschrak. »In Afrika habe ich dich zu Boden gerissen. Ich hoffe, ich habe das Baby nicht verletzt.« Ich würde es mir nie verzeihen, wenn Jasmin meinetwegen etwas zugestoßen wäre.

»Babys«, erwiderte sie nur.

»Wie bitte?«

»Babys. Zwei, um genau zu sein.«

»Oh Scheiße.«

»Allerdings. Linc wird vor Freude ausflippen und mir mit seinem Supersperma in den Ohren liegen.«

»Aber es geht ihnen gut?«, fragte ich erneut.

»Ja. Ich habe der Ärztin erzählt, was passiert ist. Sie

hat eine Ultraschalluntersuchung vorgenommen und zwei Herzschläge festgestellt.«

Bisher hatte Jasmin noch keine Anzeichen dafür gezeigt, dass sie sich über den Nachwuchs freute. Ich befürchtete, dass die Schwangerschaft vielleicht keine willkommene Überraschung war. Zwar kannte ich Linc nicht, doch ich glaubte nicht, dass er etwas dagegen hätte, Vater zu werden. Aber was wusste ich schon?

»Was stimmt dann nicht?«

Für einen Moment durchbohrte sie mich mit einem Blick, der mich wahrscheinlich zu Tode erschrecken sollte. Und sie hatte damit Erfolg. Die nachdenkliche Jasmin war verschwunden und an ihre Stelle war wieder die Furie getreten, die ich in Afrika gesehen hatte.

»Ich kann selbst nicht glauben, dass ich dir mein Herz ausschütte. Und ich rate dir, niemandem ein Sterbenswörtchen zu verraten, oder ich werde dich zur Strecke bringen, nachdem ich diese Babys zur Welt gebracht habe.« Ja, da war sie wieder. Die feurige Zicke war zurück. »Ich habe eine Heidenangst. Und glaub mir, ich fürchte mich normalerweise vor gar nichts. Ich habe an vorderster Front gekämpft, wurde angeschossen, mit dem Messer attackiert und gefoltert. Aber der Gedanke an zwei kleine Menschen, die in mir heranwachsen, wirft mich völlig aus der Bahn. Am liebsten würde ich mich heulend in einer Ecke verkriechen.«

Ich erwiderte nichts, denn ich war viel zu verblüfft, dass eine widerstandsfähige Frau wie Jasmin sich mir anvertraute und mir gestand, wie verängstigt sie war.

»Was ist, wenn ich es vermassle? Ich bin ohne Mutter aufgewachsen. Vielleicht hast du es nicht bemerkt, aber ich bin nicht gerade der mütterliche Typ. Was, wenn ich versage und Linc mich deshalb hasst?«

»Du wirst es nicht vermasseln«, versicherte ich ihr.

»Woher willst du das wissen?«

»Weil du Jasmin Parker bist, die Superheldin. Wie du schon sagtest, wurdest du angeschossen, mit dem Messer attackiert und gefoltert, aber du hast es überlebt. Du bist stark. Glaubst du wirklich, dass Linc oder einer der anderen Jungs dich im Stich lassen würde? Sie werden dir alle beistehen. Außer dir bekommen Millionen von anderen Frauen Kinder, und diese Frauen sind nicht halb so stark wie du. Du wirst eine tolle Mutter sein.«

»Glaubst du wirklich?« Ihr Tonfall war sanfter geworden und ihre Miene hatte sich erweicht.

»Ich glaube es nicht nur. Ich weiß es. Es wird alles gut gehen.«

»Danke. Ich denke, ich stehe einfach unter Schock.«

»Mir würde es genauso gehen. Zwillinge. Heilige Scheiße. Und versteh mich bitte nicht falsch, aber ich hoffe, du bekommst Mädchen. Es wäre nicht auszudenken, wenn du zwei Jungs zur Welt bringst, die wie dein Mann aussehen. Nur gut, dass du so stark bist, denn du müsstest die Mädchen scharenweise zurückdrängen.«

»Da hast du nicht unrecht«, lachte sie.

Mit diesen Worten widmete sie sich wieder ihren Dokumenten und ich mich meinem Buch. Wir verfielen in angenehmes Schweigen und ich musste unwillkürlich lächeln. Vielleicht hasste sie mich doch nicht so sehr, wie ich angenommen hatte.

Mehrere Stunden vergingen. Ich wollte sie gerade fragen, wer die Nachtwache übernehmen würde, als der Keller bebte. Jasmin sprang von ihrem Platz auf und warf einen Blick auf die Monitore. Der Außenalarm war nicht ausgelöst worden und ich konnte auch keine Fahrzeuge in der Einfahrt erkennen. Sie wechselte die Kameraperspektive und ich musste ein paarmal blinzeln, um zu verarbeiten, was ich vor mir sah.

Die Scheune war nicht mehr da. Sie hatte sich in Luft aufgelöst. Genau genommen war das Gebäude in Stücke gesprengt worden. Als Jasmin erneut die Perspektive änderte, konnten wir überall brennende Holzteile erkennen. Wir beobachteten, wie drei Hubschrauber auf dem Grundstück landeten und schwarz gekleidete Männer heraussprangen.

»Scheiße. Geh in den Schrank«, befahl Jasmin.

Mir blieb nur eine Sekunde, um eine Entscheidung zu treffen. In ein paar Minuten würde der Keller überrannt werden. Selbst wenn die anderen von der Zentrale aus die Explosion gesehen hätten, würde das Team nicht rechtzeitig hier eintreffen.

»In Ordnung. Aber ich habe vergessen, wie das Türschloss funktioniert.«

»Verdammt. Komm schon.«

Ich folgte ihr ins Schlafzimmer. Als sie die Schranktür aufstieß, wusste ich, was ich zu tun hatte. Ich schob Jasmin hinein, zog die Tür zu und tippte 9-1-1 in das elektronische Tastenfeld. Jaxon hatte mir erklärt, dass der Code die Tür von außen verriegelte. Um sie wieder zu öffnen, musste man denselben Code erneut eingeben. Ich betete zu Gott, dass ich Jasmin nicht gerade lebendig begraben hatte.

»Pass auf die Babys auf«, flüsterte ich, obwohl ich wusste, dass sie mich nicht hören konnte.

Nur gut, dass sie die Tür von innen nicht entriegeln konnte. Ungeachtet ihrer Schwangerschaft hätte sie mir andernfalls sicher die Hölle heißgemacht. Ich eilte ins Treppenhaus und achtete darauf, die Tür hinter mir zu schließen. Dann hastete ich durch dichten Rauch die Treppe hinauf, wobei ich den Sonnenstrahlen folgte, die ein unheimliches orangefarbenes Licht warfen. Oben angekommen wurde ich sofort von mehreren Männern umringt.

Ich hob die Hände und ging zu der Person, die mir am nächsten war. Im Stillen schickte ich ein Stoßgebet für Jasmin und ihre Babys gen Himmel und ließ mich bereitwillig zu einem der Hubschrauber führen. Als wir abhoben, schien das Vibrieren der Rotoren das Hämmern in meiner Brust zu untermalen. Je höher die Maschine stieg, desto näher kam ich dem Tod. Auf keinen Fall würde ich mich von Ortega verkaufen lassen. Die Seitentür war immer noch geöffnet und wir hatten fast eine Höhe erreicht, aus der ein Sturz tödlich enden würde.

Fast am Ziel.

Ich schloss die Augen und machte mich bereit zu springen.

Bitte verzeih mir, Jaxon. Es tut mir leid.

KAPITEL ZWEIUNDZWANZIG

JAXON

»Was zum Teufel hast du gesagt?«

Wir waren vor gerade einmal zwanzig Minuten in Brasilien gelandet, als Zane anrief und uns mitteilte, dass Violet verschwunden war.

»Wer zum Teufel hat Wache gehalten?«

Als ich heute Morgen aufgewacht war, hatte Violet sicher neben mir gelegen. Sie war so erschöpft von unserer gemeinsamen Nacht gewesen, dass sie sich nicht einmal gerührt hatte, als ich ihr einen Abschiedskuss auf die Stirn gedrückt hatte. Fünfzehn gottverdammte Stunden später war sie aus dem Keller entführt worden, obwohl ich ihr versprochen hatte, dass sie dort in Sicherheit sein würde.

»Nightstalker.«

»Status?«, fragte ich.

»Es geht ihr gut.«

Ich war dankbar, dass Jasmin wohlauf war, doch ich

kochte vor Wut. Wie hatte so etwas passieren können? »Wie zum Teufel sind sie eingedrungen?«

»Sie sind nicht eingedrungen. Violet ist mit erhobenen Händen auf sie zugegangen und hat sich ergeben. Auf den letzten Aufnahmen ist zu sehen, wie sie in einen Hubschrauber steigt und nach Osten fliegt.«

»Wo zum Teufel war Nightstalker?«

»Plaudertasche hat sie im Schrank eingesperrt.«

Am liebsten hätte ich Violet den Hintern versohlt. Sobald ich sie gefunden hatte, würde ich sie übers Knie legen und … nichts tun. Gott weiß, was diese Tiere ihr bis dahin antun würden.

»Tex glaubt, dass er den Ort gefunden hat, an dem der Austausch stattfinden soll. Ich habe einen Gefallen eingefordert. Sie muss nur durchhalten, bis die Kavallerie eintrifft.«

»Durchhalten? Du weißt genauso gut wie ich, dass sie nicht lange durchhalten wird«, knurrte ich.

»Beruhige dich, Blue. Das ist keine Bitte. Wenn du den Kopf verlierst, wirst du ihr nicht helfen können. Falls wir nicht rechtzeitig dort eintreffen …«

»Ich werde jeden dieser Wichser umbringen, der sie angerührt hat«, unterbrach ich ihn.

»Und danach wird sie dich brauchen. Also reiß dich zusammen.«

Er hatte leicht reden. Schließlich befand seine Frau sich nicht in den Fängen eines Irren, der sie verkaufen wollte.

»Tex geht einer Spur nach und bringt seinen Mann in Stellung. Nimm Declan mit, um alle bekannten Aufenthaltsorte Ortegas auszukundschaften. Es hat keinen Sinn, dass du hierher zurückkommst, wenn sie auf dem Weg zu dir sind.«

»Und die Mission?«, wollte ich wissen.

»Sie wurde genehmigt. Schaltet ihn aus«, antwortete er.

»Ende.«

Nun wusste ich, dass die Operation von der Regierung gebilligt worden war und wir die Erlaubnis hatten, tödliche Gewalt anzuwenden. Zwar hätte ich den Kerl auch ohne Genehmigung zur Strecke gebracht, aber ich hätte auf keinen Fall Declan oder Eric mitgenommen, denn ohne Bewilligung hätte ich eine Straftat begangen. Die Regierung missbilligte unerlaubte Tötungen in fremden Ländern, selbst wenn sie von den Männern durchgeführt wurden, die sie für diese Aufgabe angeheuert hatte.

Ich brachte Eric und Declan auf den neusten Stand. Nachdem Letzterer eine Reihe von Flüchen ausgestoßen hatte, bemühte er sich, einen klaren Kopf zu bewahren. Wie meine eigene hing auch seine Selbstbeherrschung an einem seidenen Faden. Wir hatten weniger als vierundzwanzig Stunden, um Violet zu finden, andernfalls würde sie in der dunklen Welt des Menschenhandels versinken. Es könnte Jahre dauern, bis sie wieder auftauchen würde. Wenn sie überhaupt je wieder auftauchte.

Gegen die Zeit arbeiten zu müssen konnte einen Mann in den Wahnsinn treiben. Declan führte uns in Windeseile zu zwei der uns bekannten Unterschlüpfe Ortegas, doch sie waren beide leer.

»Verdammt noch mal«, brüllte er frustriert.

»Vergesst Violet«, sagte Eric, woraufhin sowohl

Declan als auch ich uns zu ihm umdrehten. Bevor wir etwas erwidern konnten, hob Eric die Hände. »Meine Güte, denkt doch nach. Ihr müsst versuchen, eine gewisse Distanz zu wahren, und diesen Auftrag wie eine ganz normale Geiselbefreiung angehen.«

Das war leichter gesagt als getan. Je länger Violet verschwunden war, desto mehr Bilder beschwor mein Geist herauf, wie mein schönes Mädchen vergewaltigt wurde.

»Blue!«, rief Eric und ich schreckte auf. »Denk nach, Bruder. Wir müssen ganz einfach einen Schritt nach dem anderen unternehmen, genau wie bei allen anderen Missionen. Zuerst folgen wir seiner Spur. Die beiden letzten Verstecke waren ein Reinfall. Wo suchen wir als Nächstes?«

»Er hat sich an der Küste in der Nähe der Wasserstraßen aufgehalten. Mit dem Boot kommt er leicht rein und raus«, bemerkte Declan. »Außerdem hat er dort weniger Probleme mit den Einheimischen.«

Wer noch nie durch die Favelas von Rio de Janeiro gewandert war, konnte sich nicht vorstellen, wie erschreckend dieser Ort war. Ungefähr sechs Millionen Menschen lebten in eintausend Barackensiedlungen, die sich ins Unendliche zu erstrecken schienen. Ein schlimmeres Drecksloch gab es nicht. Der Gestank war entsetzlich, die Kriminalitätsrate astronomisch hoch und die Überlebenschancen einer Frau waren gleich null. Die Straßen waren überschwemmt von Prostitution und Drogen und beherbergten den größten Sexhandel der Welt. Hier konnte man kaufen, was man wollte. Allein bei dem Gedanken wurde mir übel.

Drei große weiße Männer fielen hier auf wie ein bunter Hund. Tatsächlich hofften wir, dass wir nicht unbemerkt bleiben würden. Einige Männer beäugten uns argwöhnisch, doch bisher hielten sie Abstand. Ein paar ältere Frauen versuchten, uns irgendwelche Waren anzudrehen, in der Hoffnung, ein paar Cents zu verdienen.

Wir hatten eines der Viertel fast hinter uns gelassen, als ein Junge aus einer der Hütten trat. Er war schmutzig, trug zerlumpte Kleidung und hatte keine Schuhe an den Füßen. Er zog ein kleines Mädchen mit zerzausten Haaren hinter sich her, das genauso ungewaschen war wie er.

»Hey Mister«, rief der Junge. »Hast du Geld?« Sein Englisch war gebrochen, aber verständlich. »Meine Schwester. Wir haben kein Essen.«

Angesichts der Bedingungen, in denen diese Kinder lebten, kam mir die Galle hoch, doch ich schluckte sie schnell hinunter. Ich war nicht zum ersten Mal in den Slums von Rio, doch in Momenten wie diesem wurde mir bewusst, wie machtlos ich war. Wut und Scham durchströmten mich, als ich dem Jungen etwas Bargeld in die Hand drückte und davonging. Ich würde diese Kinder nicht retten können.

»Ich hasse diesen verdammten Ort«, schimpfte Eric, als wir um eine Ecke bogen.

»Geht weiter«, sagte Declan. »Wir haben Gesellschaft auf neun Uhr. Ich sehe drei Männer, aber ich kann nicht erkennen, welche Waffen sie tragen.«

Ich huschte in eine Gasse, die mit Müll gepflastert war. An einer Wand waren ein paar Zweihundert-Liter-Metallfässer gestapelt, aber nichts bot mir wirklich

Deckung. Ich bog nach rechts ab, wo der Müll sich scheinbar kilometerhoch stapelte. Alte Holzkisten, Matratzen, Säcke voller stinkendem, verrottendem Unrat und kaputte Möbel. Ich bedeutete Eric und Declan mit einer Geste, sich zwischen den Müllberg und den Maschendrahtzaun zu ducken, und ging neben ihnen in die Hocke.

Drei weiße Männer, die mit den Einheimischen aneinandergerieten, würden nur unnötig Aufmerksamkeit erregen, und wir wollten keinen Bandenkrieg heraufbeschwören. Natürlich hatten wir nicht vor, uns vor Ortega zu verstecken. Je eher er wusste, dass wir hier waren, desto besser. Er würde seine Männer auf uns hetzen, und wir würden sie benutzen, um ihn aufzuspüren. Aber mit den örtlichen Straßenbanden wollten wir uns nicht anlegen. Wir wären ihnen zahlenmäßig weit unterlegen.

Ich hob den linken Arm, winkelte ihn ab und ballte die Hand zur Faust, um den beiden Männern hinter mir zu signalisieren, sich nicht zu bewegen. Kurz darauf waren die schweren Schritte der drei Kerle zu hören, die Declan gesichtet hatte. Sie hielten inne, woraufhin einer von ihnen den anderen befahl, hinter dem Müllhaufen nachzusehen. Ich öffnete die Faust, reckte einen Finger in die Höhe und ließ meine Hand in der Luft kreisen.

Es ging los.

Ich trat hinter der Müllbarrikade hervor, hob meine Sig P226 an und drückte ab. Bei einer Geschwindigkeit von vierhundert Metern pro Sekunde hatte der Mann keine Zeit zu reagieren, bevor das Überschallgeschoss seinen Schädel durchschlug. Er sackte zu Boden und seine beiden Freunde folgten seinem Beispiel, als Eric und Declan sie niederstreckten.

»Wir haben Zuschauer. Erster Stock, dritte Reihe«, rief ich.

»Verstanden«, sagte Eric, der sich hinter mir positioniert hatte.

»Lasst uns über den Zaun springen. Hundert Meter weiter befindet sich eine Kreuzung, von der aus wir zurück zur Hauptstraße gelangen«, schlug Declan vor.

Wir folgten seinen Anweisungen und waren dankbar, dass wir freie Bahn hatten. In diesen Barackensiedlungen schlugen die Leute ihre Zelte auf, wo sie konnten. Oder die Straßenbanden blockierten die Gassen, um den Drogen- und Mädchenhandel in bestimmten Bereichen zu kontrollieren. Wir erreichten die Hauptstraße und folgten ihr etwa eineinhalb Kilometer, bis wir auf die Schnellstraße trafen. Das Verrückte an Rio war, dass die Slums für gewöhnlich an einer größeren Straße oder einer Mauer abrupt endeten und auf der anderen Seite das Paradies lag.

Wir machten uns auf den Weg zu einer Unterführung, die mit Graffiti beschmiert war. Überall lungerten Männer herum, von denen einige an der Flasche hingen, andere Waren am Straßenrand verkauften und wieder andere in alten Autositzen saßen. Da Declan genau wusste, wen er suchte, überließen Eric und ich ihm die Führung, während wir die Umgebung im Auge behielten. Wir näherten uns einer Gruppe von fünf Männern. Zwei von ihnen standen mit dem Rücken zu uns, während die anderen drei uns zugewandt waren. Einer der Männer hob das Kinn, um seine Freunde auf uns aufmerksam zu machen. Als sie sich zu uns umdrehten, riss der kleinere von beiden die Augen auf und setzte sich in Bewegung. Declan stellte sich ihm jedoch in den Weg und hinderte ihn daran, Reißaus zu nehmen.

»Warum die Eile, *amigo*?«, fragte Declan und hielt den Mann mit einer Hand an seiner Schulter fest.

»Hawk, *homem*. Ich dachte, du seist tot«, antwortete der Mann.

»Nicht doch. Wo ist *jefe*?«, wollte Declan wissen. Ich sprach gut genug Portugiesisch, um zu verstehen, dass er nach dem Chef des Mannes gefragt hatte.

»Eh. Hier und da. Du weißt ja, wie er ist.« Declan trat einen Schritt vor und packte den Mann an der Schulter, der daraufhin in die Knie ging. »*Filho da puta*«, schrie er.

»Zwing mich nicht, dich noch einmal zu fragen.«

Zwei seiner Freunde wollten eingreifen, doch bevor Eric und ich sie aufhalten konnten, starrte Declan sie an und sie wichen zurück.

»Providência«, antwortete er. Wir kamen gerade aus der Favela, die als Morro de Providência bekannt war. Falls der Mann wirklich dort war, mussten wir eine Weile warten, bevor wir dorthin zurückkehren konnten.

»Das kannst du doch besser.« Declan bohrte seine Finger in die schmerzempfindlichen Druckpunkte an der Schulter des Mannes.

»*Bairros africanus*«, jammerte der Kerl.

»Richte ihm aus, ich suche nach ihm. Ich werde ihm heute Abend einen Besuch abstatten.« Er versetzte dem Mann einen Stoß, der daraufhin auf dem Hintern landete.

»*Vai toma no cú.*« Der Mann räusperte sich und spuckte neben Declans Füßen auf den Boden. Kurzerhand hob Declan das Bein und trat dem Kerl mit dem Stiefelabsatz ins Gesicht.

»Sehe ich so aus, als werde ich gern in den Arsch gefickt?« Der Mann erwiderte nichts. Stattdessen hielt er sich sein nun blutendes Gesicht. »Hat jemand von euch gehört, dass heute Abend eine amerikanische Frau hierher geliefert werden soll?«, fragte er die anderen Männer. Keiner von ihnen sagte ein Wort, doch sie schüttelten alle den Kopf. »Wenn ich herausfinde, dass einer von euch Wichsern wusste, wohin sie gebracht wurde, komme ich wieder.«

Die Kerle schwiegen noch immer. Declan wandte ihnen den Rücken zu und ging in die Richtung, aus der wir gekommen waren. Verdammt, das verhieß sicher nichts Gutes.

Es gab nichts Schöneres, als in einem Hornissennest zu stochern.

KAPITEL DREIUNDZWANZIG

VIOLET

»Eh. Ich hatte sie mir hübscher vorgestellt«, sagte der Mann vor mir. »Fünf Millionen ist eine Menge Geld für eine Schlampe. Wollen Sie mir erklären, warum das Gesicht meiner Ware verunstaltet ist?«

»Während des Transports gab es ein Problem. Sie ist ziemlich starrköpfig. Es wird Ihnen sicher Spaß machen, sie zu brechen«, erwiderte Manuel Ortega.

Mir lief ein Schauer über den Rücken. So sah also meine neue Realität aus. Ich war kein Mensch mehr, sondern nur noch eine Ware, mit der man handeln konnte. Als ich versucht hatte, aus dem Hubschrauber zu springen, hatte mich einer der Kerle zurück auf meinen Platz gezerrt, woraufhin Ortega mir eine Lektion erteilt hatte. Mein Gesicht pochte immer noch. Es war tatsächlich verunstaltet. Ich hatte zwei blaue Augen und war mir ziemlich sicher, dass meine Nase gebrochen war.

»Dreh dich um«, forderte der Mann.

Wie erstarrt stand ich da und konnte mich nicht überwinden, seinem Befehl Folge zu leisten. Ich wusste nicht, ob es Sturheit oder einfach nur Dummheit war, aber während ich den Mann vor mir anstarrte, begann ich zu glauben, dass Letzteres der Fall war. Er kniff seine tiefbraunen Augen zu dünnen Schlitzen zusammen und kam gemessenen Schrittes auf mich zu. Wahrscheinlich war er fast zwei Meter groß, denn als er dicht vor mir stehen blieb, blickte ich nur noch auf seine Brust. Er trug einen ordentlich gebügelten Anzug und sein grau meliertes Haar war perfekt frisiert. Seine äußere Erscheinung ließ nicht gerade vermuten, dass er in derart widerliche Machenschaften verwickelt war. Vielmehr wirkte er wie ein gewöhnlicher, gut aussehender und respektabler Geschäftsmann, den man eher in einem Sitzungssaal erwarten würde. Doch er war alles andere als ein respektabler Geschäftsmann und wir befanden uns nicht in einem Sitzungssaal. Er hatte mich gekauft, um mich zu seiner Sexsklavin zu machen. Vor Wut rann mir eine Träne über die Wange, doch ich machte keine Anstalten, sie wegzuwischen.

»Dreh. Dich. Um.« Sein Tonfall duldete keine Widerrede, also tat ich wie geheißen und drehte ihm den Rücken zu, sodass er einen ungehinderten Blick auf meinen nur mit einem Höschen bekleideten Hintern werfen konnte. Ich zuckte zusammen, als er eine Hand an meine nackte Schulter legte und die andere um meinen Bizeps schlang, um mich daran zu hindern zurückzuweichen. »Ja. Ich bin zufrieden. Große Titten, schöner Arsch und ein feuriges Temperament. Ich werde es genießen, wenn sie sich wehrt.« Er ließ meinen Arm los und ich taumelte vorwärts. »Die Hälfte der Kaufsumme wurde bereits auf Ihr Konto überwiesen, Mr. Ortega. Nachdem ich die Ware nun inspiziert habe, werde ich auch den Restbetrag überweisen und mich auf den Rückweg machen.«

Das war es also. Ich sah mich im Lagerhaus um und fragte mich, ob ich irgendwie entkommen könnte. Allerdings war mir schleierhaft, wie ich barfuß und nur mit einem Slip und einem BH bekleidet im Dschungel überleben sollte. Aber das war mir egal. Lieber würde ich hier draußen sterben, als die Sklavin dieses Mannes zu werden. Doch es gab kein Entkommen.

Ich war sein Eigentum.

Meine Verzweiflung wuchs und ich hatte Mühe, meine Emotionen unter Kontrolle zu halten. Ich klammerte mich an jede noch so kleine Hoffnung. Wenn ich diesem Mann verständlich machen könnte, dass ich gegen meinen Willen hier war und mein Bruder und Jaxon ihn zweifellos entlohnen würden, wenn er mich sicher zu ihnen zurückbrachte, würde er mich vielleicht gehen lassen. Ich weigerte mich, mir das ganze Ausmaß meiner Situation zu vergegenwärtigen, denn dann würde ich zusammenbrechen. Vielleicht konnte ich nicht entkommen, aber ich würde mich wehren und mich diesem Mann nicht freiwillig hingeben. Niemals würde er meinen Willen brechen. Er konnte mich vergewaltigen, schlagen und foltern, aber mein Geist, mein Herz und meine Seele gehörten Jaxon.

Ich würde die Erinnerung an unsere gemeinsame Zeit in meinem Herzen bewahren. Sie würde mir eine mentale Flucht bieten. Ich würde von dem gemeinsamen Leben träumen, das wir hätten führen können, und mir ausmalen, wie wir zusammen alt wurden. In meiner Fantasie würde Jaxon meine Hand halten, mich küssen und mich lieben. Und jede Nacht vor dem Einschlafen würde ich von unseren ineinander verschlungenen Beinen träumen. Ich gehörte zu Jaxon. Dieses widerliche Schwein hatte vielleicht meinen Körper gekauft, aber Jaxon besaß meine Seele. Er hatte es nicht nötig, mich zu kaufen oder sich mir aufzudrängen, denn er hatte sich mein Vertrauen, meine Loyalität und meine Liebe verdient.

»Hast du gehört, was ich gesagt habe, du Schlampe?«, fragte Ortega und verpasste mir eine schallende Ohrfeige. Mein Kopf fiel zur Seite und ich schmeckte Blut.

Bevor ich etwas erwidern konnte, stieß der andere Mann ein bedrohliches Knurren aus. »Ich wäre dir dankbar, wenn du die Finger von meinem Eigentum lassen würdest.«

»Soweit ich weiß gehört sie immer noch mir, Mr. Cutsinger. Bevor ich die letzte Zahlung erhalten habe, kann ich meine Ware bestrafen, wie ich es für richtig halte«, entgegnete Ortega.

»Wie Sie meinen. Sollten Sie jedoch noch einmal das Bedürfnis verspüren, sie zu schlagen, dann würde ich Sie bitten, ihr Gesicht zu verschonen. Wir werden heute noch reisen und ich werde Ausreden für die Ungeschicklichkeit meiner Braut finden müssen. Hier, in Ihrem Land, erregt ein blaues Auge kaum Aufsehen, aber in meiner Heimat wird ihr Zustand nicht unbemerkt bleiben. Ich werde sie ohnehin schon von meinen Angestellten fernhalten müssen, um deren Bedenken nicht zu wecken.«

»Sie werden Sie in der Nähe Ihres Personals dulden?«,

fragte Ortega mit einem Lachen. »Ich denke, ein Käfig wäre angemessener.«

Mir schauderte bei dem Gedanken, in einem dunklen Kellerverlies in einem Käfig eingesperrt zu sein.

»Ich bin ein zivilisierter Mann. Sie wird keinen Käfig brauchen. Wie auch die anderen wird sie ihren Platz kennen. Innerhalb einer Woche wird sie sich unterordnen.«

Ein zivilisierter Mann? Die Tränen, die ich verzweifelt zu unterdrücken versucht hatte, kullerten mir nun ungehindert über die Wangen. Meine Zukunft war mir schlagartig bewusst geworden und der Gedanke daran, wie ich den Rest meines Lebens verbringen würde, war erschreckend. Jaxon hatte mich gewarnt, dass es Dinge gab, die viel schlimmer waren als der Tod. Damals hatte ich seine Worte nicht ganz begreifen können, doch nun verstand ich, was er damit gemeint hatte.

Ich betete, dass Jasmin und ihre Babys in Sicherheit waren und dass ich nicht umsonst fast nackt vor einem Mann stand, der mich auf schlimmste Weise missbrauchen würde. Etwas Positives musste das Ganze doch haben. Ich wusste, dass Jasmin eine gute Mutter sein würde, und fand Trost in dem Gedanken, dass sie und Linc eine glückliche, gesunde Familie haben und ihre Kinder zu mutigen Menschen erziehen würden. Jaxon würde mich irgendwann vergessen und sein Leben leben. Mein Bruder würde jedoch am meisten unter meiner Versklavung leiden. Und das brach mir das Herz.

»Zieh das an.« Mr. Cutsinger drückte mir ein schwarzes, ärmelloses Wickelkleid in die Hand und warf mir ein Paar schwarze Ballerinas vor die Füße.

Mit roboterhaften Bewegungen zog ich mich vor den beiden Männern an, band das Kleid um die Taille und verhüllte meinen Körper so gut wie möglich. Als ich in die Schuhe schlüpfte, war ich überrascht, dass sie perfekt passten. Ich wollte gar nicht darüber nachdenken, woher dieser Mann meine Kleider- und Schuhgröße kannte, denn dann würde ich mich nur daran erinnern, wie lange Ortega meine Entführung geplant hatte. Hatte er meine Wohnung durchsucht? Hatte er auch die Schublade mit meiner Unterwäsche durchwühlt?

Er sollte verflucht sein! Sie beide konnten zur Hölle fahren!

»Es war mir ein Vergnügen, mit Ihnen Geschäfte zu machen«, sagte Manuel und reichte Mr. Cutsinger die Hand.

Nachdem sie sich voneinander verabschiedet hatten, wandte Mr. Cutsinger sich mir zu. »Es ist Zeit zu gehen.«

Gehen? Ich hatte diesem Ort entkommen wollen, seit ich in diesen Raum gezerrt worden war. Doch nun war die Aussicht, ihn zu verlassen, geradezu erschreckend. Es war wohl wahr, dass man von zwei Übeln lieber das wählte, welches man bereits kannte. Ich schüttelte den Kopf und flehte den Mann mit einem Blick an, mich nicht mitzunehmen. Mir wurde klar, dass ich mich selbst belogen hatte. Ich wäre nicht in der Lage, mich in meine Fantasiewelt zurückzuziehen, wenn er mich gewaltsam nahm. Ich schaffte das einfach nicht.

In dem Moment, in dem ich durch diese Tür trat, würde Jaxon für immer für mich verloren sein. Mr. Cutsinger würde mich brechen. Langsam wurde er ungeduldig und zog mich an seine Seite. Sein moschusartiges

Eau de Cologne stieg mir in die Nase. Es war sicher kostspielig, doch im Gegensatz zu Jaxons sauberem männlichen Duft stank dieser Mann nach Unmoral und Verderbtheit.

»Lass uns gehen«, knurrte er und drückte mich fest an sich. Dann senkte er den Kopf und flüsterte mir ins Ohr: »Sobald wir draußen sind, musst du auf mich hören und meine Anweisungen genau befolgen.« Ich versuchte zurückzuweichen und hörte, wie er ein Seufzen ausstieß. »Violet.« Als er meinen Namen erwähnte, hielt ich inne. Zuvor hatte er mich nur als Ware und sein Eigentum bezeichnet. »Bitte vertrau mir und tu, was ich sage.«

Obwohl er mit sanfter Stimme sprach, kaufte ich ihm sein freundliches Gehabe nicht ab. Er hatte mich für fünf Millionen Dollar gekauft. Das machte ihn nicht gerade zu dem Mann des Jahres, sondern zu dem Arschloch des Jahrhunderts. Widerwillig ließ ich mich von ihm in Richtung Tür zerren.

»Violet. Sobald ich diese Tür öffne, wird alles ganz schnell gehen. Tu, was ich sage, und wir holen dich hier raus«, flüsterte er.

»Wer sind Sie?«, flüsterte ich.

Er antwortete nicht, sondern trat mit mir hinaus in den Dschungel. Mir stockte der Atem, als mir die warme, feuchte Luft entgegenschlug.

Ich würde hier sterben.

KAPITEL VIERUNDZWANZIG

JAXON

»Rettungsteam eins, kannst du mich verstehen?«, hörte ich Panthers Stimme über Funk.

»Laut und deutlich, Rettungsteam zwei«, antwortete ich.

Ich rückte meine schutzsichere Weste zurecht und klopfte mit den Fingerknöcheln gegen die drei Magazintaschen, die an den Gurtschlaufen an der Vorderseite befestigt waren, um mich zu vergewissern, dass jede Tasche die benötigte Munition enthielt. Eric und Declan waren dicht hinter mir. Wir suchten mit den Augen die Umgebung ab, während wir uns einen Weg durch den Dschungel bahnten. Linc, Zane und Leo waren nach Rio geflogen, nachdem Tex bestätigt hatte, dass Ortega in der Gegend gesichtet worden war. Der Mann, den er geschickt hatte, um sich als Käufer auszugeben, hatte sich bisher noch nicht gemeldet, und das behagte mir ganz und gar nicht. Es hätte alles Mögliche schiefgehen können, und ohne seine Bestätigung, dass er Kontakt aufgenommen hatte, tappten wir nach wie vor im Dunkeln.

»Wir sind dicht hinter euch auf zwei Uhr«, sagte Panther. »Wir haben freie Sicht auf das Ziel und sind schätzungsweise noch einen Kilometer entfernt.«

»Verstanden.«

»Sie kommen besser voran. Diese verdammte Schlange hat uns aufgehalten«, schimpfte Eric.

Damit hatte er recht. Eine Schlange hatte sich um sein Bein gewickelt und es hatte ein paar Minuten gedauert, bevor wir ihn freigeschnitten hatten. Leo, Zane und Linc waren etwa achthundert Meter vor uns. Sie visierten die Ostseite des Gebäudes an, während wir uns an der West-seite vorarbeiten würden. Die verlässlichsten Informa-tionen hatten wir von einem Gebietsleiter erhalten, den Declan kannte. Er hatte bestätigt, dass eine Amerikanerin hierhergebracht werden sollte. Zudem hatte Ortega selbst angeordnet, dass sich in den kommenden zwei Tagen niemand in der Nähe seines Lagerhauses aufhalten durfte.

Zane hatte versprochen, dass Tex sich um alles kümmern würde, doch seit wir einen Fuß in diesen gott-verlassenen Dschungel gesetzt hatten, hatten wir auch von ihm nichts mehr gehört. Violet war seit fast zwanzig Stunden verschwunden und uns lief die Zeit davon. Dieses Lager war unsere einzige Hoffnung. Falls sie nicht hier war, würden wir sie nicht mehr rechtzeitig finden können. Und das auch nur, falls Ortega sich auf das Treffen mit dem Käufer hatte vorbereiten müssen. Falls er schon im Vorfeld alles geregelt hatte, dann wäre Violet längst verschwunden. Bei dem Gedanken krampfte sich mein Magen zusammen. Bisher war es mir gelungen, die Beherrschung zu bewahren, doch je mehr Zeit verstrich, desto mehr stieß ich an meine Grenzen. Ich musste meine Emotionen unter Kontrolle halten, aber wenn ich daran dachte, dass irgendein Arschloch Hand an meine Frau legen könnte, sah ich rot.

Wir konnten uns nur auf Vermutungen und unsere Erfahrung stützen, die uns zu der Annahme führte, dass Ortega sie immer noch in Gewahrsam hatte. Wir stapften weiter den schlammigen Dschungelpfad entlang und hielten uns von gekennzeichneten Wegen fern. Die Luft war zum Schneiden dick und überall schwirrten Mücken. Schweiß rann mir den Hals hinunter und mein langärmeliges Tarnhemd war völlig durchnässt. Wir waren schon fast am Treffpunkt, als ich Zanes Stimme über Funk vernahm. »Ziel im Visier, keine Bewegung, keine Schutzperson. Wir haben angehalten.«

Sie hatten das Gebäude geortet. Entweder konnten sie Violet nirgendwo entdecken oder sie waren nicht in der Lage, in das Gebäude hineinzusehen.

»Verstanden. Einblick in das Gebäude?«, fragte ich, um mir Klarheit zu verschaffen.

»Negativ, Blue. Keine Sicht«, antwortete er.

Seine Antwort gab mir Hoffnung, dass sie immer noch dort war. Ich beschleunigte meine Schritte und mein Herz schlug höher.

»In der Ruhe liegt die Kraft«, ermahnte Eric mich. »Immer langsam, Bruder. Du musst mit Bedacht vorgehen.«

Er hatte recht. Sofort verlangsamte ich mein Tempo. Ich war völlig durcheinander und musste meine

Emotionen unter Kontrolle halten. Vor allem musste ich etwas Abstand zu dem Teil von mir gewinnen, der sich um Violet sorgte, und mich ganz und gar auf meinen Job als Agent konzentrieren.

Ich nickte zustimmend und wir gingen weiter, und nach weiteren hundert Metern kam das Gebäude in Sicht. Ich warf einen Blick auf zwei Uhr, doch ich konnte Zane und die anderen nirgendwo entdecken.

»Rettungsteam zwei. Ich habe das Ziel im Blick.«

»Verstanden. Ich kann euch sehen. Geht weiter.«

Nachdem Zane uns gesichtet hatte, gingen wir auf der Westseite des Gebäudes in Position und stellten fest, dass es auf dieser Seite keine Fenster, aber eine Tür gab.

»Rettungsteam zwei, wir sehen eine Tür auf der Westseite«, sagte ich über Funk.

»Verstanden. Die anderen drei Seiten sind dicht, kein Ausgang«, antwortete Leo. Diese Tür war also der einzige Weg hinein oder hinaus. »Viper und Ghost sind auf dem Weg zu euch.«

Ich erblickte Zane und Linc links von mir. Die Anzahl der Fahrzeuge, die um das Gebäude geparkt waren, machte mir Sorgen. Mindestens zwei waren mit Sicherheit funktionstüchtig, während drei weitere wie Schrotthaufen aussahen und vielleicht nicht fahrbar waren.

»Möglicherweise acht feindliche Personen«, bemerkte Declan, bevor ich das Wort ergreifen konnte.

»Ich kann es spüren, Bruder«, sagte Eric neben mir.

»Was kannst du spüren?«, fragte ich. Eric hatte stets einen Spruch auf den Lippen, bevor wir in die Schlacht zogen.

»Erlösung wird uns zuteilwerden.«

»Bewegung«, meldete Ghost über Funk.

Ich atmete tief durch und alles um mich herum trat in den Hintergrund. Die Tür wurde geöffnet, als die schwüle, feuchte Luft meine Lunge füllte. Beim Ausatmen hob ich meine M4A1 an, presste die Wange an den Schaft und blickte durch das EOTech-Hologrammvisier. Sämtliche Gedanken und Emotionen fielen von mir ab und ich ließ mich nur noch von meinen Instinkten leiten.

Wie im Vorfeld besprochen bildete ich die Vorhut und Eric hielt mir den Rücken frei. Ich war bereit und wartete nur noch auf Zanes Befehl.

»Wartet«, hörte ich seine Stimme über Funk. Die Tür gab einen ächzenden Laut von sich. »In drei … zwei … eins.« Ein großer Mann trat aus dem Lagerhaus. Er hatte eine viel kleinere Frau an seine Seite gedrückt. Sie weinte und versuchte, sich seinem Griff zu entziehen.

Mit aller Kraft bemühte ich mich, ruhig zu bleiben, damit meine Hände nicht zu zittern begannen.

»Los, los, los.«

Eric und ich eilten vorwärts und traten aus unserer Deckung heraus. Ghost und Viper bewegten sich nach rechts, während Declan hinter uns blieb. Leo lag im Osten auf der Lauer, falls jemand zu fliehen versuchte.

»Hände hoch.«

»Lass sie los.«

Der Mann wirbelte herum und riss die Augen auf. Statt Violet vor sich zu schieben und als Schild zu benutzen, was jeder andere dieser feigen Verbrecher getan hätte, baute er sich vor ihr auf. Die schützende Geste brachte mein Blut zum Kochen. Wollte er vermeiden, dass seine Investition beschädigt wurde?

»Auf die Knie, du Wichser«, schrie ich.

»Flower!«, rief der Mann.

»Nicht schießen. Ich wiederhole, nicht schießen!«, befahl Zane. Es juckte mich zwar in den Fingern, den Abzug zu drücken, doch ich hielt mich zurück.

Ich konnte Violet nicht mehr sehen, sie war hinter der riesigen Statur des Mannes verschwunden. Der Kerl war viel größer als ich.

»Farbe?«, rief Zane.

»Rot.«

»Codewort?«

»Tex«, antwortete der Mann.

»Er ist einer von uns. Nicht schießen.«

Einer von uns? Was zum Teufel war hier los? War das der Mann, den Tex geschickt hatte? Der Kerl zerrte Violet am Arm und versuchte, zum nächsten Fahrzeug zu gelangen. Sie wehrte sich immer noch gegen ihn, doch der Mann zog sie an sich und beugte sich vor. Er sagte etwas zu ihr und zeigte mit dem Kopf in unserer Richtung, woraufhin sie sich entspannte.

»Granate!«, schrie Eric. »In Deckung.«

Die Zeit schien sich zu verlangsamen und meine Sicht verengte sich. Ich riss den Blick von Violet los, als der Mann sich gerade auf sie warf, und wirbelte zu Eric herum. Entsetzt beobachtete ich, wie dieser auf die Granate zulief. Sie prallte auf dem Boden auf, rollte einige Meter in unsere Richtung und kam dann zum Stillstand. Ich blinzelte, und als ich die Augen wieder öffnete, hatte Eric sich auf die Granate geworfen. Alles andere trat in den Hintergrund, als sie detonierte und Eric die Wucht der Explosion absorbierte. Blut, Fleisch und Knochensplitter flogen durch die Luft, bevor sein Körper mit einem dumpfen Aufprall wieder auf dem Boden aufschlug.

»Zwölf Uhr«, rief Declan und gab einen Schuss ab. Der Knall riss mich aus meiner Benommenheit.

Zane war auf halbem Weg zu Violet, während Declan und Linc die Männer im Visier hatten, die durch die Tür eilten. Es war unglaublich einfach, denn es gab nur einen Ausweg aus dem Gebäude. Ich stand immer noch wie erstarrt da. Dann warf ich einen Blick auf Erics leblosen Körper und trat in Aktion. Mir blieb keine Zeit, den Verlust meines Freundes zu betrauern. Ich würde später verarbeiten müssen, dass Eric gestorben war, um uns alle zu retten.

»Cutter«, hörte ich den Mann neben Violet sagen, als er sich gerade Zane vorstellte.

»Verdammter Tex«, erwiderte Zane.

»Blue«, begrüßte der Mann auch mich.

Ich brachte kein Wort heraus und stand kurz davor, die Beherrschung zu verlieren. Zuerst musste ich mich vergewissern, dass Violet in Sicherheit war, dann würde ich Vergeltung üben.

»Status?«, fragte ich und nickte in Richtung Violet.

»Wohlauf«, antwortete Cutter.

Endlich trat Violet an Cutters Seite, sodass ich einen Blick auf sie werfen konnte. Sie hatte zwei blaue Augen, von denen eines fast zugeschwollen war, eine aufgeplatzte Lippe und eine geprellte Wange.

»Wohlauf?«, blaffte ich. »Sie ist alles andere als wohlauf.«

»Jaxon?«, flüsterte sie. Der Anblick ihrer tränenüberströmten Wangen brach mir das Herz. Sie musste von hier verschwinden, denn gleich würde ich etwas tun, was nicht für ihre Augen bestimmt war. Ich wollte nicht, dass sie sah, was für ein Monster ich wirklich war.

Ich ging zu ihr und drückte ihr einen Kuss auf die Stirn. »Vi, bei Cutter bist du in Sicherheit. Geh mit ihm. Wir kommen gleich nach.«

»Bitte verlass mich nicht«, weinte sie.

»Es ist in Ordnung. Geh mit ihm.« Ich schob sie von mir und wandte mich Cutter zu. »Bring sie von hier fort.«

»Bitte, Jaxon. Bitte lass mich nicht allein.«

Ich wollte nicht hören, wie sie mich anflehte.

»Bring sie verdammt noch mal von hier weg!«, brüllte ich.

Ich drehte ihr den Rücken zu und stieß einen Pfiff aus, um Linc und Declan auf mich aufmerksam zu machen. Die beiden eilten sofort zu mir und drückten sich mit mir gegen die Außenwand des Lagerhauses. Da dieses aus Hohlblocksteinen bestand und wir nicht wussten, wie viele Männer und welche Waffen sich im Inneren befanden, mussten wir uns in Bewegung setzen. Es war immer gefährlich, in ein Gebäude einzudringen, das noch nicht geräumt war, denn wir konnten nicht wissen, was uns erwartete.

Der Anblick von Violet hatte auch das letzte bisschen Menschlichkeit in mir zunichtegemacht. Und als sie mich angefleht hatte, sie nicht zu verlassen, hatte ihre Stimme sich wie tausend Glassplitter in mein Herz gebohrt. Ich konnte es nicht ertragen, ihr in die Augen zu blicken, denn sie würde darin sehen können, was ich vorhatte. Sie durfte nicht hier sein, wenn ich Rache übte.

Linc klopfte mir auf die Schulter, um mir zu sagen, dass er bereit war. Ich trat durch die Tür und wandte mich nach rechts. Linc übernahm die linke Seite und Declan die Mitte. Ortega sprang hinter einem umgestoßenen Schreibtisch auf und richtete seine Waffe auf mich. Wir drückten beide gleichzeitig ab, doch nur einer von uns traf sein Ziel. Seine Kugel schoss an mir vorbei, während meine Kugel seine Hand zerfetzte. Ortega schrie wie am Spieß. Ich gab einen weiteren Schuss ab und traf seinen Oberschenkel. Während Linc und Declan den Rest des Geländes sicherten, warf ich mir meine M4 über die Schulter und zog den Gurt fest. Dann zog ich mein CQC-7 Klappmesser aus meiner Weste und ließ mit einer Handbewegung die scharfe Stahlklinge einrasten.

Ortega hatte keine Zeit mehr zu reagieren, denn im nächsten Moment hatte ich ihm das Messer in den Bauch gerammt und bohrte den Daumen in die Schusswunde an seinem Oberschenkel. »Macht es dir Spaß, Frauen zu schlagen, du Wichser?«, fragte ich.

Er antwortete nicht.

Ich grub den Daumen noch tiefer in die Wunde, zog das Messer aus seinem Unterleib und stieß noch einmal zu.

»Sag schon. Hat es dir Spaß gemacht, Hand an meine Frau zu legen?« Mir war durchaus bewusst, dass sein Blut meine Hose und meine Schuhe durchtränkte, doch ich würde dieses Drecksloch erhobenen Hauptes verlassen. Später würde ich mir die Flecke auf meiner Uniform ansehen und mich daran erinnern, dass ich derjenige war, der Vergeltung geübt hatte. Dieses Tier hatte Violet verletzt und Eric getötet. Für beides würde er mit dem Leben bezahlen.

Er gab einen gurgelnden Laut von sich, der in mir ein Gefühl der Befriedigung hervorrief. Ich zog das Messer aus seinem Bauch, drückte mit dem Daumen auf die Entriegelung und klappte es zu, bevor ich es wieder in meiner Weste verstaute. Während ich den Daumen meiner linken Hand immer noch in die Wunde an seinem Oberschenkel bohrte, schlug ich ihm mit der rechten Hand ins Gesicht.

»Es ist nicht so lustig, wenn du derjenige bist, der geschlagen wird, nicht wahr?«

Er antwortete immer noch nicht.

Ich schlug noch einmal zu.

All die Ängste, die ich um Violet ausgestanden hatte, und die Trauer um meinen Teamkameraden und Freund kochten in mir hoch. Plötzlich packte mich eine Wut, wie ich sie noch nie zuvor empfunden hatte, und ich bemühte mich erst gar nicht, sie zu unterdrücken. Stattdessen ließ ich mich von ihr verschlingen und entlud sie mit jedem Schlag. Ich spürte nicht mehr, wie seine Wangenknochen unter meiner Faust zerbrachen, bis von seinem Gesicht nur noch ein Trümmerhaufen übrig war.

»Das reicht jetzt«, ertönte eine Stimme hinter mir.

Ich schlug noch einmal zu. Er hatte Violet entführt. Und sie verkauft.

Wieder traf meine Faust auf sein Gesicht.

»Er ist tot. Es ist vorbei.« Jemand packte mich am Arm, doch ich versuchte, mich loszureißen. »Verdammte Scheiße, Blue! Es reicht. Er ist verdammt noch mal tot.«

Zane riss mich von dem Mann weg. Meine Lunge brannte, während mein Blutrausch langsam verebbte.

»Lasst uns gehen«, rief Leo von der Tür aus. Ich blickte mich um und erkannte, dass Declan, Linc und Leo mich aufmerksam beobachteten. Ich riss den Blick von ihnen los und wandte mich noch einmal Ortega zu. Er war bis zur Unkenntlichkeit entstellt.

»Verrotte in der Hölle, du Scheißkerl.«

Ich ging auf Leo zu, der beiseitetrat. »Ich glaube, du hast dir die Hand gebrochen«, sagte er. »Du solltest das Blut abwaschen, bevor du Violet gegenübertrittst.«

Ich sah auf meine Tarnhose hinunter, die jetzt mit Ortegas Blut bedeckt war, und grinste innerlich. Ein dreckiger Mistkerl weniger auf der Welt.

»Whiplash, hier ist Rettungsteam zwei. Wir brauchen einen Transport an Treffpunkt eins«, sagte Zane über Funk, bevor er mich ansah. »Lasst uns nach Hause fahren.«

KAPITEL FÜNFUNDZWANZIG

Im Leben eines jeden Menschen gibt es wohl einen Punkt, an dem der Verstand zu streiken beginnt und irgendwann einfach abschaltet. Mittlerweile hatte ich begriffen, dass Tex einen ehemaligen Navy SEAL unter dem Namen Slade Cutsinger eingeschleust hatte, der sich als mein Käufer ausgegeben hatte. Auf diese Weise hatte Tex dafür gesorgt, dass Cutter mich in Sicherheit bringen konnte, falls Jaxon und sein Team mich nicht rechtzeitig erreichen würden. Cutter hatte Jasmin angerufen, und sie hatte seine Geschichte bestätigt. Ich wusste auch, dass ich in Sicherheit und auf dem Weg nach San Diego war. Jasmin hatte mir versichert, dass Jaxon mir folgte und mich in Kalifornien treffen würde.

Nichtsdestotrotz hatte ich die Ereignisse noch nicht verarbeitet. Die Granate. Erics Tod. Jaxon, der mich von sich stieß und mir nicht in die Augen sehen konnte. Es war meine Schuld, dass Eric tot war. Keiner der Männer würde mir je verzeihen können. Wahrscheinlich würde ich mir selbst nie vergeben.

»Violet?«, fragte Cutter. »Du musst noch etwas Wasser trinken.«

Er schob mir eine weitere Flasche zu.

Ich musterte den Mann, den ich vor Kurzem noch für ein widerliches Schwein gehalten hatte. Nachdem wir dieses Flugzeug bestiegen hatten, hatte er den Anzug gegen Freizeitkleidung eingetauscht und sein ganzes Verhalten hatte sich verändert. Seine Miene hatte sich erweicht, in seinen Augen lag ein freundlicher Ausdruck und er war mir gegenüber äußerst fürsorglich. Nichtsdestotrotz wurde er dadurch nicht kleiner. Neben ihm fühlte ich mich wie ein Zwerg und ließ mich allein durch seine Körpergröße einschüchtern.

»Vielen …« Ich räusperte mich und versuchte es erneut. »Vielen Dank.«

»Gern geschehen.«

Wieder musste ich an Jaxon und die Wut und den Abscheu denken, die ich in seinen Augen gesehen hatte. Mein Schädel pochte, was entweder an dem Stress oder an meinem gebrochenen Herzen lag. Es hatte keinen Sinn, es zu leugnen. Irgendwann im Verlauf der letzten Tage hatte ich mich in Jaxon verliebt. Wie zuvor, als Ortega mich geschlagen hatte, versuchte ich auch jetzt, den Schmerz zu lindern, indem ich meine Gedanken zu Jaxon wandern ließ. Doch es war vergebens, es tat einfach zu weh.

Ich hatte genug.

»Wahrscheinlich kannst du es jetzt nicht glauben, aber

irgendwann wirst du das alles hinter dir lassen können«, sagte Cutter.

»Woher willst du das wissen?«, fragte ich.

»Seit ich Soldat bin, habe ich eine Menge Erfahrung sammeln können«, begann er. »Eines der ersten Dinge, die ich in meiner Ausbildung zum SEAL gelernt habe, ist es, dass du nicht das große Ganze sehen darfst. Du musst einen Schritt nach dem anderen unternehmen und jede einzelne Aufgabe, die vor dir liegt, getrennt betrachten. Vor allem musst du wissen, dass nichts ewig währt und auch der Schmerz nur vorübergehend ist.«

»Was ist, wenn ich es nicht schaffe, es Schritt für Schritt zu bewältigen?« Ich befürchtete, dass er mir entschieden zu viel zutraute, und glaubte nicht, dass ich stark genug sein würde, um das alles durchzustehen.

»Dann musst du eben kleine Schritte machen. Irgendwann wirst du bemerken, dass Aufgeben keine Option ist, und wirst erkennen, dass du nur noch aufstehen und für deine Ziele kämpfen kannst.«

Für jemanden, der ein Ziel vor Augen hatte, war das sicherlich ein guter Rat. Doch ich hatte nichts, wofür es sich zu kämpfen lohnte. Die Beziehung, die ich zu Jaxon aufgebaut hatte, war zerschlagen worden. Selbst die beginnende Freundschaft mit Jasmin würde nun keine Früchte tragen. Ich hatte den Abscheu in ihrer Stimme gehört, als ich mit ihr gesprochen hatte.

»Mir bleibt nichts, wofür es sich zu kämpfen lohnt«, gestand ich.

»Wenn du das wirklich glaubst, dann hast du nicht gesehen, was ich gesehen habe.«

»Du meinst den Hass, die Wut und die Verzweiflung?«, fragte ich. Ich hatte den abweisenden Ausdruck in Jaxons Augen gesehen, und die Erinnerung daran würde mich für den Rest meines Lebens verfolgen.

»Damit hast du recht, aber nichts davon war gegen dich gerichtet.«

Obwohl ich nicht mit ihm übereinstimmte, nickte ich. Ich wollte nicht mehr über Jaxon reden. Also lehnte ich den Kopf zurück und schloss die Augen. Ich wollte nur noch in den Schlaf abdriften und meinen Verstand abschalten.

* * *

ICH SCHRECKTE AUS DEM SCHLAF, ALS DAS FLUGZEUG MIT einem Ruck aufsetzte.

»Es ist alles in Ordnung«, sagte Cutter.

»Sind wir schon da?«, fragte ich unnötigerweise. »Was geschieht jetzt? Wie komme ich zurück nach Virginia? Ich habe nicht einmal einen Ausweis.«

»Tex hat dir einen neuen besorgt und ihn bereits an Wolf geschickt. Du wirst mit Viper und dem Team zurückfliegen.«

Mir wurde flau im Magen, doch das hatte nichts damit zu tun, dass das Flugzeug plötzlich am Gate zum Stehen kam. Ich war noch nicht bereit, Jaxon oder einem der anderen Teammitglieder gegenüberzutreten.

»Könntest du mir meinen Ausweis so schnell wie möglich aushändigen, damit ich mich auf den Heimweg machen kann? Ich will einfach nur nach Hause und muss nicht auf die anderen warten.«

Cutter stieß ein leises Lachen aus. »Das klingt, als wolltest du Reißaus nehmen.«

»Ich will ihn noch nicht sehen.«

»Ich mache dir einen Vorschlag. Wir warten hier auf sie und du gibst Blue fünf Minuten. Wenn du danach immer noch nach Hause willst, werde ich dich persönlich zurück nach Virginia bringen.«

»Das kann ich nicht von dir verlangen. Ich kann allein weiterfliegen«, versicherte ich ihm.

»Violet, ich weiß jetzt schon, dass ich meinen Teil der Abmachung nicht einhalten muss«, erwiderte er mit einem Lächeln. »Du wirst nicht wollen, dass ich dich nach Hause bringe.«

Ich bezweifelte das zwar, doch mir blieb nichts anderes übrig, als auf seinen Vorschlag einzugehen, denn ich hatte weder Geld noch eine Kreditkarte noch einen Ausweis. Ohne Hilfe würde ich nirgendwohin gehen.

»Also schön«, stimmte ich mit einem Schnauben zu.

ZWEI STUNDEN SPÄTER HATTE ICH DANK CUTTER ETWAS ZU Mittag gegessen und mein Ausweis war per Kurier eingetroffen. Ich hatte mich ein wenig entspannt und war froh, dass wir die Executive Lounge des kleinen Flughafens für uns hatten. Mit zwei blauen Augen wollte ich mich nur ungern unter Fremde mischen, denn ich hätte ihre Blicke nicht ertragen. Endlich hatte ich genügend Mut aufgebracht, um einen Blick in den Spiegel zu werfen, und wünschte, ich hätte es nicht getan. Ich sah furchtbar aus, aber immerhin war meine Nase wie durch ein Wunder nicht gebrochen.

Cutter hatte mich gerade gefragt, wie es mir in Virginia gefiel, als sich mir die Nackenhaare aufstellten. Bevor ich dazu kam, über die Reaktion nachzudenken, stand Cutter auf und sagte: »Da bist du ja.« Mit den Worten bestätigte er meine Befürchtung.

Ich drehte mich nicht um, aus Angst, eine Dummheit zu begehen und mich Jaxon an den Hals zu werfen, während ich ihm meine Liebe gestand. Plötzlich ließ die Wirkung des Schmerzmittels nach, das Cutter mir gegeben hatte. Mein Schädel pochte und ich konnte kaum hören, was die Männer sagten.

»Vi, Baby?« Ich war mir nicht sicher, wann ich die Augen geschlossen hatte, doch ich öffnete sie langsam und sah, dass Jaxon vor mir kniete. »Tut mir leid, dass du warten musstest.«

Er sah völlig anders aus als vor ein paar Stunden. Der bedrohlich wirkende Soldat in Uniform, dessen Gesicht mit Tarnfarbe bemalt gewesen war, war verschwunden und vor mir saß der Mann, der mich liebkost und mit mir geschlafen hatte. Dann wurde ich mir seiner Worte bewusst und war verwirrt. Warum entschuldigte er sich bei mir?

»Baby, bitte weine nicht.« Er zog mich in seine starken Arme und hielt mich fest, während ich meinen Tränen freien Lauf ließ und sein T-Shirt durchnässte. Ich weiß nicht, wie viel Zeit verging, aber es tat gut, während ich an seiner Brust weinte und sein T-Shirt mit meinen Tränen durchnässte. Ich weiß nicht, wie lange ich in seinen Armen weinte, aber es tat gut, alles rauszulassen.

»Es tut mir so leid«, jammerte ich.

Jaxon versteifte sich augenblicklich und zog den Kopf zurück, um mich anzusehen. »Nicht doch. Du musst dich nicht entschuldigen.«

»Doch, es ist alles meine Schuld«, begann ich.

»Tu das nicht, Violet. Nichts von alledem ist deine Schuld.«

»Aber Eric …«

Jaxon verkrampfte sich erneut, setzte aber schnell eine neutrale Miene auf. »Er ist als Held gestorben, indem er uns beschützt hat.«

»Aber … wie kannst du so etwas sagen?«, fragte ich. Eric war tot, und Jaxon verhielt sich, als sei dies ein Tag wie jeder andere. »Das verstehe ich nicht.«

»Ich weiß. Komm schon, ich habe einen Wagen gemietet. Wir machen eine Spritztour und ich erkläre dir alles während der Fahrt«, sagte er.

»Du willst mit mir eine Spritztour machen? Aber du warst so wütend auf mich. Du hast Cutter befohlen, mich mitzunehmen, und wolltest mir nicht einmal in die Augen blicken.«

»Auch das werde ich dir erklären. Aber ich war nie wütend auf dich. Nun, das ist nicht ganz richtig. Als ich hörte, dass du fortgelaufen bist, wollte ich dir den Hintern versohlen.«

Bei dem Gedanken lief ich hochrot an. Die Erinnerung an unsere letzte gemeinsame Nacht war im Moment wirklich fehl am Platz, aber ich konnte nichts gegen die Bilder tun, die mir nun im Kopf herumschwirrten.

»Hier sind ihre Unterlagen«, riss Cutter mich aus meinen Gedanken und reichte Jaxon einen Umschlag.

Jaxon stand auf und schüttelte dem Mann die Hand. »Ich hatte noch keine Gelegenheit, mich richtig zu bedanken«, sagte er.

»Ich bin froh, dass Tex mich rechtzeitig einschleusen konnte. Ich helfe gern«, erwiderte Cutter. »Aber nun muss ich noch einiges erledigen. Bis bald«, verabschiedete er sich von Jaxon und wandte sich dann an mich. »Pass auf dich auf, Violet, und vergiss nicht, was ich dir gesagt habe. Einen Schritt nach dem anderen.«

»Nochmals danke, Cutter. Und es tut mir leid, dass ich dich für einen Mistkerl gehalten habe.«

Er lachte leise, dann sagte er mit steinerner Miene: »Ein Mann, der versucht, einen anderen Menschen zu kaufen, ist kein Mann. Aber er ist auch nicht einfach nur ein Mistkerl, sondern ein abscheuliches Stück Scheiße und sollte meiner Meinung nach einen langsamen und schmerzhaften Tod sterben.«

Er nickte mir zu und ging zu Zane hinüber. Die beiden unterhielten sich, doch ihre Stimmen waren zu leise, als dass ich sie hätte verstehen können. Declan nutzte die Gelegenheit und kam auf mich zu. Er zog mich in seine Arme und ich brach erneut in Tränen aus.

»Es tut mir so verdammt leid, dass ich ihn nicht schon früher aufhalten konnte«, murmelte er und drückte mich fest an sich. »Und es tut mir leid, dass er Hand an dich gelegt hat. Ich bin stolz auf dich, weil du so stark bist.«

»Ich bin nicht stark, Declan. Ich wusste, dass ich zusammenbrechen würde, sobald ich das Gebäude verließ.«

»Das spielt jetzt keine Rolle mehr. Du bist in Sicherheit.«

Wir hielten einander im Arm, bis Jaxon sich räusperte. »Wir sollten uns auf den Weg machen. Der Verkehr wird die Hölle sein.«

»Wir sehen uns, wenn du wieder in Maryland bist«, sagte Declan zum Abschied.

»Du bleibst hier?«

»Ja, Schwesterherz, ich bleibe hier. Ich habe mit Zane gesprochen und werde in Teilzeit für ihn arbeiten.«

Ich musste unwillkürlich lächeln. »Das ist großartig. Vielleicht kann ich in deine Nähe ziehen. Ich habe ohnehin keinen Job mehr.«

»Du ziehst in seine Nähe«, warf Jaxon ein.

»Wie bitte?«

»Wenn wir zurück sind, fahren wir nach Virginia und packen deinen Kram. Ich kenne ein tolles altes Kolonialhaus mit sechs Schlafzimmern. Sicher ist dort noch Platz für dich.«

»Hm?« Wovon zum Teufel sprach er bloß?

»Zerbrich dir nicht den Kopf. Wir reden später darüber«, lachte Jaxon und zog mich an seine Seite.

Als wir aufbrachen, stand Zane neben Linc und starrte mich mit einem nachdenklichen Gesichtsausdruck an. Ich schenkte ihm ein angespanntes Lächeln, hatte aber zu viel Angst, mit ihm zu reden. Jaxon hatte mir zwar versichert, dass er mir nicht die Schuld an Erics Tod gab, doch seine Körpersprache ließ das Gegenteil vermuten. Da Zane der Typ Mann war, mit dem man sich besser nicht anlegte, entschied ich mich, einfach weiterzugehen.

Jaxon und ich hatten fast die Tür erreicht, als Linc auf uns zulief. Er erschreckte mich fast zu Tode, als er mich in seine Arme zog und mir ins Ohr flüsterte: »Du hast meiner Frau schon zum zweiten Mal das Leben gerettet. Ich stehe für immer in deiner Schuld. Wenn du je etwas brauchst, musst du es nur sagen. Egal was. Du kannst immer zu mir kommen.«

Ich war nicht in der Lage, etwas zu erwidern. Meine Kehle war wie zugeschnürt, also nickte ich nur zustimmend und erwiderte die Umarmung.

»Hey, du hast selbst eine Frau, also lass meine los«, knurrte Jaxon, woraufhin Linc ein Lachen ausstieß.

»Mach ihm die Hölle heiß«, sagte er zu mir und ließ mich los.

Seine Frau? Was zum Teufel sollte das?

KAPITEL SECHSUNDZWANZIG

Nach allem, was geschehen war, hatte ich mich spontan entschieden, mit Violet für ein paar Tage nach Los Angeles zu fahren. Wir brauchten diese Zeit für uns. Außerdem glaubte ich nicht, dass sie es verkraften würde, in dem Flugzeug zu sitzen, in dem auch Erics Leiche transportiert wurde. Für den Rest von uns war es schwer genug zu wissen, dass Eric im Frachtraum in einer Holzkiste lag, doch Violet wäre wahrscheinlich zusammengebrochen. Die kommenden Tage würden ihr die Augen öffnen. Obwohl sie für die CIA gearbeitet hatte, wusste sie nicht viel über die Kampfeinsätze oder die Männer, die sich tagtäglich freiwillig in Gefahr begaben. Genau deshalb hatte Ortega sie so leicht erpressen können.

Ich führte sie zu dem Mustang Cabrio, das ich gemietet hatte, und gab ihr eine Baseballkappe und eine verspiegelte Fliegersonnenbrille. Sie sah verdammt sexy darin aus. Wir fuhren auf die Autobahn 5 in Richtung

Norden, und sie lehnte den Kopf zurück und blickte gen Himmel. Es war ein wunderschöner sonniger Tag in Südkalifornien. Am Himmel war keine einzige Wolke zu sehen und es herrschten angenehme sechsundzwanzig Grad. Nach etwa einer Stunde erreichten wir den Zubringer zur Schnellstraße 405 und der Verkehr kam fast zum Stillstand.

Nichts erinnerte einen so sehr an zu Hause wie die 405.

»Hast du Hunger?«, fragte ich.

»Ich könnte einen Snack vertragen«, antwortete sie.

Für einen Moment dachte ich daran, nach Long Beach zu fahren, doch bei dem dichten Verkehr würden wir eine weitere Stunde brauchen. Also nahm ich die Ausfahrt zum John-Wayne-Flughafen und hoffte, dass das Café am Ende der Landebahn noch existierte. Es war Jahre her, seit ich das letzte Mal in der Gegend war, und in Kalifornien öffneten und schlossen die Läden schneller, als eine Hure die Freier wechselte. Doch als wir uns dem Flughafen näherten, war ich froh zu sehen, dass der Parkplatz des Runway Cafés überfüllt war. Dann fielen mir die blauen Flecke in Violets Gesicht wieder ein und ich tadelte mich selbst, weil ich nicht früher daran gedacht hatte. In diesem Zustand würde sie sich auf keinen Fall in ein Restaurant setzen wollen.

Aber ich war am Verhungern, und da wir schon einmal hier waren, hielt ich auf dem Parkplatz an. »Warte hier. Ich hole uns etwas zum Mitnehmen, dann können wir in der Nähe der Landebahn parken und die Flugzeuge beobachten, während wir essen.«

»Einverstanden.«

In weniger als zehn Minuten war ich mit unserer Bestellung zurück und parkte den Wagen etwas abseits. Sie steckte sich eine Pommes in den Mund und spülte sie mit ihrem Minz-Schoko-Shake herunter. Als sie ihre sinnlichen Lippen von dem Strohhalm löste, schenkte sie mir ein Lächeln. »Das ist der beste Shake, den ich je getrunken habe«, sagte sie.

»Ja, sie sind ziemlich gut.«

Wir aßen in angenehmem Schweigen. Nachdem sie ihre Pommes aufgegessen hatte, wandte sie sich mir zu. »Darf ich dich etwas fragen?«

Verdammt! Ich hatte gehofft, diese Unterhaltung noch ein paar Stunden aufschieben zu können.

»Sicher.«

»Du … äh … sagtest, du bist nicht wütend auf mich. Aber im Dschungel hast du mich angesehen, als würdest du mich hassen.«

Ich hielt einen Moment inne und wog meine Worte sorgfältig ab, bevor ich antwortete: »Ich war mehr als wütend, aber nicht auf dich. Für gewöhnlich kann ich meine Emotionen unterdrücken, wenn ich im Einsatz bin. Ich konzentriere mich ausschließlich auf meinen Job, denn inmitten eines Feuergefechts können Gefühle den Tod bedeuten. Aber als ich dich gestern in diesem Zustand sah, wurde ich von meinen Emotionen übermannt und konnte nur noch daran denken, dich zu beschützen. Und zwar nicht nur vor Ortega, sondern auch vor mir. Ich wollte dich in Sicherheit wissen und vermeiden, dass du diese dunkle Seite von mir siehst.«

»Welche dunkle Seite?«, fragte sie.

»Die des kaltherzigen und berechnenden Mannes, der

weder Reue zeigt noch Gnade kennt, wenn er andere, ohne zu zögern, bestraft und tötet. Diese Seite von mir will ich dir niemals zeigen.«

»Das ist nicht fair.«

»Was ist nicht fair?«

»Dass du einen Teil von dir vor mir verbirgst. Vor allem da er dich unter anderem zu dem Mann macht, der du bist. Und dieser Mann bedeutet mir viel. Würde es dir gefallen, wenn ich Teile meiner Persönlichkeit vor dir zurückhalte?«

Das war eine gute Frage, auf die es nur eine Antwort gab.

»Auf keinen Fall.«

»Dann will ich, dass du dich nie wieder vor mir versteckst«, erklärte sie. »Also, was ist mit Ortega passiert?«

»Würdest du dich diesmal damit zufriedengeben, dass ich dich nur beschützen will, und es dabei bewenden lassen?«, fragte ich.

»Nein.«

Verdammt. So starrköpfig und zäh war sie verdammt niedlich. Es erinnerte mich daran, wie sie vor nicht allzu langer Zeit in Zanes Penthouse spaziert war. Sie hatte ausgesehen, als hätte sie gerade eine Schlacht geschlagen. Auch damals hatte sie ihre Frau gestanden.

»Er ist tot.«

»Wie ist er gestorben?«, wollte sie wissen und seufzte, denn meine einsilbige Antwort stellte sie offenbar nicht zufrieden.

»Ist das dein Ernst? Er ist tot. Mehr musst du nicht wissen.«

Für einen Moment schwieg sie. Als sie wieder das Wort ergriff, starrte sie stur geradeaus auf die Landebahn. »Doch, ich muss es wissen. Ich kann dir nicht genau erklären warum, aber ich werde es versuchen. Ortega hat mir etwas genommen. Er hat mich geschlagen, mir Angst eingejagt und versucht, mich als Sexsklavin zu verkaufen. Er hat mich sowohl meiner Kleider als auch meiner Würde beraubt, als er mich in BH und Höschen vor seinen Männern hat stehen lassen, damit sie mich begaffen konnten. Cutter hat mich in diesem Zustand gesehen und beobachtet, wie Ortega mich schlug. Ich war überzeugt davon, dass er mich gekauft hatte, und ich versuchte, mir einzureden, dass ich stark sein könnte. Doch insgeheim wusste ich, dass ich zusammenbrechen würde, sobald wir das Lagerhaus verlassen würden. Ich glaube zwar nicht, dass ich ein rachsüchtiger Mensch bin, aber ich muss wissen, was mit ihm passiert ist.«

Ich versuchte, mir meine Reaktion nicht anmerken zu lassen, doch als sie mir von all den abscheulichen Dingen erzählte, die der Kerl ihr angetan hatte, kochte ich vor Wut.

»Also gut, Baby. Aber es ist nicht sonderlich angenehm. Als wir ins Lagerhaus eindrangen, entdeckten wir Ortega sofort.« Ich atmete tief durch und hoffte, dass die Geschichte ihr helfen würde, statt Narben zu hinterlassen. »Der erste Schuss traf ihn in der Hand, der zweite im Oberschenkel. Er hatte sich sicher einen schnellen Tod gewünscht, doch das hatte er nicht verdient, also ließ ich mir Zeit. Ich hoffe nicht, du denkst, Töten würde mir Spaß machen, doch ich muss zugeben, dass ich diesmal eine gewisse Befriedigung empfand, als ich mit dem Messer einige seiner Organe durchbohrte. Sein Tod war langsam und schmerzhaft, und am Ende sah sein Gesicht um einiges schlimmer aus als deines. Als er starb, wusste er genau, wie es sich anfühlt, geschlagen zu werden, während man hilflos am Boden liegt.«

»Danke«, flüsterte sie und wandte ihr Gesicht wieder der Sonne zu. »Danke, dass du sein Leben beendet und mich in Sicherheit gebracht hast.«

»Gern geschehen, Baby.«

»Das ist neu«, erwiderte sie mit einem Lachen. »Für gewöhnlich sagst du nur: ›Du musst mir nicht danken.‹« Bei den Worten senkte sie die Stimme und versuchte, meinen Tonfall nachzuahmen.

»Bist du bereit weiterzufahren?«, fragte ich.

Bis zu Coopers Haus waren es mindestens noch zwei Stunden Fahrt, und ich konnte es kaum erwarten, meinen Bruder zu sehen.

»Wirst du mit mir über Eric sprechen?«

»Ja, aber nicht hier. Wir können uns heute Abend über ihn unterhalten.«

Ich startete den Mustang und genoss das Dröhnen des Motors, als ich zurück auf die Autobahn fuhr. Die nächste Stunde vertrieben wir uns mit Small Talk, während wir uns den Wind um die Nase wehen ließen. Irgendwann wurde mir bewusst, dass ich zum ersten Mal mit Violet allein war, während wir nicht in einem Keller festsaßen, ihre Entführung befürchten mussten oder uns vor Terroristen versteckten. Ein paar Tage lang konnten wir tun und lassen, was wir wollten. Wir würden noch mit unserem Kummer und unserer Trauer zu kämpfen haben, doch im Moment brauchten wir einfach nur unseren Frieden.

Noch eine Stunde später fuhr ich vor dem Haus meines Bruders in die Einfahrt und warf einen Blick auf den Beifahrersitz. Violet war eingeschlafen und sah so friedlich aus, dass ich sie nur ungern wecken wollte. Cutter hatte mir berichtet, dass sie auf dem Flug von Brasilien ein Nickerchen gemacht hatte, doch nach allem, was sie durchgemacht hatte, würde sie sich eine Woche lang erholen müssen.

»Wo sind wir?«, fragte sie. Da sie noch immer meine Sonnenbrille trug, hatte ich nicht bemerkt, dass sie wach war.

»Vor Coopers Haus«, antwortete ich.

»Cooper, dein Bruder?« Sie setzte sich auf und betrachtete das Gebäude. Cooper wohnte in dem schönen Viertel Tarzana. Er hatte das Haus gekauft, da es über drei Garagen verfügte. Die zwei zusätzlichen Stellplätze nutzte er, um an einem seiner vielen Projekte zu tüfteln. Bei näherem Hinsehen würde ich wahrscheinlich einen Hotrod oder ein altes Muscle-Car dort vorfinden. Schon in unserer Kindheit hatte mein Bruder gern Sachen auseinandergenommen und repariert. Unser Vater hatte ihn zu einem Ingenieurstudium überreden wollen, doch Cooper hatte sich geweigert. Seiner Meinung nach würde das Basteln weniger Spaß machen, wenn er damit seinen Lebensunterhalt verdiente.

Wie aufs Stichwort wurde die mittlere Garagentür geöffnet und mein Bruder erschien. Violet ließ sich tiefer in ihren Sitz sinken. Genau aus diesem Grund hatte ich ihr nicht verraten, wohin wir fahren würden, denn ich wollte ihr keine Zeit geben, sich über das Treffen mit Cooper den Kopf zu zerbrechen.

»Komm schon.«

»Ich kann deinem Bruder nicht gegenübertreten«, sagte sie.

»Warum nicht?«

»Äh ... hallo ... hast du mein Gesicht nicht gesehen?«, fragte sie mit sarkastischem Unterton und zog dabei jedes Wort in die Länge.

»Doch, das habe ich. Es ist wunderschön.«

»Ich habe zwei blaue Augen, Jaxon«, schnaubte sie.

»Na und?« Ich bemühte mich um einen lässigen Tonfall, doch bei der Erinnerung daran, was Ortega ihr angetan hatte, wurde ich erneut von Wut gepackt.

»Jaxon.« Der flehende Unterton in ihrer Stimme brach mir das Herz.

»Baby, die Wunden werden verheilen. Aber weißt du, was bleiben wird?« Sie schüttelte den Kopf. »Deine Stärke und deine Tapferkeit. Es bringt mich fast um, dass du verletzt wurdest, und du wirst ein paar Wochen lang mit den blauen Flecken leben müssen. Aber du bist wunderschön, du bist stark und es gibt nichts, wofür du dich schämen müsstest. Mein Bruder weiß, was passiert ist.«

»Okay«, lenkte sie schließlich ein. Ihre niedergeschlagene Stimme versetzte mir einen Stich im Herzen, doch ich würde nicht zulassen, dass sie sich vor dem Rest der Welt versteckte.

»Bist du bereit?«, fragte ich.

»Eigentlich nicht, aber ich will nicht den ganzen Tag im Wagen sitzen bleiben.«

»Komm her«, sagte ich.

»Wohin?«

»Hierher.« Ich beugte mich vor und lockte sie mit einem gekrümmten Finger zu mir.

Sie kam mir entgegen, und ich presste sanft meine Lippen auf ihre. Der Kuss war zärtlich, doch er war inniger und bedeutender als jede andere Liebkosung zuvor. Violet war am Leben und in Sicherheit, und nun würde ich sie zu der Meinen machen.

Ich stieg aus und öffnete ihr die Beifahrertür. Als ich ihre Hand ergriff, um sie in die Garage zu führen, beruhigte das Gefühl ihrer warmen Haut meine Nerven.

»Hallo!«, rief ich, als wir die Garage betraten. Im Gegensatz zu der strahlenden Sonne draußen war es hier drin ziemlich dunkel und meine Augen mussten sich erst an das schummrige Licht gewöhnen. Cooper richtete sich auf und blickte hinter der geöffneten Motorhaube eines 69er Chevy Camaros hervor. »Ich hoffe, du hast vor, diesen Schrotthaufen zu lackieren. Der Wagen ist orange.«

»Und das aus dem Mund des Mannes, der es gewagt hat, einen Ford in meiner Einfahrt zu parken. Falls das Ding Öl verliert, wirst du die Flecke mit einem Fettlöser und einer Zahnbürste entfernen. Bei genauerer Überlegung sollte ich lieber die alte Molly draußen parken, damit du den Ford in die Garage fahren kannst. Ich will nicht, dass die Nachbarn sich über den Müll beschweren.«

»Verdammter Snob«, erwiderte ich mit einem Lachen. »Cooper, das ist Violet. Violet, das ist mein kleiner Bruder Cooper.«

»Schön, dich kennenzulernen«, sagte Violet zur

Begrüßung und reichte Cooper die Hand. Ich war so stolz auf sie.

Cooper warf einen Blick auf sie und dann auf ihre Hand, bevor er seine eigene Hand beäugte und wieder zu ihr aufsah. »Schätzchen, meine Finger sind ölverschmiert. Komm mit ins Haus, damit ich mir die Hände waschen und dich angemessen begrüßen kann.«

»Könntest du vielleicht davon absehen, mit meiner Frau zu flirten?«

»Bruder, wenn du glaubst, dass ich gerade mit ihr geflirtet habe, dann bist du wohl aus der Übung, alter Mann. Wenn du dir eine so schöne Frau wie Violet angeln willst, musst du dich schon etwas mehr ins Zeug legen.«

Wie von Cooper beabsichtigt, errötete Violet und verzog die Lippen zu einem Lächeln.

Wir folgten meinem Bruder ins Haus und er erzählte uns von dem hässlichen orangefarbenen Camaro. Er hatte ihn vor ein paar Tagen gekauft und hatte vor, ihn komplett zu überholen und umzubauen, bevor er mit ihm ein Rennen fahren und ihn dann gewinnbringend verhökern würde. Cooper handelte schon seit einiger Zeit mit Autos und verdiente sich damit ein hübsches Sümmchen. Ich war mir ziemlich sicher, dass er bei der Polizei von Los Angeles kündigen und von dem Verkauf der Fahrzeuge leben könnte, aber er liebte seine Arbeit als Polizist, und genau wie früher wollte er sein Hobby nicht zum Beruf machen.

Cooper wusch sich die Hände und drehte sich zu Violet um. Sie erschrak, als er sie in seine Arme zog. Ich hatte vergessen, sie davor zu warnen, dass meine Familie sich nicht mit einem einfachen Händedruck begnügte.

Vor allem meine Mutter liebte Umarmungen, wobei sie ihr Gegenüber jedes Mal fast erdrückte.

»Es freut mich, dass du gekommen bist«, hörte ich Cooper sagen. Er ließ sie los und nahm ihr ohne Vorwarnung die Sonnenbrille ab. Das war noch so eine Angewohnheit, die in meiner Familie weit verbreitet war – sie war aufdringlich.

»Scheißkerl«, sagte er und Violet zuckte zusammen. »Ich hoffe, du hast das Arschloch in die Hölle geschickt.«

»Mit bloßen Händen. Das war die süßeste Rache, die ich seit Langem gekostet habe, Bruder.«

»Süßer als ich?«, fragte Violet mit einem sexy Grinsen. Ich war mir nicht sicher, was diese kesse Seite in ihr zum Vorschein gebracht hatte, aber ich freute mich ungemein, dass sie sich in der Gegenwart meines Bruders wohl genug fühlte, um mit mir zu scherzen.

»Auf der ganzen Welt gibt es nichts, das so süß ist wie du, Baby«, erwiderte ich und zog sie an meine Seite.

»Ich mag sie. Du solltest sie behalten«, sagte Cooper. »Würdest du bitte ein paar Biere aus dem Kühlschrank holen? Ich gehe mit Violet auf die Terrasse.« Ohne auf eine Antwort von mir zu warten, reichte er ihr ihre Sonnenbrille und führte sie in den Garten.

Ich schnappte mir die Biere und wartete ein paar Minuten, während ich Cooper dabei beobachtete, wie er Violet die verschiedenen Pflanzen zeigte. Er hatte die Terrasse erst vor Kurzem gebaut und ein tropisches Paradies geschaffen. Ich hatte Bilder davon gesehen, doch die Fotos wurden ihm nicht gerecht. Auf der linken Seite befand sich ein Brunnen mit einem kleinen Wasserfall. Neben prachtvollen Strelitzien wuchsen weitere Pflanzen mit orangefarbenen, lila und gelben Blüten.

Während ich die beiden betrachtete, fügten sich die Puzzleteile allmählich zusammen. Noch vor einiger Zeit hatte ich in Violet ein Puzzle ohne Eck- und Randstücke gesehen, das ich einfach nicht hatte zusammensetzen können. Nun wurde mir klar, dass sie keine gerade Außenkante hatte und ihre Teile kein gewöhnliches Bild ergaben. Sie war vielschichtig und vorhersehbar zugleich. Violet schenkte Cooper ein Lächeln und deutete auf den Wasserfall. Ich fragte mich, ob sie in Maryland ebenfalls eine Terrasse haben wollte. Ich hatte viel Platz in meinem Garten. Zwar würden wir aufgrund des unterschiedlichen Klimas nicht die gleichen Sträucher und Blumen anpflanzen, aber wir könnten uns ebenfalls ein kleines Paradies schaffen.

Plötzlich wurde mir klar, dass all die Hindernisse, die ich geglaubt hatte, mit Violet überwinden zu müssen, gar nicht existierten. Ortega war tot. Nun stand unserem Glück nichts mehr im Weg.

Die nächsten Wochen würden wir gemeinsam überstehen und dann unser Leben genießen. Ich verspürte einen schmerzhaften Stich und legte mir eine Hand aufs Herz.

Ich vermisse dich, Bruder.

KAPITEL SIEBENUNDZWANZIG

Morgen früh würden wir zurück nach Annapolis fliegen. Wir verbrachten unseren letzten Abend in Coopers Haus, und Jaxon stand vor dem Eingang und diskutierte mit seiner Mutter. Cooper schien das zu amüsieren, doch mittlerweile hatte ich gelernt, dass Cooper wahrscheinlich der gelassenste Mensch war, dem ich je begegnet war. Bis jemand gegen das Gesetz verstieß. Wenn Cooper Cain wütend wurde, stand er sogar Zane in nichts nach. Er beschützte benachteiligte Menschen fast mit ebensolcher Inbrunst, mit der er auch seine Familie liebte.

Gestern Abend hatte Jaxon ihm in allen Einzelheiten berichtet, was geschehen war. Ich hatte beobachtet, wie Cooper immer wütender wurde. Er hatte die Stirn in Falten gelegt, während eine Vene an seinem Nacken zu pulsieren begonnen hatte. Wenn Jaxon Ortega nicht getötet hätte, hätte Cooper zweifellos im nächsten Flieger nach Brasilien gesessen. Ich bewunderte die Cain-

Männer für ihren ausgeprägten Beschützerinstinkt und würde Cooper vermissen. Aber er hatte versprochen, uns in ein paar Monaten zu besuchen. Uns! Nicht einfach nur Jaxon, sondern uns beide.

Die Hoffnung auf ein gemeinsames Leben mit Jaxon hatte in mir nicht nur Wurzeln geschlagen, sondern begann langsam, zu wachsen. Als ich ihm gestern gestanden hatte, dass ich mir eine Zukunft mit ihm wünschte, hatte er mich an sich gezogen, seine Beine mit meinen verschränkt und ein »Gott sei Dank« ausgestoßen. Dann hatte er mir eine Frage gestellt, die mich völlig verwirrt hatte. Er wollte, dass ich bei ihm einzog. Er erzählte mir alles über sein großes Haus im Kolonialstil und versicherte, dass er eine Menge Platz hätte und ich sogar für eine Weile mein eigenes Schlafzimmer haben könnte, falls ich das wollte. Er sagte, ich solle darüber nachdenken und ihm meine Entscheidung mitteilen, sobald ich bereit dazu war. Am liebsten hätte ich sofort eingewilligt. Ich wollte die Vergangenheit hinter mir lassen, neu anfangen und nie wieder ein so trauriges, einsames Dasein führen wie früher. Doch genau dieser Gedanke ließ mich innehalten. Ich brauchte Zeit, um nachzudenken und meine Gefühle abzuwägen. Ich musste sicher sein, dass ich Jaxon nicht einfach nur benutzte, um meinem Leben zu entkommen. Das würde ich ihm nicht antun. Er war ein guter Mann, der nur das Beste verdient hatte. Ich musste mir hundertprozentig sicher sein, dass ich mit ihm aus den richtigen Beweggründen zusammen war.

Aber solange Jaxon in ein Streitgespräch mit seiner Mutter verwickelt war, konnte ich mir darüber keine

Gedanken machen. Als sie die Einfahrt hinaufgefahren war, hatte Jaxon seinen Bruder mit einem derart finsteren Blick bedacht, dass ich schon befürchtete, Cooper könnte in Flammen aufgehen. Nachdem er ihm versichert hatte, er würde ihm später noch die Hölle heißmachen, war er mit gesenktem Kopf nach draußen gestapft.

Ja, der Mann war tatsächlich wie ein begossener Pudel zu seiner Mutter getrottet, um sich von ihr die Leviten lesen zu lassen. Diese war nämlich verärgert, dass Jaxon ihr nichts von seinem Besuch erzählt hatte und sie es von Cooper erfahren musste. Cooper seinerseits stand neben mir und hatte ein breites Grinsen im Gesicht.

»Du bist gemein«, sagte ich.

Sein Lächeln verblasste und er wandte sich mir zu. »Jaxon brauchte einen Anstoß.«

»Einen Anstoß?«, wiederholte ich.

»Er ist so sehr darauf bedacht, dich zu beschützen, dass er unsere Mutter völlig vergessen hat. Und sie ist unsere größte Verbündete.«

Bei dem Gedanken, seine Mutter zu treffen, wurde ich nervös. Bisher war ich noch nie den Eltern eines Partners vorgestellt worden. Wie schlimm konnte es schon sein? Außerdem würde Jaxon mir beistehen. Als ich die lauter werdenden Stimmen hörte, beschloss ich, dem Streit ein Ende zu setzen.

»Das reicht, Jaxon«, sagte ich und stieß die Tür auf. Zwei wütende Augenpaare wandten sich mir zu und Mrs. Cain zuckte zusammen. Verdammt, ich hatte mein Gesicht ganz vergessen. Bevor ich sie begrüßen oder die blauen Flecke erklären konnte, kam sie auf mich zu und zog mich in ihre Arme. Ach herrje, in dieser Familie schienen sämtliche Mitglieder eine Vorliebe für Umarmungen zu haben!

»Du bist noch schöner, als *Cooper* gesagt hat.« Sie betonte den Namen ihres jüngeren Sohnes und sah Jaxon finster an. Jetzt wusste ich, woher Jaxon diesen durchdringenden Blick hatte. »Lass uns ins Haus gehen und eine Tasse Tee trinken. Jaxon braucht eine Auszeit. Danach werden die beiden sich in die Haare kriegen, weil Cooper mir erzählt hat, dass du hier bist. Aber das müssen wir uns nicht ansehen.«

Ich musste unwillkürlich lächeln. Offenbar kannte sie ihre Söhne. Und obwohl es so schien, als ärgerte sie sich über Jaxons Verhalten, war ihr Tonfall von Liebe und Zuneigung geprägt.

»Ich würde gern einen Tee mit Ihnen trinken, Mrs. Cain.«

»Bitte nenn mich Abby, Schätzchen. Oder Mom. Was auch immer dir lieber ist.«

Mom?

Mein Blick fiel auf Jaxon, der immer noch die Arme vor seiner breiten Brust verschränkt hatte und finster dreinblickte. »Aus genau diesem Grund wollte ich nicht, dass Mom hierherkommt. Violet ist noch nicht bereit für eine Begegnung mit ihr«, erklärte er und sah über meinen Kopf hinweg seinen Bruder an.

»Bereit für eine Begegnung mit mir?«, wiederholte Abby, in deren Stimme nun ein verletzter Unterton mitschwang.

Instinktiv ergriff ich ihre Hand und versuchte, seine schroffen Worte zu entschuldigen. »Er hat es nicht böse gemeint. Nicht wahr, Jaxon? Er macht sich nur Sorgen, weil ich wegen der blauen Flecke in Verlegenheit gerate, das ist alles. Ich wollte nicht einmal Cooper kennenlernen, da ich mich nicht gerade …« Ich hielt inne und zeigte auf mein Gesicht. »… von meiner besten Seite zeige.«

»Das habe ich nicht gemeint, Baby. Es ist mir scheißegal, ob du dich meiner Familie mit einer Papiertüte über dem Kopf vorstellst. Nur weil dieses Schwein dein Gesicht derart übel zugerichtet hast, bist du nicht weniger schön. Aber ich kenne meine Mutter und wusste genau, dass sie auf dumme Ideen kommen und vorbeischauen würde, sobald sie von deinem Besuch erfährt. Ich habe dich allerdings hierhergebracht, damit du nach der ganzen Tortur etwas entspannen und durchatmen kannst.«

»Oh. Ich denke nicht, dass irgendjemand auf dumme Ideen kommt. Außerdem bin ich entspannt.«

»Das ist schön zu hören, Vi, aber sie kommt immer auf dumme Ideen. Ich wollte dich einfach nicht beunruhigen.« Wovon redete er nur? Benutzte die Familie Cain etwa einen Geheimcode, den sonst niemand entschlüsseln konnte?

»Und wer hat sie jetzt beunruhigt, du Idiot?«, warf Cooper ein. »Bitte kommt ins Haus und schließt die Tür. Herrje, ich wohne schließlich nicht in den Slums. Meine Nachbarn werden noch die Polizei rufen.«

»Ich bin nicht beunruhigt«, log ich. Tatsächlich war ich verdammt nervös. Ich hatte keine Ahnung, von welchen dummen Ideen Jaxon sprach, und wollte es wahrscheinlich auch gar nicht wissen.

»Blödsinn. Aber du verbirgst es ganz gut«, erwiderte Cooper mit einem Lachen. »Mein Bruder ist etwas seltsam. Bereits in der Highschool hat er nie eine seiner Freundinnen mit nach Hause gebracht. Kein einziges Mal. Unsere Mutter hat er damit fast in den Wahnsinn getrieben. Am Abend des Abschlussballs kam seine Partnerin zwar zu uns nach Hause, doch das zählte nicht, da die beiden nur Freunde waren. Aber für alle anderen war unser Haus tabu.«

»Ich bin nicht seltsam«, entgegnete Jaxon, doch er korrigierte Cooper nicht, was die Freundinnen anging.

War ich seine Freundin? Waren wir dafür nicht etwas zu alt? Er hatte mich zuvor seine Frau genannt, doch ich verstand den Unterschied nicht ganz.

»Er sagte, ich müsse die Mädchen nicht kennenlernen. Wenn er die Frau gefunden hatte, die er heiraten wollte, würde er sie zu mir bringen«, flüsterte Abby.

Ich blickte an die Decke und betete zu allem, was mir heilig war, dass ich nicht in Tränen ausbrechen würde. Jaxon sollte nicht denken, dass ich den Worten seiner Mutter Bedeutung beimaß oder gar glaubte, er würde mich heiraten wollen. Bisher wusste ich noch nicht einmal, ob er mich überhaupt liebte. Außerdem hatte er mich nicht zu seiner Mutter gebracht, denn sie war zu mir gekommen.

»Meine Güte! Ihr beide seid unmöglich. Ist euch vielleicht in den Sinn gekommen, dass ich meiner Frau gern gesagt hätte, dass ich sie liebe, bevor du ...«, schimpfte er und deutete auf seinen Bruder, »Geschichten darüber erzählst, dass ich meiner Familie meine Freundinnen nicht vorstellen will?« Dann wandte er sich seiner Mutter zu. »Und du redest davon, dass ich dir meine Braut bringen werde, als befänden wir uns im neunzehnten

Jahrhundert. Du verstehst es wirklich, sie zu Tode zu erschrecken.«

Wie war das? Hatte er gerade gesagt, dass er mich liebte? Abby drückte meine Hand und Cooper lachte leise, woraufhin Jaxon seinen Bruder mit einem Knurren tadelte.

»Wie ich schon sagte, er brauchte nur einen Anstoß«, murmelte Cooper.

»Komm schon. Lass uns nun einen Tee trinken«, schlug Abby vor.

Ich hatte keine andere Wahl, als ihr zu folgen, denn sie zog mich an der Hand in die Küche, während Cooper und Jaxon im Wohnzimmer blieben. Zugegebenermaßen hatte ich nichts dagegen, den Raum zu verlassen. Bei einer Tasse Tee würde ich vielleicht wieder einen klaren Kopf bekommen.

»Ist es klug, die beiden allein zu lassen?«, fragte ich.

»Hey, falls etwas kaputtgeht, ist es mir egal. Dies ist nicht mein Haus«, lachte sie.

Wir kochten uns einen Tee und setzten uns mit unseren Tassen in Coopers schöne Gartenoase.

»Ich liebe diese Terrasse«, sagte ich. »In Virginia wohne ich in einem Apartment und habe keinen Garten. Mir war gar nicht bewusst, wie sehr ich es vermisst habe, draußen zu sitzen und die frische Luft zu genießen.«

»Jaxon soll dir eine Terrasse bauen. Vielleicht kann er dir einen Wintergarten einrichten, dann kannst du das ganze Jahr über draußen sitzen und wirst nicht von den riesigen Moskitos gestochen, die in Maryland herumschwirren. Im Frühling und Sommer kannst du die Glasfenster entfernen und hast genügend frische Luft.«

Er sollte mir eine Terrasse bauen? Ganz offensichtlich unterlag sie einem Irrtum.

»Jaxon hat mich nur hierhergebracht, damit ich mich von meiner Entführung erholen kann. Das ist alles. Mehr ist da nicht.«

»Nicht doch. Du hättest dich überall erholen können. Aber Jaxon ist mit dir hierhergekommen, damit du bei seiner Familie sein kannst.«

»Aber wir haben uns doch gerade erst kennengelernt. Unsere Beziehung ist noch jung. Ich glaube nicht, dass er das alles durchdacht hat.«

»Seit seinem fünften Lebensjahr durchdenkt der Junge alles ganz genau. Er wägt sämtliche Optionen ab und trifft erst dann eine Entscheidung, wenn er vorhersagen kann, wie die Dinge sich entwickeln werden. Ich gebe dir einen guten Rat. Du solltest nie mit ihm Schach spielen. Er gewinnt immer.« Wie konnte ich ihr verständlich machen, dass sie im Unrecht war? Das war sie doch, nicht wahr? »Cooper ist … schlau. Er weiß, wie er mit Jaxon umgehen muss. Manchmal denkt Jax einfach zu viel und braucht einen Schubs in die richtige Richtung. Cooper hätte mich nie angerufen, wenn er nicht gesehen hätte, wie sein Bruder sich windet. Jaxon hat dich hierhergebracht, weil er seinen Bruder brauchte. Er wusste genau, dass Cooper ihm vor Augen führen würde, wie sehr er dich liebt, und ihn zu einer Entscheidung drängen würde. So waren sie schon immer.«

»Er denkt zu viel? Ich glaube, er hat nicht genug darüber nachgedacht. Er hat mich gebeten, bei ihm einzuziehen.« Ich erkannte meinen Fehler in dem Moment, in dem sie die Lippen zu einem breiten Grinsen verzog. »Dafür ist es doch noch viel zu früh, nicht wahr?«

»Mein Junge handelt niemals impulsiv. Er plant alles ganz genau und tut dann alles, um sein Ziel zu erreichen. Was wünschst du dir denn?«

»Ich will bei ihm einziehen, eine Terrasse mit einem Wintergarten bauen, Freunde zum Essen einladen, dich besuchen und dir meinen Bruder vorstellen. Ich will glücklich sein und lachen, ich will ein Lächeln auf Jaxons Gesicht sehen und ihm das Abendessen kochen. Ich will alles über ihn erfahren und jeden Abend meine Beine mit seinen verschränken. Ich will, dass er glücklich ist, und ihn heiraten. Ich will … ihn«, sprudelte es aus mir heraus.

»Dann gehört er dir«, ertönte Jaxons Stimme.

»Steht er etwa hinter mir?«, flüsterte ich ungläubig.

»Ich habe wohl vergessen, dir zu erzählen, dass meine Jungs ziemlich raffiniert sind«, erwiderte Abby.

Ich war so in das Gespräch mit Abby vertieft gewesen, dass ich gar nicht bemerkt hatte, wie die Stimmen der Brüder im Wohnzimmer verstummt waren.

»Komm her, Vi«, sagte Jaxon.

»Ich glaube nicht, dass ich in der Lage bin aufzustehen«, gestand ich und wippte nervös mit den Knien auf und ab.

»Entschuldige bitte, Mom«, sagte er, beugte sich vor, schob seine Hände unter meine Achseln und zog mich auf die Füße, um mich an sich zu drücken.

Meine Knie zitterten und ich konnte das Gleichgewicht kaum halten, doch das war mir egal. Jaxon würde mich festhalten und mich niemals fallen lassen.

»Ich liebe dich, Violet Myers.«

»Ich liebe dich auch, Jaxon Cain.«

»Du willst mich also heiraten, hm?«

»Machst du mir etwa einen Antrag?«, fragte ich lachend.

»Noch nicht, aber bald.«

»Bald?«

»Ja, bald, Vi.«

Ich schmiegte mich lächelnd an seine Brust. In diesem Moment warf ich all meine Bedenken über Bord und nahm sein Angebot an, bei ihm einzuziehen. Ich wollte die Vergangenheit hinter mir lassen, neu anfangen und nie wieder ein trauriges, einsames Dasein führen. Ich wollte mein Leben mit Jaxon teilen und das seine bereichern. Während ich auf der Terrasse in der kalifornischen Sonne stand, wurde mir klar, dass ich nichts an den letzten sechs Monaten ändern würde. Alles, was geschehen war, hatte mich zu diesem Moment geführt.

Zu Jaxon.

Ich wollte meine Fehler nicht länger auslöschen. Sie machten mich zu der Frau, die ich heute war. Und sie waren ein Teil des Weges, den Jaxon und ich hatten beschreiten müssen.

»Können wir in deinem Garten auch so eine Terrasse bauen?«, fragte ich.

»Unserem Garten«, erwiderte er.

»Wie bitte?«

»Es ist unser Garten und unser Haus, Vi. Und ja, du kannst eine Terrasse haben, und den Wintergarten, und den Wasserfall. Du kannst alles haben.«

»Ich habe doch schon alles, was ich mir nur wünschen könnte.«

EPILOG

TOD EINES HELDEN

Jaxon

ZANE, ICH UND DER REST DES TEAMS WAREN GERADE AUS
der Leichenhalle zurückgekehrt, nachdem wir Eric zum
letzten Mal gesehen hatten. Für den Fall seines Todes
hatte er uns genaue Anweisungen hinterlassen, die wir
nun schweren Herzens erfüllten. Er war dem ultimativen
Ruf gefolgt und hatte sein Leben geopfert, damit wir
unseres weiterführen konnten. Violet kam mir mit
offenen Armen entgegen und ich zog sie an meine Brust.
Sie gab mir Kraft. Ich atmete ihren Duft ein und war so
dankbar wie noch nie, sie an meiner Seite zu haben.

Wie in dem Gedicht eines alten Indianerhäuptlings,
das Eric so sehr geliebt hatte, hatte er sein Leben in
vollen Zügen und ohne Reue gelebt. Er hatte weder um
mehr Zeit gebettelt, noch war er vor dem Tod weggelau-

fen, sondern er war ihm mit offenen Augen entgegenge-gangen. Für Violet war es schwer zu verstehen, warum wir seinen Tod zwar betrauerten, aber nicht mehr Emotionen zeigten. Auf unsere Weise taten wir das, doch für Violet waren unsere Gefühle nicht greifbar. Wir alle würden Eric vermissen, und seine Freundschaft und Kameradschaft würden uns fehlen. Er war ein Teil unseres Lebens gewesen. Aber mit unserer Trauer ging auch ein Gefühl von Frieden und Verständnis einher. Und nur die Menschen, die Eric am nächsten gestanden hatten, wussten um dessen Bedeutung. Er pflegte zu sagen, dass er ein edles Todeslied vorbereitet hatte. Wenn seine Zeit gekommen wäre, würde er es lauthals singen, damit die Arschlöcher ihn kommen hören würden.

Genau das hatte er getan.

* * *

DIE TRAUERFEIER WAR NACH ERICS WÜNSCHEN abgehalten worden. Lediglich die Angestellten von Z Corps waren anwesend und Zane hatte eine kurze und prägnante Trauerrede gehalten. Der Sarg war geschlossen gewesen, da Eric nicht gewollt hatte, dass jemand »*auf seinen Kadaver starrt*«. Zane, Linc, Colin, Leo, Declan und ich trugen seinen Sarg aus der Kirche zu dem wartenden Leichenwagen. Dann stiegen wir alle in einen der firmen-eigenen Geländewagen und folgten dem Fahrzeug, das Eric zu seiner letzten Ruhestätte bringen würde. Violet, Jasmin und Olivia fuhren in einem anderen Wagen hinterher.

Als wir auf die Straße zum Friedhof fuhren, blickte ich verblüfft aus dem Fenster.

»Hast du das arrangiert?«, fragte ich Zane.

Er schüttelte langsam den Kopf und ich erkannte, dass er genauso ergriffen war wie ich. Zwei Motorräder setzten sich zwischen den Leichenwagen und unser Fahrzeug. An jeder der Maschinen war eine große amerikanische Flagge befestigt, die stolz im Wind wehte. Ich warf einen Blick in den Seitenspiegel, als ich das unverkennbare Dröhnen weiterer Motorräder hörte. Eric hatte unmissverständlich zum Ausdruck gebracht, dass er sich keine große Beerdigung wünschte. Ihm war zwar bewusst gewesen, dass wir uns von ihm würden verabschieden müssen, aber er hatte nicht gewollt, dass jemand viel Aufhebens um ihn machte. Allerdings konnte man einen über einen Kilometer langen Konvoi der Patriot Guard Riders, die uns zum Friedhof folgten, durchaus als Aufhebens bezeichnen.

»Er wäre stinksauer«, lachte ich.

»Wahrscheinlich. Aber was kann er schon tun? Mir in den Arsch treten? Er ist mit ihnen Seite an Seite gefahren. Ich konnte es ihnen wohl kaum verheimlichen.«

Wann immer wir in den Staaten waren, schloss Eric sich den Patriot Guard Riders an, um die Gefallenen zu ehren. Er hatte nie ein Wort darüber verloren, denn er wollte kein Lob für die Zeit, die er als Teil der Patriot Guard investierte, um die gefallenen Veteranen zu ehren. Darüber hat er nie gesprochen. Er hatte kein Lob gewollt für die Stunden, die er auf seiner Harley saß, oder für die Zeit, die er nach dem Gottesdienst mit den Familien verbrachte. Zudem hatte er sich um seine Kameraden gekümmert, vor allem um die Männer, die nach dem Krieg unter einer posttraumatischen Belastungsstörung litten. Die Männer, die nun neben uns fuhren, hatten Eric fast genauso nahegestanden wie wir selbst.

»Dann hast du es also doch arrangiert?«

»Verdammt, nein. Ich habe einem seiner Kumpel erzählt, wann die Beerdigung stattfindet, damit sie daran teilnehmen können. Der Konvoi war wohl ihre Idee. Warum willst du mir die Schuld daran geben? Ich glaube an Geister, weißt du? Ich habe keine Lust darauf, dass Eric nachts durch meine Wohnung spukt.«

»Das soll wohl ein Scherz sein. Der große böse Navy SEAL hat Angst vor einem Geist«, sagte Leo auf dem Rücksitz und stieß ein Lachen aus.

»Fick dich. Ich hoffe, er sucht dich heim.« Bei den Worten zeigte Zane ihm den Mittelfinger und bog dann links in die Einfahrt ein.

Unser Gelächter verstummte, als das frisch ausgehobene Grab in Sicht kam. Der Leichenwagen bog nach links ab und fuhr den langen Weg um den Friedhof herum, während die Motorräder nach rechts abbogen und direkt zur Grabstätte ratterten.

»Sind das …«

»Ich habe sie gesehen«, unterbrach Zane mich.

Wolf, Abe, Cookie, Dude und Benny standen in ihren Ausgehuniformen stramm neben der Ehrenwache der Navy.

Als der Leichenwagen anhielt, stiegen wir aus und Jasmin, Olivia und Violet gesellten sich zu uns. Ich brauchte einen Moment, um meine Gedanken zu ordnen, und gab mir alle Mühe, so stark zu sein, wie Eric es von mir erwartet hätte. Doch ich hasste das alles und war untröstlich, weil er nicht mehr bei uns war. Am liebsten hätte ich laut gebrüllt, wie ungerecht das alles war, doch ich hielt mich zurück, denn ich würde sein Opfer niemals entehren.

»Das war …« Violet sah sich um und beendete den Satz mit Tränen in den Augen. »Wunderschön.«

Ich ließ den Blick über die Motorräder schweifen und musste ihr zustimmen. Es hatte den Anschein, als sei jeder Patriot Guard in Maryland anwesend. Durch das Meer von Motorrädern und amerikanischen Flaggen sah ich Stolz in den Augen der Männer. Eric hätte das gefallen.

»Komm, ich bringe dich zu deinem Platz.« Ich schlang einen Arm um ihre Taille und führte sie über den Rasen zu der Sitzreihe, die für die Familie reserviert war. Denn genau das waren wir für ihn gewesen – eine Familie. Erics Mutter hatte ihn verlassen, als er noch ein Kind war, und er hatte den Kontakt zu seinem Vater abgebrochen, nachdem er der Marine beigetreten war. Der Mann war ein gewalttätiges Arschloch, der Eric seine letzte Tracht Prügel verpasst hatte, als dieser achtzehn war. Eric hatte seinem Vater und seinem älteren Bruder den Rücken gekehrt und nie wieder zurückgeblickt. Er war gegangen, um Großes zu leisten.

»Über der Erde liegt keine grüne Decke. Sollte sie nicht abgedeckt sein, damit es hübsch aussieht?«, flüsterte Violet.

»Am Tod ist nichts hübsch, Baby. Und Eric wollte nicht, dass sie bedeckt wird«, erklärte ich.

»Ich liebe dich, Jax«, sagte sie und setzte sich dann mit einem Seufzen auf ihren Platz.

»Ich liebe dich auch.« Ich drückte ihr einen Kuss auf die Stirn und wartete, bis Linc und Leo auch Jasmin und Olivia zu ihren Stühlen gebracht hatten, bevor wir zum Leichenwagen zurückgingen. Wir alle hielten einen Moment inne, als die drei Frauen sich an den Händen fassten und zusammenrückten. Ich war mehr als dankbar, dass Jasmin und Olivia Violet in ihrer Runde willkommen geheißen hatten.

»Jassy wird langsam weich«, murmelte Leo.

»Ich glaube, ich träume«, lachte ich.

»Sie würde euch die Hölle heißmachen, wenn sie euch hören könnte«, erwiderte Linc mit einem Kopfschütteln.

Ich freute mich auch für Jasmin, denn sie hatte zwei neue Freundinnen gewonnen. Sie selbst sah in sich eine abgehärtete Kriegerin, und wir alle liebten sie wie eine kleine Schwester. Aber sie brauchte einen weiblichen Einfluss in ihrem Leben und ich war froh, dass sie zwei wunderbare Frauen wie Violet und Oliva gefunden hatte.

Als wir zum Leichenwagen zurückkehrten, standen Wolf und sein Team vor dem glänzenden schwarzen Fahrzeug und hatten sich keinen Zentimeter gerührt. Sie hatten den Rücken durchgedrückt, die Hände an den Seiten zu Fäusten geballt und die Augen nach vorn gerichtet, um über einen SEAL-Kameraden zu wachen, bevor er zur letzten Ruhe gebettet wurde. Es spielte keine Rolle, dass Eric nie mit ihnen in einer Einheit gedient hatte und dass er die Navy schon vor Jahren verlassen hatte. Eric würde immer ein SEAL und ihr Bruder sein.

Der hintere Teil des Leichenwagens wurde geöffnet und wir nahmen unsere Plätze um den mit Flaggen bedeckten Sarg ein. Schweren Herzens hob ich ihn an.

Zu sechst trugen wir unseren Kameraden zu seiner letzten Ruhestätte. Wir erwiesen ihm die letzte Ehre, indem wir seinen Körper der Erde übergeben würden.

Mit jedem Schritt lastete die Trauer etwas schwerer auf meinen Schultern. Für einen Moment gab ich mich meinem Kummer hin und beklagte die Ungerechtigkeit seines Todes. Ich gestattete mir, Hass zu empfinden, und erinnerte mich an die letzten Worte, die Eric an mich gerichtet hatte. *Erlösung wird uns zuteilwerden.* Seitdem hatte ich mich oft gefragt, ob er vielleicht *Vergeltung* statt *Erlösung* gemeint hatte. Wir waren kurz davor gewesen, Ortega und seine Männer auszuschalten. Vergeltung wäre passender gewesen. Aber als wir den Sarg auf den Gurten über dem Grab platzierten, fiel mein Blick auf Violet. Hatte sie Erlösung gefunden? Hatte Eric mir kurz vor seinem Tod genau das sagen wollen?

Wir traten einen Schritt zurück, woraufhin Wolf, Abe, Cookie, Dude und Benny vortraten und salutierten. Benny stand weiter stramm und hatte die Hand zum militärischen Gruß erhoben, während die anderen die Flagge anhoben und an den Ecken straff hielten, sodass sie knapp über dem Sarg schwebte.

»Bereit machen. Anlegen. Feuer«, rief Benny.

Sieben Männer der Ehrenwache legten die Gewehre an und feuerten. Ich zuckte zusammen, als der erste Schuss ertönte. Dann hörte ich das Einrasten der Bolzen und das Klirren der Patronen, bevor die nächsten Kugeln in den Lauf transportiert wurden.

»Bereit machen. Anlegen. Feuer.«

Der knallende Laut drang an meine Ohren und die Bedeutung dieses letzten Grußes in meine Seele.

»Bereit machen. Anlegen. Feuer.«

Die drei Gewehrsalven symbolisierten die Toten, die vom Feld getragen wurden, nachdem die Schlacht geschlagen war.

Unsere Gefallenen waren nach Hause zurückgekehrt und wir waren bereit weiterzukämpfen.

Das Trompetensignal ertönte, während Wolf und die anderen die Flagge mit größtem Respekt und militärischer Präzision falteten. Danach wurde sie Benny überreicht, der sie inspizierte. Hätte er einen Fehler entdeckt, hätten sie die Fahne noch einmal falten müssen.

Benny hielt die Flagge zwischen seinen behandschuhten Händen und gab sie Wolf zurück. Dieser salutierte, bevor er sie entgegennahm, sie sich unter den Arm klemmte und auf uns zukam. Er blieb vor Zane stehen, und die beiden Männer sahen einander in die Augen. Ihr Blick war von gegenseitigem Verständnis und Respekt geprägt, den nur jemand verdient hatte, der wusste, was es bedeutete, Schlachten zu schlagen und Verluste zu erleiden.

»Im Namen des Präsidenten der Vereinigten Staaten«, begann Wolf, »der United States Navy und einer dankbaren Nation bitte ich dich, diese Flagge als Symbol unserer Anerkennung für Chief Wheelers ehrenvollen und treuen Dienst entgegenzunehmen.« Zane streckte eine Hand aus. Wolf überreichte ihm die Flagge und ließ noch eine Hand darauf ruhen, als er sagte: »Bruderschaft.«

Dann trat er zurück und rief: »Chief Wheeler.«

»Hooyah, Chief Wheeler«, erwiderten Zane, Leo, Linc, Benny, Cookie, Dude und Abe.

Gute Reise, mein Freund.

* * *

VIOLET

BEREITS IN DER KIRCHE hatte ich den Versuch aufgegeben, die Tränen zurückzuhalten. Nun rannen sie mir ungehindert über die Wangen. Ich hatte Eric nur kurze Zeit gekannt, doch ich wusste alles über ihn, was ich wissen musste. Er war ein mutiger und gutherziger Mann gewesen, den man gern zum Freund hatte.

Und nun war er tot.

Ich konnte es immer noch nicht glauben. Es fühlte sich so unwirklich an. Im einen Moment war er durch den Dschungel gelaufen und im nächsten war er tot. Ich konnte mich nicht einmal mehr an die letzte Unterhaltung erinnern, die ich mit ihm geführt hatte.

Der laute Ruf der Männer riss mich aus meinen Gedanken. Zane platzierte die Flagge auf Jasmins Schoß und ging zurück zum Sarg. Er hielt einen Moment inne und ich unterdrückte ein Schluchzen. In diesem Moment sah ich den Kummer, den er den ganzen Tag versucht hatte zu verbergen. Der Anblick zerriss mir das Herz. Zane zog etwas aus seiner Tasche und legte es auf den Sarg. Eine Sekunde später schlug er mit der Hand darauf und bettete den Gegenstand im Deckel ein. Leo und Linc folgten ihm, wobei Linc mit der Faust zuschlug. Danach waren Wolf, Benny, Abe, Cookie und Dude an der Reihe, doch statt etwas aus ihren Taschen zu ziehen, lösten sie es von der linken Brustseite ihrer Uniformen.

Das goldene Abzeichen der Navy SEALs.

Sie alle hämmerten es in den Sargdeckel und schon bald waren acht glänzende Navy SEAL Tridents in einer Reihe angeordnet. Daraufhin trat ein Mitglied der Patriot Guards vor, zog ebenfalls ein Abzeichen aus seiner Tasche und schlug es in das Holz.

Weitere Männer folgten und erwiesen Eric ihren Respekt. Mit jeder Faust, die auf seinem Sarg landete, pochte mein Herz heftiger in meiner Brust und mir wurde etwas klar. Jaxon hatte recht, der Tod war nicht schön. Er war hart, grausam und herzzerreißend. Aber für diese Männer, diese Krieger, die dem Ruf gefolgt waren und in den Kampf zogen, ohne zu wissen, ob sie je zurückkehren würden, barg das Wissen darum, dass Eric für das Wohl anderer gestorben war, eine gewisse Schönheit. Er lebte und starb für einen Eid, der für die meisten nur leere Worte war.

Nachdem alle ihren Respekt bekundet hatten, ging ich zu dem Sarg und legte eine Hand auf das kühle Holz. Ich achtete darauf, keines der Abzeichen zu berühren, und war ergriffen von der Bedeutung derselben. Respekt. Dankbarkeit. Ehre. »Danke«, flüsterte ich. »Ich habe dein Lied gehört und es war wunderschön.«

»Wolf und sein Team haben sich schon verabschiedet. Bist du bereit, nach Hause zu gehen? Die anderen kommen auf ein paar Drinks mit«, sagte Jaxon und klopfte zweimal auf Erics Sarg.

»Warten wir nicht, bis der Sarg heruntergelassen wird?«, fragte ich.

»Nein. Eric hat uns angewiesen, nicht herumzustehen und darauf zu warten, dass ein Stück Fleisch der Erde übergeben wird. Das waren seine Worte.« Ich erschauderte. »Baby, Eric glaubte an Gott. Aber er war überzeugt davon, dass sein Geist seinen Körper an dem Ort verlassen würde, an dem er sich zum Zeitpunkt seines Todes befand, um weiterzuziehen. Er ist fort. Seine Seele hat diese Erde in Brasilien verlassen und es war ein Segen, die letzten Momente seines Lebens an seiner Seite zu verbringen.«

»Ich bin stolz auf dich«, platzte ich heraus. Verdammt, das klang albern und herablassend, und schnell fügte ich hinzu: »Ich will damit nur sagen, dass ich sehe, wie sehr du leidest. Aber du hast dich nicht von dem Schmerz überwältigen lassen und hast Eric die letzte Ehre erwiesen, so wie er es gewollt hätte. Aber Jax, wenn du je das Bedürfnis verspürst, dich gehen zu lassen, bin ich für dich da. Ich bin stark. Du musst mir vertrauen und sollst wissen, dass du dich auf mich stützen kannst. Es würde mich umbringen, wenn ich wüsste, dass du deinen Kummer in dich hineinfressen würdest.«

»Danke, Baby. Ich weiß, wie stark du bist.«

Jaxon und ich machten uns auf den Weg zurück zu den anderen, als zwei Männer auf uns zukamen. Jaxon stieß einen Pfiff aus und hob das Kinn an, woraufhin alle sich umdrehten. Zane sah aus, als würde er jeden Moment vor Wut explodieren.

»Ich glaube, das gehört mir«, sagte der ältere Mann. Seine Kleidung war zerknittert, und er roch wie eine ganze Brauerei. Der jüngere Mann neben ihm sah aus wie … Eric.

»Da irren Sie sich«, erwiderte Zane.

»Ich bin …«

»Ich weiß verdammt gut, wer Sie sind«, unterbrach Zane den Mann. »Ich habe Sie in dem Moment erkannt, in dem Sie mit Ihrem Sohn aus Ihrem Mietwagen gestiegen sind. Es tut mir leid, dass Sie umsonst gekommen sind, aber diese Flagge …« Mit diesen Worten hob Zane die Fahne an und fuhr fort: »Sie gehört ganz sicher nicht Ihnen.«

»Der Mann, der heute beerdigt wurde, war mein Bruder«, meldete sich der jüngere Kerl zu Wort. »Mein Vater hat ein Recht auf diese Flagge. Er hat es verdient, sie entgegenzunehmen.«

Oh nein! Nein, nein, nein. Der Kerl hatte gerade sechs Männer mit tödlichen Fähigkeiten in Rage versetzt, die nun bereit waren, ihm den Hals umzudrehen. Ganz zu schweigen davon, dass Jasmin aussah, als hätte sie eine Zitrone verschluckt.

»Verdient?«, knurrte Zane. »Das soll wohl ein Witz sein. Sie haben noch nicht einmal eine Ahnung, wofür diese Flagge überhaupt steht. Sie verfügen weder über die mentale Stärke, noch haben Sie das Zeug dazu, in den Kampf zu ziehen und sich diese Flagge zu verdienen.« Er wandte sich wieder Erics Vater zu. »Sie sind ein Säufer, der seinen Sohn und seine Frau verprügelt hat. Sie haben einen Scheiß verdient.« Dann fixierte er erneut Erics Bruder. »Bevor Sie nicht in der Lage sind, selbst in die Schlacht zu ziehen, sollten Sie besser Ihr verdammtes Maul halten. Er war nicht Ihr Bruder. Er gehörte zu unserer Familie. Wir standen an seiner Seite. Sie wissen nicht, was es bedeutet zu dienen. Niemand hat diese

Flagge verdient. Sie gehörte Eric, er hat sie verdient. Und es macht mich krank, dass ich sie in den Händen halten muss, denn es bedeutet, dass er nicht mehr unter uns weilt. Eines will ich Ihnen noch mit auf den Weg geben. Er hat Sie beide gehasst und Ihnen nie verziehen. Vor allem hasste er Sie wegen all des Kummers und der Schmerzen, die Sie seiner Mutter bereitet haben. Wussten Sie, dass er die Hälfte seines Einkommens an Frauenhäuser für misshandelte Frauen gespendet hat? Wussten Sie, dass er sich ehrenamtlich für benachteiligte Kinder engagierte oder dass er im örtlichen Fitnessstudio Frauen unentgeltlich die Kunst der Selbstverteidigung lehrte? Nein, das wussten Sie nicht. Eric war ein gottverdammter Heiliger, aber das hatte er nicht Ihnen zu verdanken. Sie waren nur ein Beispiel für das, was er nicht sein wollte, und er hat jeden Tag an sich gearbeitet, um ein besserer Mensch zu sein. Wenn Sie also denken, Sie hätten irgendetwas verdient, dann können Sie sich diese Annahme in den Arsch schieben.«

Beide Männer standen reglos da und starrten Zane ungläubig an, während eine greifbare Spannung in der Luft lag. Ich wusste nicht, was ich tun sollte. Dies war weder der richtige Zeitpunkt noch der richtige Ort, um Erics Vater und Bruder den Hals umzudrehen.

»Sie verdammter …«, begann der Bruder.

»Das würde ich nicht tun«, sagte ich und trat vor. »So dumm können Sie doch nicht sein. Sehen Sie sich die Männer mal an. Glauben Sie wirklich, Sie sollten diesen Satz beenden? Steigen Sie in Ihren Wagen und fahren Sie nach Hause.«

»Mein Bruder …«

»Entweder sind Sie lebensmüde oder unglaublich stur. Gehen Sie nach Hause. Wenn Ihnen die Fahne so wichtig ist, dann gehen Sie in den Laden und kaufen Sie sich eine. Sie können Sie in Ihrem Haus mit einer Plakette aufhängen, sodass jeder Besucher darüber staunen kann. Aber diese Flagge werden Sie ganz sicher nicht bekommen.«

»Aber diese hier …«

»Meine Güte! Offenbar sind Sie einfach nur dumm. Für *Sie* ist doch eine Fahne wie die andere. Sie verstehen den Unterschied nicht. Und wissen Sie warum? Weil es gar nicht um die Flagge geht, sondern um den Mann, der für sie gestorben ist. Diese Flagge hat keinerlei Bedeutung für Sie, weil Sie Eric nichts bedeutet haben.« Ich wandte mich Zane zu und nahm all meinen Mut zusammen, um eine Hand an seine Schulter zu legen. Er bebte vor Wut. »Zane?« Als er meinem Blick begegnete, hätte ich mir fast in die Hose gepinkelt. Ich atmete jedoch tief durch und fuhr fort: »Scheiß auf die beiden. Sollen sie doch hier herumstehen. Sie wussten nicht, wer Eric wirklich war. Er lebt in euch weiter. In Jaxon, Colin, Leo, Linc, dir und Jasmin. Er war euer Bruder. Die beiden sind nicht mehr als zwei Tropfen in dem Ozean seines Lebens. Wir werden jetzt bei uns zu Hause grillen und ein paar Biere auf ihn trinken. Jax hat dir sogar deinen billigen Knob Creek besorgt. Lass uns gehen.«

Zane starrte mich weiter an und ich fragte mich, ob ich gerade einen riesigen Fehler begangen hatte. Wahrscheinlich wusste er es nicht sonderlich zu schätzen, wenn man ihn anfasste, und noch weniger mochte er es, wenn man ihm sagte, was er tun sollte.

»Hey, Jax«, sagte Zane schließlich. Wahrscheinlich

kochte er vor Wut, wenn er Jaxon ansprach, statt sich direkt an mich zu wenden. »Mann, warum hast du mir nicht gesagt, dass deine Frau eine Poetin ist? Der Ozean seines Lebens, hm? Ja, das gefällt mir.«

Und in diesem Moment schenkte Zane mir zum ersten Mal ein Lächeln. Und zwar ein aufrichtiges, das sogar seine Augen zum Funkeln brachte. Wenn ich nicht bis über beide Ohren in Jaxon verliebt gewesen wäre, hätte ich mir eingestanden, dass er verdammt sexy aussah.

»Du hast Grübchen. Sie sind niedlich.« Ich zwinkerte ihm zu und ging zurück zu Jax.

»Niedlich?«, bellte Zane.

Lincoln brach in schallendes Gelächter aus und schon bald stimmten die anderen ein. Während sie an Eric Wheelers Grab standen, lachten sie, bis ihnen die Tränen kamen. Niemand bemerkte, wie die beiden Männer davongingen. Niemanden interessierte es, denn sie waren nicht von Bedeutung. Die Menschen, die Eric geliebt hatten, waren hier und lachten.

»Ich kann nicht glauben, dass du Zane niedlich genannt hast«, flüsterte Jaxon.

»Ich habe nur gesagt, dass seine Grübchen niedlich sind.«

»Das ist dasselbe«, erwiderte er lachend.

»Ich glaube, ich habe mir in die Hose gemacht, als er mich angestarrt hat. Können wir jetzt nach Hause gehen?«

»Ja, Baby, lass uns nach Hause fahren und dir das nasse Höschen ausziehen.«

»Flirtest du etwa mit mir?«, fragte ich kichernd.

»Allerdings. Funktioniert es?«

»Darauf kannst du wetten.«

»Ich bringe Violet nach Hause. Bis gleich, ihr Idioten.«

Nach Hause.

Jaxon ergriff meine Hand und führte mich zum Wagen. Ich warf einen Blick über die Schulter, winkte den anderen zu und sah dann wieder nach vorn. Ich war bereit. Bereit, die Vergangenheit endlich hinter mir zu lassen.

NACHWORT

Zane Lewis betrat sein Büro und rieb sich, nicht zum ersten Mal an diesem Tag, die schmerzende Brust. Das dumpfe Pochen hatte sich im Laufe der Stunden nur verstärkt. Es war nie leicht, einen Freund zu begraben. Aber in Eric Wheelers Fall war es ihm besonders schwer gefallen. Zane hatte ihn von der CIA abgeworben. Nach der katastrophalen Mission in Russland vor fast drei Jahren hatte er sich nicht sonderlich ins Zeug legen müssen, um Eric davon zu überzeugen, die Behörde zu verlassen. Doch statt sich wie geplant zur Ruhe zu setzen, hatte Zane ihn dazu überredet, für ihn zu arbeiten.

»Scheiße«, murmelte Zane vor sich hin.

Er legte die ordentlich gefaltete Flagge, die Wolf ihm überreicht hatte, auf seinem Schreibtisch ab, öffnete die oberste Schublade und wühlte sich durch einige Messingpatronen, bis er die gesuchte fand. Er zog ein .308-Geschoss heraus, auf dem der Name *Wheeler* eingraviert war, und schob es in eine Falte der Flagge. Dann trug er sie zu dem Bücherregal hinter ihm und platzierte sie auf einem der Regalfächer. Die Fahne würde Zane an seine Fehler erinnern. Er hatte zugelassen, dass ein weiterer Mann unter seinem Kommando gestorben war, und somit noch einen Makel in seine ohnehin verdammte Seele eingebrannt.

Er hatte Erics Gedenkfeier in Jaxons und Violets Haus spät verlassen und war etwa eine Stunde durch die Straßen gefahren, bevor er im Büro haltgemacht hatte. Es graute ihm davor, in seine leere Wohnung zurückzukehren, obwohl er in seinem derzeitigen Zustand ohnehin keine Gesellschaft wollte. Und falls er es sich anders überlegte, gab es eine lange Liste von Frauen, die nur allzu gern das Bett mit ihm teilten. Seit er und sein Bruder Lincoln in einem Wohnwagen aufgewachsen waren, hatten sie einen weiten Weg zurückgelegt. Sein fast dreihundert Quadratmeter großes Penthouse war der Beweis für seinen Erfolg. An manchen Tagen vermisste er jedoch die Enge des Wohnwagens und die Nähe zu seinem Bruder. Die beiden hatten sich ein Zimmer geteilt und sich ständig darum gestritten, wer mit dem Aufräumen an der Reihe war. Zane hatte das Penthouse gekauft, um nie wieder in derart eingeengten Verhältnissen leben zu müssen. Doch plötzlich wirkte der Raum verlassen und einsam. Einsamkeit war ein Gefühl, an das Zane nicht gewöhnt war, denn er schätzte den Trost, den seine eigene Gesellschaft ihm bot.

Zane schnappte sich eine Flasche seines Lieblingswhiskys, stellte sich vor die große Fensterwand mit Aussicht auf die Innenstadt von Annapolis, schraubte den

Deckel ab und trank einen Schluck direkt aus der Flasche. Die Flüssigkeit brannte in seiner Kehle und wärmte ihn von innen heraus.

»Scheiße. Scheiße. Scheiße«, wiederholte er immer wieder, während er die Beherrschung zu verlieren drohte. Erics Tod lastete schwer auf ihm. Bisher war er noch nicht imstande gewesen, ihn in einer der vielen mentalen Schubladen zu verstauen, die sein Leben ausmachten. Doch das wollte er auch nicht. Noch nicht. Eric hatte es verdient, betrauert zu werden.

Zane lehnte seine Stirn an die kühle Fensterscheibe und spürte zum ersten Mal seit seiner Kindheit, wie ihm Tränen in die Augen traten. Bevor er noch weiter darüber nachdenken konnte, vibrierte das Handy in seiner Tasche. Es war bereits nach Mitternacht. In seinem Beruf verhieß ein Anruf zu so später Stunde nie etwas Gutes.

Er zog das Gerät aus der Tasche und warf einen Blick auf das Display. Die Privatnummer des Präsidenten blinkte auf. Er hoffte inständig, dass der Anruf nichts mit der Arbeit zu tun hatte. Sein Team brauchte nach dem Verlust von Eric eine Auszeit. Oder vielleicht doch nicht? Möglicherweise wäre die Arbeit genau das Richtige, um die aufgestaute Wut und den Schmerz abzubauen. Zane würde sich ohne Zweifel besser fühlen, wenn er einen Haufen Vollidioten in die Hölle schicken könnte.

»Tom«, sagte Zane zur Begrüßung.

»Wie geht es dir?« Der Präsident kam direkt zur Sache.

»Bestens«, antwortete Zane knapp.

»Sicher. Dann sitzt du also nicht gerade im Büro und

ertränkst deinen Kummer in einer Flasche?«, entgegnete Tom.

Zane war immer wieder erstaunt, dass der Präsident scheinbar in der Lage war, die Handlungen seiner Mitmenschen vorhersagen zu können. Die unheimliche Fähigkeit hatte ihn einst zu einem großartigen Froschmann und nun zu einem ausgezeichneten Präsidenten gemacht.

»Es ist verdammt spät. Kann ich etwas für Sie tun?«

Zanes Antwort wurde mit einem Lachen quittiert, bevor Tom mit ernstem Tonfall erwiderte: »Wenn du morgen früh mit einem Brummschädel aufwachst, möchte ich, dass du dich an etwas erinnerst, mein Sohn. In unserem Geschäft gibt es keine Garantien. Wir können nie wissen, ob wir von einem Einsatz nach Hause zurückkehren, geschweige denn in einem Stück. Manche von uns führen diese großartigen Männer in der Schlacht an und müssen die unerbittlichen Konsequenzen tragen. Du bist nicht für Erics Ableben verantwortlich. Er ist gestorben, weil er ein verdammter Held war. Diese Ehre darfst du ihm nicht nehmen, indem du die Last seines Todes schulterst. Und noch etwas solltest du bedenken, und ich weiß, dass du das schon einmal gehört hast: Wir bilden sie nicht nur aus, wir trauern um sie. Genauso wie jedes Mitglied deines Teams kennst auch du das Risiko. Diese Männer folgen dir in die Schlacht, weil du der Beste bist. Zaudere nicht und ergehe dich nicht in deinem Kummer, sondern sei stark und bereit für deine Männer. Wenn du einmal glaubst, dass dir alles zu viel wird, dann ruf mich an. Nicht als Präsident, nicht als Waffenbruder, sondern als Freund. Ich werde dir helfen, die Last zu schultern.«

»Das weiß ich zu schätzen«, presste Zane hervor und schluckte den Kloß in seinem Hals hinunter.

»Ich weiß, dass du das tust. Heute Abend kannst du den billigen Scheiß, den du Whisky nennst, trinken. Morgen wirst du aufstehen und deine Arbeit machen. Ich rufe wieder an.«

Tom beendete das Gespräch und Zane warf sein Handy auf den kleinen Beistelltisch neben der Couch. Er ließ sich in das weiche Leder sinken und dachte über Toms Worte nach. Nachdem er die Hälfte der Flasche geleert hatte, beschloss Zane, dass es an der Zeit war, die Erinnerung an Eric tief in seinem Inneren zu vergraben. Ein guter Mann war gestorben, und weder ein Meer von Tränen noch Unmengen an Whisky würden ihn zurückbringen. Zane ließ den Blick durch den Raum schweifen und fixierte das Bücherregal. Irgendwann hatte der Alkohol den Schmerz betäubt und Zane schlief ein. Doch zuvor starrte er noch lange die Flagge an und wünschte sich, er hätte sie nie entgegennehmen müssen.

DANKSAGUNG

An Sie alle – meine Leserinnen und Leser. Danke, dass Sie
dieses Buch gelesen und mir einige Stunden Ihrer Zeit
geschenkt haben. Ob dies nun das erste Buch ist, das Sie
von mir lesen, oder ob Sie schon von Anfang an dabei
sind, danke für Ihre Unterstützung. Ihretwegen habe ich
den tollsten Job der Welt.

BÜCHER VON RILEY EDWARDS

<u>Red Team – Stahlharte Beschützer:</u>

Jasmins Erinnerung

Schutz für Olivia

Vergebung für Violet

Erlösung für Ivy (1 Okt)

<u>Die Gemini-Gruppe:</u>

Nixons Versprechen

Jamesons Erlösung

Westons Schatz

Alecs Traum

Chasins Kapitulation

Holdens Erwachen

Jonnys Befreiung

<u>Eliteteam 707:</u>

Shanes Auferstehung

Jaspers Freiheit

Levis Erkenntnis

Nolans Zwiespalt

BIOGRAFIE

Riley Edwards ist eine USA Today und Wall Street Journal Bestsellerautorin, Ehefrau und Armee-Mom. Geboren und aufgewachsen ist sie in Los Angeles, lebt inzwischen jedoch mit ihrem fantastischen Ehemann und ihren Kindern an der Ostküste.

Riley schreibt herzerwärmende Liebesgeschichten mit sexy Alphahelden und noch stärkeren Heldinnen. Rileys Lieblingsgenres sind spannende Liebesromane und Militärromanzen.

Besuchen Sie Riley im Netz!
www.rileyedwardsromance.com
facebook.com/Novelist.Riley.Edwards
instagram.com/rileyedwardsromance
youtube.com/channel
tiktok.com/@rileyedwardsromance
twitter.com/rileyedwardsrom
E-Mail: riley@rileysrebels.com

facebook.com/Novelist.Riley.Edwards
x.com/rileyedwardsrom
instagram.com/rileyedwardsromance
bookbub.com/authors/riley-edwards
amazon.com/author/rileyedwards

Ein Beschützer für Piper
Ein Beschützer für Zoey
Ein Beschützer für Avery
Ein Beschützer für Kalee
Ein Beschützer für Jane

Die Zuflucht in den Bergen

Zuflucht für Alaska
Zuflucht für Henley
Zuflucht für Reese
Zuflucht für Cora
Zuflucht für Lara
Zuflucht für Maisy
Zuflucht für Ryleigh

SEALs of Protection: Alliance

Schutz für Remi
Schutz für Wren
Schutz für Josie (4 Mar)
Schutz für Maggie (1 Apr)
Schutz für Addison (6 May)
Schutz für Kelli
Schutz für Bree

Das Bergungsteam vom Eagle Point

Ein Retter für Lilly
Ein Retter für Elsie
Ein Retter für Bristol
Ein Retter für Caryn
Ein Retter für Finley
Ein Retter für Heather

Ein Retter für Khloe

Die SEALs von Hawaii:

Die Suche nach Elodie
Die Suche nach Lexie
Die Suche nach Kenna
Die Suche nach Monica
Die Suche nach Carly
Die Suche nach Ashlyn
Die Suche nach Jodelle

Delta Team Zwei

Ein Held für Gillian
Ein Held für Kinley
Ein Held für Aspen
Ein Held für Jayme
Ein Held für Riley
Ein Held für Devyn
Ein Held für Ember
Ein Held für Sierra

Die Delta Force Heroes:

Die Rettung von Rayne
Die Rettung von Emily
Die Rettung von Harley
Die Hochzeit von Emily
Die Rettung von Kassie
Die Rettung von Bryn
Die Rettung von Casey
Die Rettung von Wendy
Die Rettung von Sadie

Die Rettung von Mary
Die Rettung von Macie
Die Rettung von Annie

<u>Mountain Mercenaries:</u>
Die Befreiung von Allye
Die Befreiung von Chloe
Die Befreiung von Morgan
Die Befreiung von Harlow
Die Befreiung von Everly
Die Befreiung von Zara
Die Befreiung von Raven

<u>Ace Security Reihe:</u>
Anspruch auf Grace
Anspruch auf Alexis
Anspruch auf Bailey
Anspruch auf Felicity
Anspruch auf Sarah

<u>Die Männer von Silverstone</u>
Vertrauen in Skylar
Vertrauen in Taylor
Vertrauen in Molly
Vertrauen in Cassidy

<u>Eine Sammlung von Kurzgeschichten</u>
Ein langer kurzer Augenblick

BIOGRAFIE

Susan Stoker ist die New York Times, USA Today und Wall Street Journal Bestsellerautorin der Buchreihen »Badge of Honor: Texas Heroes«, »SEAL of Protection«, »Die Delta Force Heroes« und einigen mehr. Stoker ist mit einem pensionierten Unteroffizier der US-Armee verheiratet und hat in ihrem Leben schon überall in den Vereinigten Staaten gelebt – von Missouri über Kalifornien bis hin zu Colorado. Zurzeit nennt sie die Region unter dem großen Himmel von Tennessee ihr Zuhause. Sie glaubt ganz und gar an Happy Ends und hat großen Spaß daran, Geschichten zu schreiben, in denen Romantik zu Liebe wird.

Besuchen Sie Susan im Netz!
www.stokeraces.com
facebook.com/authorsusanstoker
twitter.com/Susan_Stoker

bookbub.com/authors/susan-stoker
instagram.com/authorsusanstoker
Email: Susan@StokerAces.com